# तिरंगे की गौरव गाथा

# तिरंगे की गौरवगाथा

ले. कमांडर के.वी. सिंह

प्रभात प्रकाशन

प्रकाशक • **प्रभात प्रकाशन प्रा. लि.**
4/19 आसफ अली रोड,
नई दिल्ली–110002

संस्करण • 2025
मूल्य • चार सौ रुपए
मुद्रक • नरुला प्रिंटर्स, दिल्ली

---

**TIRANGE KI GAURAV GATHA**
*by* Lt. Cdr. K.V. Singh ₹ 400.00
Published by Prabhat Prakashan, 4/19 Asaf Ali Road, New Delhi-2
e-mail: prabhatbooks@gmail.com ISBN 978-93-5186-824-8

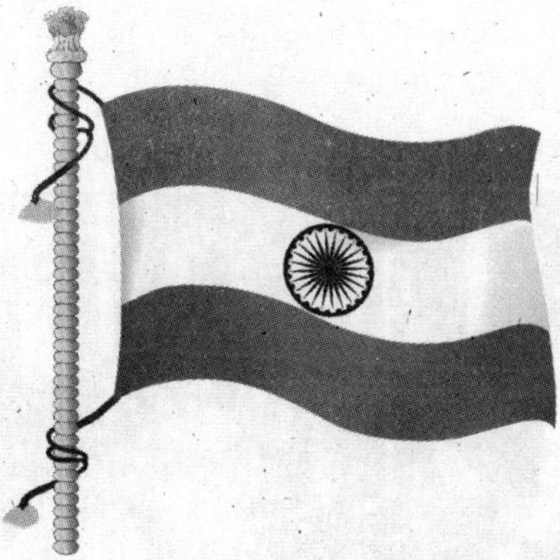

राष्ट्रध्वज तिरंगे की साठवीं वर्षगाँठ पर
उन सभी देशवासियों को,
जो भारत एवं तिरंगा के गौरव हेतु
सन्नद्ध और प्रतिबद्ध हैं ।

14–15 अगस्त, 1947 को संविधान सभा का अर्द्धरात्रि सत्र संपन्नता की ओर अग्रसर।

# भूमिका

किसी भी देश का राष्ट्रीय ध्वज उसका सर्वाधिक समादृत प्रतीक होता है। आधुनिक युग में राष्ट्र-प्रमुख, चाहे वह राजा हो या राष्ट्रपति, भी अपने राष्ट्रीय ध्वज को सलामी देता है। राष्ट्रीय ध्वज कहा जानेवाला कपड़े का यह टुकड़ा पूरे राष्ट्र, उसकी गरिमा एवं प्रतिष्ठा का प्रतिनिधित्व करता है। जब भी राष्ट्रीय ध्वज ध्वज-दंड पर चढ़ाया जाता है तो उस समय एक सच्चे नागरिक का हृदय गौरवान्वित हो उठता है।

भारत की आजादी व उसका तिरंगा ध्वज अब लगभग साठ वर्ष का होने जा रहा है, जो इसके परिपक्व होने को दरशाता है। यदि हमारे राष्ट्र को कोई एकता के सूत्र में बाँध सकता है तो वह हमारा राष्ट्रीय ध्वज 'तिरंगा' ही है, जिसका न कोई अपना धर्म है और न ही कोई देश या प्रदेश। यह पूर्णतः धर्मनिरपेक्ष है और विशुद्ध भारतीय। इसलिए आज प्रदेशों में बँटे तथा धर्मों से बँधे इस देश के लिए तिरंगे से अच्छा और सच्चा प्रेरणा-स्रोत अन्य क्या हो सकता है! यदि हम अपनी छोटी-छोटी भावनाओं से ऊपर उठकर देश के इस महान् प्रतीक के गौरव को सर्वोच्च मानें तो हमारा राष्ट्र पुनः एक बार विश्वगुरु बन सकता है।

एक समय था जब भारतीय नागरिक राष्ट्रीय ध्वज का प्रयोग नहीं कर सकते थे, पर आज हमें संवैधानिक रूप से इसे फहराने का अधिकार प्राप्त है। हमारे देशवासी अब तिरंगे को मात्र 15 अगस्त व 26 जनवरी के दिन ही नहीं, बल्कि प्रतिदिन फहरा सकते हैं और देशप्रेम की अपनी भावना का प्रकटीकरण कर सकते हैं। दुनिया के कई देश अपने राष्ट्रीय ध्वज को लेकर बड़े संवेदनशील हैं। हमें भी अपने तिरंगे के प्रति इसी प्रकार से आदर एवं सम्मान की भावना रखनी चाहिए।

मैं नेहरू स्मारक संग्रहालय एवं पुस्तकालय के पूर्व उप-निदेशक डॉ. हरि देव का आभारी हूँ, जिन्होंने मुझे इस पुस्तक को लिखने की प्रेरणा ही नहीं दी,

बल्कि अमूल्य व अप्राप्य लेखन सामग्री भी उपलब्ध कराई। उनके मार्गदर्शन के बिना इस पुस्तक का सृजन संभव नहीं हो पाता। इसके अतिरिक्त मैं भारत के राष्ट्रीय अभिलेखागार के प्रति आभार व्यक्त करता हूँ, जिन्होंने मदाम भीकाजी कामा का इतिवृत्त प्रकाशित करने की अनुमति दी। खादी ग्रामोद्योग, नई दिल्ली के श्री आर.के. शर्मा, जिन्होंने राष्ट्रध्वज के निर्माण संबंधी उपयोगी जानकारी दी, का भी आभारी व कृतज्ञ हूँ।

इस पुस्तक को लिखने का मुख्य उद्‌देश्य पाठकों को अपने देश के राष्ट्रीय ध्वज तिरंगे से परिचित कराना और विनय भाव से इसके प्रति यथोचित सम्मान प्रकट करने को प्रेरित करना है। आशा है, तिरंगे की यह साठवीं वर्षगाँठ राष्ट्र के लिए मंगलमय होगी।

**—ले. कमांडर के. वी. सिंह**

# अनुक्रम

1

# तिरंगे का जन्म

मैं तिरंगा हूँ। दासत्व के बादल जब छँटने लगे और स्वतंत्रता का सूर्य निकलने को हुआ, तब 22 जुलाई, 1947 को भारत की संविधान सभा में मेरा जन्म पं. जवाहरलाल नेहरू के हाथों हुआ। स्वतंत्र भारत के लिए राष्ट्रीय ध्वज की संरचना निर्धारित करने के लिए संविधान सभा ने एक ध्वज-समिति का गठन किया। समिति ने 22 जुलाई, 1947 को संविधान सभा की बैठक में मुझे स्वतंत्र भारत के राष्ट्रीय ध्वज के रूप में अंगीकार किया। जब समिति ने मुझे स्वतंत्र भारत का राष्ट्रीय ध्वज स्वीकारा तब नेहरूजी ने प्रस्ताव प्रस्तुत करते समय एक बड़ा ही मार्मिक भाषण *'ट्रस्ट विद डेस्टिनी'* दिया; उसका समापन उन्होंने इन शब्दों के साथ किया—"आदरणीय महोदय, अब मैं आपके समक्ष प्रस्ताव नहीं, अपितु भारत का भावी 'राष्ट्रीय ध्वज' ही प्रस्ताव के रूप में प्रस्तुत करता हूँ" और यह कहते हुए उन्होंने संविधान सभा के माननीय सदस्यों के सामने दो ध्वज—एक रेशमी-खादी व दूसरा सूती-खादी से बना—प्रस्तुत किए, जिन्हें सदस्यों ने स्वतंत्र भारत के ध्वज के रूप में सहर्ष स्वीकार किया।

सच तो यह है कि मेरा जन्म भारत के उन सच्चे सपूतों के बलिदान और त्याग का फल है, जिन्होंने देश की आजादी के लिए अपना सर्वस्व न्योछावर कर दिया। मुझे आज भी वह दिन अच्छी तरह से याद है जब भारत स्वतंत्र हुआ था। 14 अगस्त, 1947 की देर शाम दस बजकर पैंतालीस मिनट, काउंसिल हाउस का केंद्रीय सभागार खचाखच भरा हुआ था। चारों ओर के गलियारे में तिल रखने तक की जगह न थी। इतना ही नहीं, काउंसिल हाउस (आज का पार्लियामेंट हाउस) के बाहर हर्षोल्लसित एक विशाल जन-समुदाय रंग-बिरंगे परिधानों से सज-सँवरकर खड़ा था। निर्धारित समय पर आचार्य

*स्वतंत्र भारत के प्रथम गवर्नर जनरल लॉर्ड माउंटबेटन 15 अगस्त, 1947 के काउंसिल हाउस के सेंट्रल हॉल में डॉ. राजेंद्र प्रसाद के संबोधन को सुनते हुए।*

कृपलानी की पत्नी श्रीमती सुचेता कृपलानी के नेतृत्व में वंदे मातरम् की स्वर-लहरी के साथ सभा की काररवाही प्रारंभ हुई। इसके बाद संविधान सभा के अध्यक्ष डॉ. राजेंद्र प्रसाद का भाषण हुआ और फिर बारी आई पं. जवाहरलाल के स्मरणीय भाषण की। अंत में संविधान सभा के सभी सदस्यों ने देश के प्रति आस्था की शपथ ली, जिसे अध्यक्ष महोदय ने पहले हिंदी और बाद में अंग्रेजी में पढ़ा। शपथ का मूल पाठ इस प्रकार था—

> "इस पावन अवसर पर, जब भारत के लोगों ने अपने त्याग और बलिदान से आजादी हासिल की है और स्वयं अपनी नियति के नियंता बन गए हैं, मैं…भारत की संविधान सभा का सदस्य, स्वयं को भारत और उसके लोगों की सेवा के प्रति समर्पित करता हूँ, जिससे कि यह प्राचीन देश विश्व में अपना उचित और गौरवपूर्ण स्थान प्राप्त कर सके तथा विश्वशांति और मानव-कल्याण को बढ़ावा देने में अपना पूर्ण व तत्पर योगदान कर सके।"

जैसे ही शपथ समारोह संपन्न हुआ, काउंसिल हाउस का सारा वातावरण 'वंदे मातरम्' व 'महात्मा गांधी की जय' के नारों से गूँज उठा और जब नारों

की स्वर-लहरी कुछ मंद हुई तब डॉ. राजेंद्र प्रसाद ने अध्यक्ष के रूप में एक प्रस्ताव पारित किया, जिसके अनुसार स्वतंत्र भारत के प्रथम वायसराय महामहिम लॉर्ड लुई माउंटबेटन को सूचित किया कि संविधान सभा ने भारत की बागडोर सँभाल ली है। इस प्रस्ताव के पारित होने के उपरांत श्रीमती हंसा मेहता ने अध्यक्ष महोदय डॉ. राजेंद्र प्रसाद को भारत की समस्त महिलाओं की ओर से एक तिरंगा भेंट किया और कहा, "इस भव्य भवन पर स्वतंत्र भारत का फहरानेवाला प्रथम ध्वज भारत की समस्त महिलाओं की ओर से राष्ट्र को उन सबका उपहार है।" डॉ. राजेंद्र प्रसाद ने ध्वज को बड़े आदर के साथ स्वीकार किया और फिर उन्होंने उसे सभा के समस्त सदस्यों को दिखाया। ध्वज-दर्शन के उपरांत उस दिन की सभा का कार्यक्रम 'सारे जहाँ से अच्छा' व 'जन-गण-मन' की स्वर-लहरी के साथ संपन्न हुआ। (उस समय तक 'जन-गण-मन' को भारत के राष्ट्रीय गान के रूप में स्वीकार नहीं किया गया था।)

*श्रीमती हंसा मेहता ने संविधान सभा के अध्यक्ष डॉ. राजेंद्र प्रसाद को 14-15 अगस्त, 1947 की रात्रि में पहला तिरंगा भेंट किया, जिस दौरान संविधान सभा ने भारत के शासन हेतु संप्रभुता-संपन्न शक्ति को ग्रहण किया था। वही तिरंगा अगले दिन 15 अगस्त, 1947 को काउंसिल हाउस के केंद्रीय गुंबद पर फहराया गया था।*

## 15 अगस्त, 1947, स्वतंत्रता की स्वर्णिम वेला और तिरंगा

अंततः स्वतंत्रता की वह स्वर्णिम वेला आ पहुँची जिसका वर्षों से इंतजार था। स्वतंत्रता दिवस का कार्यक्रम 8 बजकर 30 मिनट पर शुरू हुआ। स्वतंत्र भारत की पहली सरकार ने वाइसरीगल लॉज (अब राष्ट्रपति भवन) के केंद्रीय हॉल (अब दरबार हॉल) में शपथ ग्रहण की, जिसे लॉर्ड माउंटबेटन ने संचालित किया। राजकीय मंच को अवसर की गरिमानुसार सजाया गया था, मंच के पीछे दो बड़े तिरंगे, गवर्नर जनरल के गहरे नीले रंग के ध्वज के साथ पूरी शान से फहराए गए थे।

नई सरकार के शपथ ग्रहण समारोह के उपरांत वर्षों के बाद, स्वतंत्र भारत का ध्वज पहली बार काउंसिल हाउस पर 10 बजकर 30 मिनट पर फहराया गया और उसके सम्मान में 31 तोपों की सलामी दी गई। साथ ही ग्रेट-प्लेस (अब विजय चौक) पर स्थित नॉर्थ व साउथ ब्लॉक के बुर्जों से चारों यूनियन जैक उतारे गए और उनके स्थान पर चार तिरंगे फहराए गए। उस दिन से आज तक प्रतिदिन के.लो.नि.वि. का स्टाफ सूर्योदय के साथ चार तिरंगे वहाँ फहराता है और सूर्यास्त के समय विधिवत् उन्हें उतारता है।

तत्पश्चात् 15 अगस्त, 1947 की दोपहर को देश का सबसे पहला सार्वजनिक ध्वजारोहण समारोह इंडिया गेट के पास बार मेमोरियल, प्रिंसिस पार्क में आयोजित किया गया था। इस अवसर पर एक विचित्र घटना घटी। दोपहर की धूप चमचमा रही थी, चारों ओर विशाल जन-समुदाय इकट्ठा था, भीड़ इतनी अधिक थी कि लाख कोशिश करने के बाद भी लॉर्ड माउंटबेटन की बग्गी ध्वज मंच तक नहीं पहुँच सकी। विवश होकर स्वतंत्र भारत के प्रथम गवर्नर जनरल लॉर्ड माउंटबेटन को समारोह दूर से ही देखना पड़ा। जैसे ही भारत के प्रथम प्रधानमंत्री पं. जवाहरलाल नेहरू ने तिरंगा फहराया, वैसे ही अचानक आकाश में अगस्त माह की चमचमाती धूप में क्षितिज पर न जाने कहाँ से एक इंद्रधनुष चमकने लगा। लोगों ने इसे इंद्रदेव का आशीर्वाद माना। इंद्रधनुष का इस तरह अचानक आकाश में दिखाई देना लॉर्ड माउंटबेटन के हृदय को इतनी गहराई से छू गया कि उन्होंने इस घटना का वर्णन अपनी सत्रहवीं रिपोर्ट में किया, जिसे उन्होंने इंग्लैंड में महारानी को भेजा था।

उस दिन सारे देश में जगह-जगह ध्वजारोहण समारोह आयोजित किए गए। कई भूतपूर्व राजा-महाराजाओं ने भी अपनी-अपनी रियासतों में तिरंगा फहराया। विदेशों में भी तिरंगा फहराया गया। इस अवसर पर विशेष रूप से एक तिरंगा संयुक्त राष्ट्र संघ के कार्यालय वाशिंगटन को भारत के प्रतिनिधि श्री पी.पी. पिल्लै द्वारा भेजा गया, ताकि विश्व के अन्य स्वतंत्र देशों के ध्वजों की पंक्ति में तिरंगा भी अपना स्थान ग्रहण कर सके। ऐसा ही एक तिरंगा विशेष रूप से लंदन भेजा गया। कराची में भारत के नवनियुक्त उच्चायुक्त श्रीप्रकाशजी के निवास-स्थान पर भी तिरंगा फहराया गया।

## लाल किले की प्राचीर पर तिरंगा

लाल किले की प्राचीर पर पहली बार तिरंगा 16 अगस्त, 1947 को

15 अगस्त, 1947 को सुबह 10.30 बजे यूनियन जैक को भारत में अंतिम बार काउंसिल हाउस के ध्वज-दंड से उतारा गया, जो अब संसद् भवन है। भारतभूमि पर ब्रिटिश राष्ट्रीय ध्वज को उतारने की रस्म स्वयं लॉर्ड माउंटबेटन ने पूरी की, जो उस समय भाव-विभोर हो रहे थे। जैसे ही यूनियन जैक उतारा गया, चार तिरंगे झंडे फहराए गए। केंद्रीय सचिवालय के नॉर्थ और साउथ ब्लॉकों पर दो-दो तिरंगे फहराए गए।

स्वतंत्र भारत का प्रथम सार्वजनिक ध्वजारोहण समारोह 15 अगस्त, 1947 की दोपहर बाद इंडिया गेट के पास प्रिंसेस पार्क के बार मेमोरियल में मनाया गया। स्मारक के ऊपर दो तिरंगे झंडे लहराते दिख रहे हैं।

*भारत के गवर्नर जनरल लॉर्ड माउंटबेटन अपनी बग्घी से ही तिरंगे को सलाम करते हुए, क्योंकि वह भारी और अनियंत्रित भीड़ के कारण ध्वजारोहण मंच तक नहीं पहुँच पाए थे, जो समारोह को देखने के लिए इंडिया गेट पर जमा हो गई थी।*

प्रातः 8 बजकर 30 मिनट पर फहराया गया, न कि 15 अगस्त, 1947 को, जैसा कि आम धारणा है। इस ऐतिहासिक समारोह की प्रभारी बटालियन 7 सिख (एल) थी। 15 अगस्त के दिन लाल किले की प्राचीर पर तिरंगा फहराने की परंपरा 15 अगस्त, 1948 से प्रारंभ हुई। इस ऐतिहासिक अवसर पर भाषण देते हुए पंडित नेहरू ने नेताजी सुभाष चंद्र बोस के लाल किले पर राष्ट्रीय ध्वज फहराता देखने के स्वप्न का स्मरण कर खेद प्रकट करते हुए कहा, ''आज नेताजी का सपना साकार हुआ। मगर इस महान् घड़ी को देखने के लिए वे हमारे बीच नहीं हैं।''

16 अगस्त, 1947 को लाल किले की प्राचीर पर जो ऐतिहासिक तिरंगा फहराया गया था, कई दशकों तक उसका कोई अता-पता नहीं रहा। वर्ष 2002 में इस संबंध में समाचार-पत्रों में खबर छपने के बाद इस अनमोल धरोहर की जब खोज की गई तो उसे ऑफिसर्स मैस मुख्यालय, दिल्ली कैंट में पाया गया। संभवतया इन वर्षों के दौरान यह ध्वज पूर्व दिल्ली और राजस्थान सब-एरिया मैस के संरक्षण में रहा होगा।

ध्वजावस्त्र (Bunting) से बने इस ऐतिहासिक ध्वज का आकार 6 × 4 फीट है। ध्वज को हाल ही में एक अन्य ऑफिसर्स मैस में स्थानांतरित किया गया है और इस समय यह आर्मी बैटल ऑनर्स मैस, नई दिल्ली के संरक्षण में है। आशा है कि इस राष्ट्रीय स्मृति-चिह्न को भावी पीढ़ियों के लिए सँजोकर सुरक्षित रखा जाएगा। □

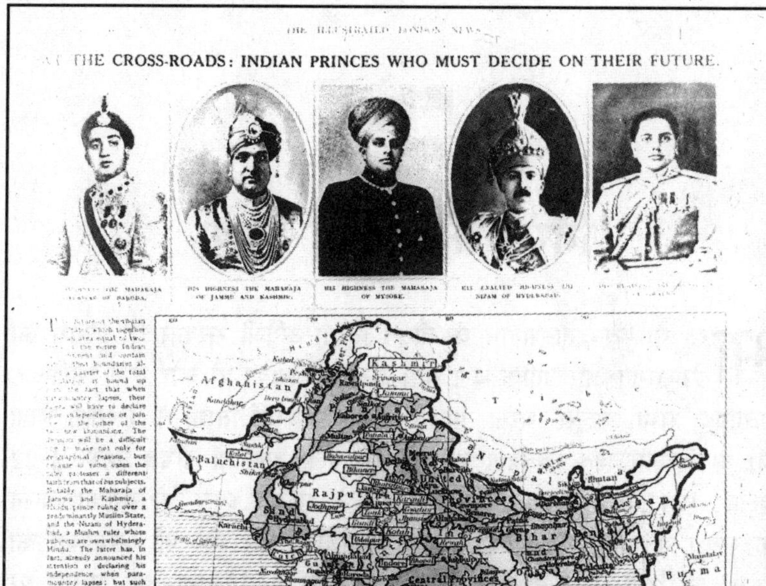

THE ILLUSTRATED LONDON NEWS

AT THE CROSS-ROADS: INDIAN PRINCES WHO MUST DECIDE ON THEIR FUTURE.

[illegible] THE MAHARAJA [illegible] OF BARODA.

HIS HIGHNESS THE MAHARAJA OF JAMMU AND KASHMIR.

HIS HIGHNESS THE MAHARAJA OF MYSORE.

HIS EXALTED HIGHNESS THE NIZAM OF HYDERABAD.

[illegible]

T[illegible] future of the Indian [illegible] States, which together [illegible] an area equal to two-[illegible] of the entire Indian [illegible] continent and contain [illegible] their boundaries al-[illegible] a quarter of the total [illegible] population, is bound up [illegible] the fact that when [illegible] paramountcy lapses, their [illegible] will have to declare [illegible] independence or join [illegible] the other of the [illegible] new Dominions. The [illegible] will be a difficult [illegible] to make not only for geographical reasons, but because in some cases the ruler professes a different faith from that of his subjects. Notably the Maharaja of Jammu and Kashmir, a Hindu prince ruling over a predominantly Muslim State, and the Nizam of Hyderabad, a Muslim ruler whose subjects are overwhelmingly Hindu. The latter has, in fact, already announced his intention of declaring his independence when paramountcy lapses; but such a course is not open to those whose States could be subjected to economic pressure from outside. Among the States which have joined the Constituent Assembly of Hindustan are Udaipur, Baroda, Gwalior, Bikanir and Jodhpur. At the time of writing no States have joined the Constituent Assembly of Pakistan though certain of the Muslim States may do so when it is functioning. Our photographs show the rulers of some of the foremost States, of whom a few have already chosen their path into the future.

CONTAINING NEARLY A QUARTER OF THE TOTAL POPULATION AND OCCUPYING TWO-FIFTHS OF THE INDIAN SUB-CONTINENT: A MAP SHOWING THE INDIAN STATES WHOSE RULERS WILL SHORTLY HAVE THE CHOICE OF BECOMING INDEPENDENT OR JOINING ONE OF THE TWO DOMINIONS OF HINDUSTAN AND PAKISTAN.



HIS HIGHNESS THE MAHARANA OF UDAIPUR (MEWAR).

HIS HIGHNESS THE MAHARAJA (HOLKAR) OF INDORE.

HIS HIGHNESS THE KHAN OF KALAT.

HIS HIGHNESS THE NAWAB OF BHOPAL.

HIS HIGHNESS THE MAHARAJA OF TRAVANCORE.

*भारतीय रजवाड़ों के कुछ पूर्व शासक, जिन्होंने अपने रजवाड़ों का स्वतंत्र भारत में विलय कर लिया था, ने 15 अगस्त, 1947 को अपने-अपने गणतंत्र राज्यों में तिरंगा फहराया था।*

## 2

# तिरंगे की मुक्ति-गाथा

भारत के स्वतंत्रता-संग्राम के दौरान तिरंगा अंग्रेजी सरकार के विरोध का प्रेरणास्रोत और प्रतीक बना रहा। उन दिनों शायद ही कोई ऐसा आंदोलन, सत्याग्रह, सभा, जलूस, धरना, प्रदर्शन रहा हो जिसमें तिरंगा न फहराया जाता हो। आखिरकार जब स्वतंत्रता की स्वर्णिम वेला आई तो पंडित नेहरू ने 22 जुलाई, 1947 को संविधान सभा में भारत के राष्ट्रीय ध्वज को स्वीकार करने के संबंध में एक प्रस्ताव पेश किया। नेहरूजी ने इस झंडे को 'स्वतंत्रता का ध्वज' की संज्ञा दी। अन्य लोगों ने उनके सुर में सुर मिलाया। इस अवसर पर श्रीमती सरोजिनी नायडू ने कहा, "इस झंडे के तले न कोई राजा है, न कोई रंक, न कोई अमीर है, न कोई गरीब।" स्वतंत्रता सेनानी मुनिस्वामी पिल्लै का कहना था कि तिरंगा केवल अमीर या सुविधा-संपन्न लोगों का ही नहीं, वरन् समाज के दीन-हीन, शोषित व दबे-कुचले लोगों का भी है, इस पर उन सबका भी समान अधिकार है। इसी तरह अन्य अनेक विभूतियों ने इस अवसर पर राष्ट्रीय झंडे के सम्मान में अपने-अपने उद्‌गार व्यक्त किए।

इसे विडंबना ही कहेंगे कि जैसे-जैसे समय बीतता गया, सामाजिक समता का प्रतीक यह झंडा कुछ गिने-चुने, विशेषाधिकार प्राप्त और सरकार में उच्च पदासीन लोगों की धरोहर बनकर रह गया। झंडा नियमावली के अनुसार केवल अति गण्यमान्य व्यक्तियों, सरकारी कार्यालयों और सार्वजनिक क्षेत्र के उपक्रमों को ही अपने परिसर में तिरंगा फहराने का अधिकार था। स्वतंत्र भारत में आम आदमी को भुला दिया गया। तिरंगे के बारे में व्यक्त हमारे महान् स्वतंत्रता सेनानियों की भावनाएँ न जाने कहाँ खो गई थीं! आजादी की लड़ाई के दौरान जिस तिरंगे के सम्मान के लिए समस्त देशवासी अपना सर्वस्व

न्योछावर करने को तत्पर रहते थे, आजाद भारत में वही तिरंगा आम नागरिक की पहुँच से दूर हो गया।

वस्तुतः 1948-50 में सर्वप्रथम जो ध्वज-संहिता तैयार की गई, उसमें आम नागरिकों पर झंडा फहराने पर रोक लगा दी गई। भारतीय ध्वज-संहिता के अनुसार, राष्ट्रीय ध्वज केवल सरकारी भवनों पर और कतिपय सरकारी गण्यमान्य व्यक्तियों के सरकारी आवासों पर ही फहराया जा सकता था। शेष भारतीयों को केवल स्वतंत्रता दिवस, गणतंत्र दिवस, गांधी जयंती और कुछ अन्य अवसरों पर ही ध्वज फहराने का अधिकार था।

ऐसी स्थिति में वर्ष भर सम्मानपूर्वक राष्ट्रीय ध्वज फहराने के आम नागरिकों के अधिकार के लिए आवाज बुलंद करने की आवश्यकता थी। लेकिन हैरानी की बात थी कि एक ऐसे देश में, जहाँ असंख्य लोगों ने आजादी की लड़ाई के दौरान अपना सर्वस्व तिरंगे के प्रति न्योछावर कर दिया था, उसी तिरंगे के सम्मानपूर्वक प्रदर्शन पर पाबंदी के विरुद्ध विरोध का कोई स्वर सुनाई नहीं दिया। आखिरकार, 1994 में एक ओजस्वी युवा ने भारतीय ध्वज-संहिता में निहित इस पाबंदी पर प्रश्न-चिह्न लगाया। मात्र चौबीस वर्ष के कर्मठ, देशभक्त युवक नवीन जिंदल ने बेरोकटोक राष्ट्रीय झंडा फहराने के भारतीय नागरिकों के अधिकार की आवाज बुलंद की।

तिरंगे का जिक्र आते ही आज भी नवीन जिंदल यादों में खो जाते हैं। अतीत को स्मरण करते हुए वे कहते हैं, ''तिरंगे से उनका लगाव बचपन से ही था और इसके रंग उन्हें सदा से ही बहुत भाते थे, परंतु यह आसक्ति 1990 में तब अत्यंत बलवती हो उठी जब वे संयुक्त राज्य अमेरिका के राज्य डाल्लास के टेक्सास विश्वविद्यालय में एम.बी.ए. की डिग्री के लिए पढ़ाई कर रहे थे। अमेरिका पहुँचने पर उन्होंने सबसे पहली जो बात गौर की, वह थी अमेरिकी नागरिकों द्वारा अपने राष्ट्रीय ध्वज को समूचे देश में बेरोकटोक फहराया जाना।''

राष्ट्रीय ध्वज के प्रति उनका यह जुनून इस हद तक है कि वे लोग अपने पहनने के कपड़ों पर भी अपने देश के झंडे का पैटर्न (आकृति) धारण किए रहते हैं। राष्ट्रीय ध्वज के प्रति अमेरिकियों के इस जुड़ाव ने नवीन को अमेरिका में अपने राष्ट्रीय ध्वज 'तिरंगे' को प्रदर्शित करने के लिए प्रेरित किया। अमेरिका प्रवास के दौरान नवीन को वहाँ तीस सालों से रह रहे टेक्सास निवासी एक भारतीय व्यवसायी के घर पर जाने का अवसर मिला। उन्होंने

देखा कि अलंकृत रूप से फ्रेम में जड़ा हुआ एक तिरंगा मेजबान के घर की बैठक की शोभा बढ़ा रहा था। भारत में उन्हें किसी भी घर में राष्ट्रीय ध्वज का इस तरह का प्रदर्शन देखने का सौभाग्य प्राप्त नहीं हुआ था। इस घटना से तिरंगे के प्रति उनका लगाव और भी गहरा हो गया।

अमेरिकी छात्रों में नवीन की लोकप्रियता बढ़ती चली गई और शीघ्र ही वे वहाँ विश्वविद्यालय में छात्र संघ के अध्यक्ष चुने गए। अध्यक्ष के रूप में उन्हें छात्र संघ के भवन में एक कार्यालय-कक्ष दिया गया। उन्होंने अपने कार्यालय-कक्ष में भारतीय राष्ट्रीय ध्वज प्रदर्शित करने का निश्चय किया, जिस पर न तो विश्वविद्यालय प्रशासन को और न ही उनके अमेरिकी दोस्तों को कोई आपत्ति थी। जैसे ही उन्होंने अपनी यह इच्छा व्यक्त की, दो दिन के भीतर ही उनके एक अमेरिकी मित्र रेंडी ने उन्हें एक बड़ा तिरंगा लाकर भेंट किया। उस क्षण को याद करते हुए नवीन कहते हैं—"यह पहला मौका था, जब मैंने अपने देश का झंडा अपने हाथों में पकड़ा। उस समय मुझे बहुत गर्व व हर्ष की अनुभूति हुई।" उन्होंने छात्र संघ भवन के अपने कार्यालय में इसे प्रदर्शित किया। तिरंगा शीघ्र ही चर्चा का विषय बन गया। जो भी आगंतुक उनसे मिलने आता, वह इस झंडे के साथ-साथ भारतीय लोगों के प्रति अपनी जिज्ञासा अवश्य प्रकट करता। नवीन के शब्दों में—"जब भी मैं झंडे को निहारता, एक असीम आनंद व उल्लास की अनुभूति से भर जाता था।"

अमेरिका से पढ़ाई पूरी करने के बाद सन् 1992 में नवीन स्वदेश लौटे। यहाँ उन्होंने अपने पिता के कुशल मार्गदर्शन में जिंदल स्ट्रिप्स लिमिटेड के निदेशक के रूप में मध्य प्रदेश स्थित रायगढ़ संयंत्र का कामकाज सँभाला।

## संघर्ष की शुरुआत

वहीं पर वह घटना घटित हुई जिसने नवीन के जीवन की दिशा बदल दी। 26 जनवरी, 1993 को गणतंत्र दिवस के अवसर पर उन्होंने अपनी रायगढ़ फैक्टरी में झंडा फहराया, पर अगले दिन उन्होंने देखा कि झंडा वहाँ से उतार दिया गया था। उन्होंने फैक्टरी के मैनेजर से पूछा तो उसने बताया कि झंडा प्रतिदिन नहीं फहराया जा सकता है। नवीन को यह जानकर बड़ा आश्चर्य हुआ। उन्होंने मैनेजर को झंडा फहराने का आदेश दिया और साथ ही यह सुनिश्चित करने की हिदायत दी कि झंडे को पूरे सम्मान व गरिमापूर्वक प्रतिदिन सूर्योदय के समय फहराया जाए और सूर्यास्त के समय उतार लिया जाए।

घटना का स्मरण करते हुए नवीन कहते हैं—"तिरंगा फैक्टरी पर लहराता हुआ अति सुंदर लगता था। वास्तव में अपने देश के प्रति प्रेम प्रदर्शित करने का यह प्रतीकात्मक तरीका है। दिमागी तौर पर भी यह बहुत शुकून देनेवाला था। कामगारों को भी यह अनुभूति होती थी कि वे केवल कंपनी के लिए ही नहीं वरन् पूरे देश के लिए काम कर रहे हैं। वस्तुतः यह तिरंगा फैक्टरी में हम सभी को एकसूत्र में पिरोने का साधन बन गया था।"

इस बीच रायगढ़ के जिला कलक्टर, पुलिस अधीक्षक और अन्य वरिष्ठ सरकारी अधिकारी तथा मीडिया से जुड़े लोग भी रायगढ़ फैक्टरी में दौरे पर आते रहे। इनमें से कुछ ने कभी-कभार इस बात का संकेत किया कि नवीन को फैक्टरी परिसर में झंडा फहराने का अधिकार नहीं है। लेकिन उनमें से किसी के पास उनके इस तर्क का कोई जवाब नहीं था कि यदि वे अपने ही देश में सम्मानपूर्वक और गर्व के साथ अपना राष्ट्रीय झंडा नहीं फहरा सकते हैं तो फिर और कहाँ फहरा सकते हैं?

6 सितंबर, 1994 को बिलासपुर संभाग के तत्कालीन आयुक्त श्री एस. पी. दुबे ने रायगढ़ फैक्टरी का दौरा किया और देखा कि तिरंगा वहाँ पूरी शान से लहरा रहा है। इससे नाराज होकर जब इस संबंध में उन्होंने पूछताछ की तो उन्हें जानकारी मिली कि वहाँ एक साल से भी अधिक समय से प्रतिदिन झंडा फहराया जाता रहा है। दुबे ने पुलिस अधीक्षक को तुरंत वहाँ से झंडा हटाने का आदेश दिया। नवीन उस समय दिल्ली में थे। फैक्टरी के अधिकारियों ने तुरंत उन्हें घटनाक्रम की जानकारी दी। नवीन इससे बहुत क्षुब्ध हुए। स्वतंत्र भारत में आखिर इस तरह सरकार जनता पर अविश्वास कैसे कर सकती है, विशेषकर तब, जबकि हम पूरे सम्मान के साथ राष्ट्रीय ध्वज फहरा रहे हैं। इस दुर्भाग्यपूर्ण घटना से उनका संकल्प और मजबूत हुआ और उन्होंने राष्ट्रीय ध्वज फहराने के अधिकार की लड़ाई लड़ने की ठान ली।

नवीन अब एक लंबी कानूनी लड़ाई के लिए तैयार हो गए। सर्वप्रथम उन्होंने भारतीय संविधान और भारतीय झंडा-संहिता का अध्ययन किया, जिसके आधार पर सरकार ने उनको फैक्टरी पर झंडा फहराने से रोका था। इसके लिए उन्होंने प्रसिद्ध वकील श्री शांति भूषण (भूतपूर्व विधि व न्याय मंत्री) से संपर्क किया, जो जनहित के मामलों में बड़ी रुचि रखते थे। उन्होंने नवीन को बताया कि इस विषय पर दो स्पष्ट कानून हैं। पहला कानून है, राष्ट्रीय गौरव अपमान निवारण अधिनियम 1971, जिसमें कहा गया है कि "राष्ट्रीय झंडे

को सार्वजनिक रूप से मैला-कुचैला नहीं किया जाएगा, न जलाया, फाड़ा या कुचला जाएगा।" इस कानून का उल्लंघन करनेवालों को तीन वर्ष तक की सजा या जुरमाना किया जा सकता है। लेकिन इस कानून के तहत किसी व्यक्ति पर सम्मानजनक तरीके से झंडा फहराने से रोक नहीं लगाई गई।

दूसरा कानून, जो राष्ट्रीय ध्वज के उपयोग से संबंधित है, वह है—राष्ट्रीय झंडे का प्रदर्शन, संप्रतीक और नाम (अनुचित प्रयोग का निवारण) अधिनियम 1950। इस अधिनियम में कहा गया है कि "राष्ट्रीय ध्वज या राष्ट्रीय प्रतीक को वाणिज्यिक प्रयोजनों के लिए प्रयोग नहीं किया जा सकता है, न ही इसका प्रयोग पैकेजिंग के लिए किया जा सकता है।" इस जानकारी के बाद नवीन ने चैन की साँस ली, क्योंकि उन्होंने झंडे से संबंधित किसी भी कानून का उल्लंघन नहीं किया था। 3 अक्तूबर, 1994 को नवीन ने बिलासपुर के आयुक्त और गृह मंत्रालय को भेजने के लिए एक पत्र का मसौदा तैयार किया। पत्र में कहा गया था कि वे देशभक्ति की भावना से फैक्टरी परिसर में झंडा फहरा रहे हैं। तिरंगा उन्हें और अधिक बुलंदियों को छूने के लिए प्रेरित करता है। उन्होंने अपनी चिट्ठी में पूछा कि जब कोई भी मौजूदा भारतीय कानून उन्हें उनकी फैक्टरी के परिसर में झंडा फहराने से नहीं रोकता है तो आखिर उन पर यह पाबंदी क्यों लगाई जा रही है?

फैक्टरी के वरिष्ठ अधिकारियों ने नवीन को सचेत किया कि वे इस प्रकार की चिट्ठी सरकार को न भेजें। उनका मानना था कि सरकारी अधिकारियों को नाराज करना ठीक नहीं है। लेकिन नवीन ने अपने पिताजी के बताए मार्ग पर चलना पसंद किया। उनके पिता कहा करते थे—'यदि तुम सही रास्ते पर हो तो भगवान् तुम्हारा साथ देगा। यदि तुम किसी नेक काम के लिए आगे बढ़ते हो तो कोई तुम्हारा बाल बाँका नहीं कर सकता।' अपने पिता की इस शिक्षा से प्रेरित होकर नवीन ने पत्र भेज दिया, लेकिन सरकार की ओर से उन्हें कोई जवाब नहीं मिला। उन्होंने एक रिमाइंडर भेजा और आखिरकार उन्हें बिलासपुर के कमिश्नर का उत्तर मिला। इसमें कहा गया था, "राष्ट्रीय ध्वज को फहराने संबंधी उपबंध भारत सरकार के गृह मंत्रालय द्वारा प्रकाशित भारतीय झंडा-संहिता में निहित हैं। उक्त संहिता की एक धारा राष्ट्रीय झंडे को कतिपय अवसरों पर ही प्रदर्शित करने पर सीमित करती है। राष्ट्रीय झंडे को किसी भी दिन, किसी भी तरीके से प्रदर्शित नहीं किया जा सकता, जैसा कि आपने अपने पत्र में उल्लेख किया है। राष्ट्रीय गौरव अपमान निवारण अधिनियम

1971 में सजा के विवरण दिए गए हैं।''

नवीन इस बात से बहुत हैरान थे कि सरकार ने राष्ट्रीय ध्वज को एक राजकीय ध्वज में तब्दील कर दिया है। उन्होंने एक बार फिर देश के जाने-माने कानूनविदों से मशविरा किया। इस कानूनी सलाह से उनके दिमाग में यह स्पष्ट हो गया कि भारतीय झंडा-संहिता में कार्यकारी निर्देश निहित हैं, जिन्हें संसद् द्वारा पारित नहीं किया गया है, इसलिए इनकी कोई कानूनी मान्यता नहीं है, विशेषकर तब, जबकि किसी व्यक्ति के मौलिक अधिकारों का हनन होता हो।

कुछ ऐसे भी लोग थे जो नवीन के इस विचार से सहमति नहीं रखते थे कि झंडा फहराने की आजादी सभी नागरिकों को दी जाए। उन लोगों की आशंका थी कि यदि प्रत्येक नागरिक को राष्ट्रीय झंडा फहराने की अनुमति दे दी जाएगी तो इसकी पवित्रता पर आँच आ सकती है और इसके दुरुपयोग की संभावनाएँ बढ़ सकती हैं।

नवीन के शब्दों में—''मेरे लिए उनकी आशंकाएँ दो कारणों से बिलकुल निराधार थीं। पहला तो यह कि राष्ट्रीय झंडे के किसी दुरुपयोग या अपमान को रोकने के लिए बकायदा एक कानून है। दूसरा, क्या हम देवी-देवताओं की मूर्तियों और तसवीरों को भी केवल इस डर से पूजा-स्थलों में ही रखने पर जोर देते हैं कि कहीं घरों में उनका दुरुपयोग न हो?''

अंतत: 2 फरवरी, 1995 को नवीन ने दिल्ली उच्च न्यायालय में एक रिट याचिका दायर की। इसमें यह अनुरोध किया गया कि सभी भारतीयों और संस्थाओं को सम्मानजनक तरीके से राष्ट्रीय झंडा फहराने की अनुमति दी जानी चाहिए, क्योंकि झंडा-संहिता में निहित कार्यकारी निर्देशों की कोई कानूनी मान्यता नहीं है।

सोच-विचार के बाद 22 सितंबर, 1995 को दिल्ली उच्च न्यायालय ने नवीन को राष्ट्रीय झंडा फहराने की अनुमति दे दी। एक ऐतिहासिक फैसले में माननीय उच्च न्यायालय ने यह निर्णय सुनाया कि सरकार एक कार्यकारी आदेश के जरिए नागरिकों को उनके मौलिक अधिकारों से वंचित नहीं कर सकती। न्यायालय का यह भी फैसला था कि राष्ट्रीय झंडे को फहराने का अधिकार भाषण और अभिव्यक्ति की स्वतंत्रता के मौलिक अधिकार का एक भाग है और उस अधिकार को केवल भारतीय संविधान के अनुच्छेद 19(2) के तहत ही प्रतिबंधित किया जा सकता है। चूँकि भारतीय झंडा-संहिता में लगाए गए प्रतिबंधों को भारतीय संसद् द्वारा निर्मित किसी

कानून द्वारा अधिकृत नहीं किया गया है, इसलिए इन प्रतिबंधों को कोई कानूनी मान्यता प्राप्त नहीं है।

इस ऐतिहासिक फैसले की समूचे देश में सराहना हुई। विजय के सूत्रधार रहे नवीन ने ही नहीं, वरन् हजारों भारतीयों ने प्रतिदिन झंडे को प्रदर्शित करना आरंभ कर दिया। पत्रों के जरिए और दूरभाष पर नवीन को बधाई देनेवालों का ताँता लग गया।

लेकिन जनवरी 1996 में भारत सरकार ने दिल्ली उच्च न्यायालय के फैसले के विरुद्ध अपील की। उच्चतम न्यायालय में दायर विशेष अनुमति याचिका में सरकार ने यह दलील दी कि राष्ट्रीय झंडे का कम-से-कम प्रयोग करने देने की अनुमति के पीछे यह सोच है कि इसके सम्मान को आँच न आए। याचिका में यह कहा गया कि श्री जिंदल ने यह कल्पना करके कि देश के प्रति देशभक्ति और प्रेम प्रदर्शित करने का एकमात्र तरीका झंडा फहराना है, एक गलत दृष्टिकोण अपनाया है।

उच्चतम न्यायालय ने 7 फरवरी, 1996 को सरकार की विशेष अनुमति याचिका स्वीकार करते हुए दिल्ली उच्च न्यायालय के फैसले के अमल पर रोक लगा दी।

नवीन को सरकार के इस कृत्य से बहुत निराशा हुई। मन मसोसकर उन्हें तिरंगा फहराना बंद करना पड़ा। लेकिन उनके वरिष्ठ वकील श्री शांति भूषण ने फिर उन्हें सलाह दी कि वे अभी भी झंडा फहराना जारी रख सकते हैं, इससे अदालत की कोई अवमानना नहीं होगी, क्योंकि उच्चतम न्यायालय ने केवल उच्च न्यायालय के फैसले के अमल पर रोक लगाई है। अभी भी ऐसा कोई कानून नहीं है जो सम्मानपूर्वक तिरंगे के फहराने पर पाबंदी लगाता हो। रायगढ़ फैक्टरी के हताश कामगार नवीन से मिले और अपनी यह इच्छा प्रकट की कि वे भी राष्ट्रीय झंडे को फैक्टरी परिसर में फहराते देखना चाहते हैं। नवीन ने उन्हें भरोसा दिलाया कि फैक्ट्री परिसर में तिरंगे को लगातार फहराने की उनकी इच्छापूर्ति के लिए वे एड़ी-चोटी का जोर लगा देंगे और सभी भारतीयों के अधिकार के लिए लड़ाई लड़ेंगे। दृढ़प्रतिज्ञ और जुझारू नवीन ने अपनी कंपनी के प्रबंधन को तिरंगा फहराने को कहा और एक बार फिर से फैक्टरी परिसर में प्रतिदिन तिरंगा लहराने लगा।

रायगढ़ के जिलाधिकारी ने जब फैक्टरी परिसर में झंडा लहराते देखा तो उन्होंने तत्काल इसकी शिकायत गृह मंत्रालय को भेजी। भारत सरकार ने

नवीन के खिलाफ एक अवमानना याचिका दायर की। अवमानना याचिका जब न्यायालय में सुनवाई के लिए आई तो उनके वकील ने न्यायालय को बताया कि नवीन का देश की न्यायपालिका के प्रति पूरा सम्मान है और वे उसके आदेश की कोई अवहेलना नहीं कर रहे हैं, न ही झंडा फहराकर उनका इसके प्रति असम्मान का कोई इरादा है। वे तो महज देश के प्रति अपने सच्चे प्रेम की खातिर ऐसा कर रहे हैं।

बाद में यह मामला न्यायमूर्ति वी.एन. खरे और न्यायमूर्ति एस.एन. वरियावा की उच्चतम न्यायालय की खंडपीठ के समक्ष सुनवाई के लिए आया। सुनवाई के दौरान खंडपीठ ने यह टिप्पणी की कि प्रथम दृष्टया उन्हें ऐसा कोई कारण नहीं दिखता कि देश के नागरिक राष्ट्रीय झंडे का प्रदर्शन न करें और अपनी देशभक्ति का इजहार न कर सकें। उन्होंने यह भी कहा कि यह बात कानून सम्मत नहीं लगती कि गैर-सरकारी व्यक्ति राष्ट्रीय ध्वज वर्ष में केवल कुछ ही दिन फहरा सकते हैं।

उच्चतम न्यायालय की इन जोरदार टिप्पणियों के कारण भारत सरकार ने 18 अक्तूबर, 2000 को विभिन्न मंत्रालयों के अधिकारियों की एक समिति गठित की, जिसका अध्यक्ष गृह मंत्रालय के अतिरिक्त सचिव डॉ. पी.डी. शिनॉय को नियुक्त किया गया। इस समिति को इस विषय पर विचार करने को कहा गया कि "क्या देश के नागरिकों को देश के प्रति गर्व और देशभक्ति की अपनी भावनाओं को व्यक्त करने के लिए राष्ट्रीय झंडा फहराने की बेरोकटोक अनुमति दी जानी चाहिए या नहीं।"

नवीन इस समिति के सदस्यों से मिले और अपना दृष्टिकोण उनके समक्ष रखा। उन्होंने कहा कि आप सभी वरिष्ठ आई.ए.एस. अधिकारी हैं, लेकिन आपको भी अपने कार्यालय की मेज पर तिरंगा लगाने की अनुमति नहीं है। उन्होंने सदस्यों से पूछा कि यदि उन्हें झंडा लगाने की इजाजत मिल जाए तो क्या वे इसका अनादर या दुरुपयोग करेंगे? सभी का जवाब 'नहीं' में था। नवीन ने फिर उनसे पूछा कि क्या वे झंडे को प्रदर्शित करना चाहेंगे? सभी का उत्तर था 'हाँ'। नवीन ने सदस्यों को बताया, "मेरी सारी लड़ाई का सारांश में मुद्दा यही है। यदि कोई व्यक्ति सम्मानपूर्वक राष्ट्रीय झंडा प्रदर्शित करना चाहता है तो उसको इजाजत मिलनी ही चाहिए।" नवीन का दृष्टिकोण सदस्यों की समझ में आ गया और वे उनसे सहमत जान पड़े। शिनॉय समिति ने 12 अप्रैल, 2001 को केंद्रीय गृह मंत्री को अपनी रिपोर्ट प्रस्तुत की। रिपोर्ट

में यह सिफारिश की गई थी कि देश में सभी नागरिकों को वर्ष भर सम्मानपूर्वक बेरोकटोक राष्ट्रीय झंडा प्रदर्शित करने की अनुमति दी जानी चाहिए। इस बीच अगस्त 2000 से मई 2001 तक केंद्रीय सरकार ने बार-बार उच्चतम न्यायालय से मामले के स्थगन का अनुरोध किया। इस प्रकार मामले को लटकाए रखने की चाल पर माननीय उच्चतम न्यायालय ने अप्रसन्नता व्यक्त की और 2 मई, 2001 को नवीन को सम्मान, गरिमा व आदरपूर्वक राष्ट्रीय झंडा फहराने की अनुमति दे दी।

आखिरकार, केंद्रीय मंत्रिमंडल ने डॉ. शिनॉय समिति की सिफारिशें मंजूर करते हुए झंडा-संहिता में संशोधन को मंजूरी दे दी और 15 जनवरी, 2002 को यह निर्णय लिया गया कि 26 जनवरी, 2002 से आम नागरिकों को पूरे वर्ष सम्मानपूर्वक तिरंगा फहराने की अनुमति दी जाए। झंडा-संहिता में संशोधन के बाद केंद्र सरकार उच्चतम न्यायालय में दायर अपनी अपील को भी वापस लेना चाहती थी। परंतु नवीन के जोर देने पर उनके वकील श्री अभिषेक मनु सिंघवी ने माननीय न्यायालय से आग्रह किया कि इस विषय पर एक सुस्पष्ट आदेश दिया जाए, ताकि यह मामला हमेशा के लिए सुलझ जाए। उच्चतम न्यायालय ने मामले के संवैधानिक पहलू अर्थात् राष्ट्रीय झंडे को सम्मान व गरिमा के साथ फहराना नागरिकों का मूल अधिकार है या नहीं, इस मुद्दे का फैसला करने के लिए सुनवाई करने का निश्चय किया।

23 जनवरी, 2004 को उच्चतम न्यायालय के मुख्य न्यायाधीश न्यायमूर्ति वी.एन. खरे, न्यायमूर्ति एस.बी. सिन्हा और न्यायमूर्ति बृजेश कुमार की संयुक्त न्यायिक खंडपीठ ने एक ऐतिहासिक फैसला सुनाया। इस फैसले की मुख्य बातें इस प्रकार थीं—

1. सम्मान एवं गरिमापूर्वक बेरोकटोक राष्ट्रीय ध्वज फहराने का अधिकार भारत के संविधान के अनुच्छेद 19(1) के अभिप्राय के तहत हर नागरिक का एक मौलिक अधिकार है, क्योंकि यह राष्ट्र के प्रति उसकी निष्ठा और गर्व की भावना की अभिव्यक्ति है।
2. राष्ट्रीय ध्वज फहराने का मौलिक अधिकार एक संपूर्ण अधिकार नहीं है, अपितु एक सशर्त अधिकार है और इस पर भारतीय संविधान के अनुच्छेद 19 (2) के तहत उपयुक्त प्रतिबंध लगाए जा सकते हैं।

3. संप्रतीक और नाम (अनुचित प्रयोग का निवारण) अधिनियम 1950 और राष्ट्रीय गौरव अपमान निवारण अधिनियम 1971 राष्ट्रीय झंडे के प्रयोग को नियंत्रित करेंगे।
4. यद्यपि झंडा-संहिता भारत के संविधान के अनुच्छेद 13(3) के अभिप्राय के अंतर्गत उसके अनुच्छेद 19 (2) के प्रयोजन हेतु कोई कानून नहीं है, अतः यह राष्ट्रीय ध्वज फहराने के अधिकार के निर्बाध प्रयोग को प्रतिबंधात्मक रूप से नियंत्रित नहीं करेगा। लेकिन झंडा-संहिता का उस सीमा तक, जहाँ तक इसमें राष्ट्रीय ध्वज के सम्मान और गरिमा की रक्षा का प्रावधान है, अनुपालन किया जाना चाहिए।

केंद्र सरकार द्वारा जनवरी 1996 में दायर अपील उच्चतम न्यायालय द्वारा खारिज कर दी गई। अवमानना याचिका पहले ही खारिज की जा चुकी थी और लंबे समय से चल रही कानूनी लड़ाई का आखिरकार पटापेक्ष हुआ। इस फैसले से आज नवीन ही नहीं, लाखों भारतीय शान से बेरोकटोक प्रतिदिन तिरंगा फहराते हैं और अन्य भारतीयों को इसके लिए प्रेरित करते हैं।

नवीन की कानूनी लड़ाई के सुखद अंत के शीघ्र बाद ही उनकी पत्नी शालू जिंदल तिरंगे के प्रयोग व प्रदर्शन को बढ़ावा देने के महाअभियान में उनके साथ शामिल हो गईं। उन्होंने दिल्ली में 'तिरंगा-अधिकार और उत्तरदायित्व' विषय पर एक प्रदर्शनी आयोजित की। इसे बाद में एक सचल प्रदर्शनी का रूप दे दिया गया और अब तक यह प्रदर्शनी मुंबई और जयपुर की यात्रा कर चुकी है। भविष्य में इसे हैदराबाद, कोलकाता और अन्य बड़े शहरों में ले जाने की योजना है। श्रीमती शालू जिंदल ने भारतीय राष्ट्रीय ध्वज को लोकप्रिय बनाने के उद्‍देश्य से 'फ्लैग फाउंडेशन ऑफ इंडिया' के तत्त्वावधान में एक पुस्तिका 'तिरंगा : ए सेलेब्रेशन ऑफ दि इंडियन फ्लैग' प्रकाशित की है और तिरंगे पर संगृहीत गीतों की एक कैसेट भी निकाली है।

नवीन मानते हैं कि हमारे महान् देश के इतिहास में पहली बार आम लोगों को ऐसा झंडा अपनाने और प्रदर्शित करने का सौभाग्य मिला है, जो वास्तव में उनका ही है। अपना इतिहास देखने पर हम पाते हैं कि जनता हमेशा शासकों द्वारा शासित होती आई है—चाहे वह अशोक हो या चंद्रगुप्त, जिनके अपने-अपने ध्वज थे। उसके बाद मुगलों और फिर अंग्रेजों का शासन चला, इन शासकों के भी अपने-अपने झंडे थे, ये सब बादशाह या सम्राट् के

होते थे, न कि प्रजा के। इसे विडंबना ही कहेंगे कि जब हमारा देश स्वतंत्र हुआ और एक गणतंत्र भी बना, पर राष्ट्रीय झंडा सरकार और चंद सत्तासीन लोगों की धरोहर बनकर रह गया। नवीन की कानूनी लड़ाई के बाद पहली बार हमें अपने राष्ट्रीय झंडे को अपनाने, प्रदर्शित करने और उससे प्रेरणा पाने का अधिकार आजादी के 57 साल बाद मिला।

नवीन का लोगों से आग्रह है कि हमें अपने देश के इस श्रेष्ठतम प्रतीक को गर्व से अपने घरों व कार्यस्थलों पर लगाना तथा फहराना चाहिए। ऐसा करते समय सबसे अहम बात यह है कि हमें ध्वज के आदर्शों का पालन करना चाहिए और अपने देश के प्रति कर्तव्यनिष्ठ होना चाहिए। उनका यह दृढ़ विश्वास है कि जब कोई व्यक्ति राष्ट्रीय ध्वज का प्रदर्शन करता है तो वह अपने धर्म, जाति, वर्ण और राजनीतिक निष्ठाओं से ऊपर उठ जाता है और अपने देश के प्रति प्रेम एवं भारतीय होने के गर्व की भावना को व्यक्त करता है।

तिरंगे के प्रति नवीन का जुनून कानूनी लड़ाई जीतने के बाद भी खत्म नहीं हुआ, वरन् समय के साथ और तीव्र हो गया। मई, 2004 में वह चौदहवीं लोकसभा के सदस्य चुने गए। एक दिन जब वह सदन की काररवाही में भाग लेने जा रहे थे और उन्होंने अपनी वेशभूषा पर लैपल पिन के रूप में तिरंगा लगाया हुआ था, तो पार्लियामेंट स्टाफ ने उसे उतारने की सलाह दी। उनके अनुसार लोकसभा में कार्यविधि और कार्य संचालन नियमों के अनुसार संसद् सदस्यों को सदन के अंदर काररवाही के समय किसी प्रकार के बैज या लैपल पिन धारण करने की इजाजत नहीं है। नवीन को यह जानकर बहुत दुख हुआ कि लैपल पिन के रूप में तिरंगे के धारण करने पर इस प्रकार की मनाही है। उनके विचार में किसी राजनीतिक दल, धर्म, संस्था आदि का बैज माननीय सदन में पहनने की मनाही तो ठीक है, परंतु राष्ट्रीय झंडे को लैपल पिन के रूप में सदन में अपनी वेशभूषा पर धारण करने की न केवल इजाजत मिलनी चाहिए, वरन् इसे बढ़ावा दिया जाना चाहिए। उनका मानना है कि "जब कोई सांसद तिरंगा अंकित लैपल पिन धारण करता है तो वह अपने धर्म, क्षेत्र या राजनीतिक निष्ठा से ऊपर उठकर राष्ट्र के प्रति निष्ठावान् होता है।"

इसी विश्वास के साथ उन्होंने यह मामला लोकसभा के अध्यक्ष के साथ-साथ संसद् की नियम समिति के सदस्यों के बीच उठाया और उनसे

अनुरोध किया कि लोकसभा में कार्यविधि और कार्य संचालन नियमावली के इस तरह के प्रतिबंध लगाने वाले खंडों में संशोधन किया जाना चाहिए, ताकि सांसदों को संसद् के सदन में लैपल पिन के रूप में राष्ट्रीय झंडा पहनने की अनुमति मिल सके। अनेक संसद् सदस्यों ने उनके विचार का समर्थन किया है और संबंधित नियमों में संशोधन के लिए मामले को आगे बढ़ाने में उनका साथ दिया।

पुस्तक के लिखे जाने तक यह मामला माननीय लोकसभा अध्यक्ष के समक्ष विचाराधीन है।

राष्ट्रीय ध्वज के बारे में नवीन के प्रयासों के संबंध में एक और विवाद का यहाँ जिक्र करना प्रासंगिक होगा, जो भारतीय क्रिकेट टीम के खिलाड़ियों द्वारा राष्ट्रीय झंडे के प्रयोग से संबंधित है। क्रिकेट सुपरस्टार सचिन तेंदुलकर ने जब बी.सी.सी.आई. के लोगो के साथ राष्ट्रीय झंडा युक्त हेलमेट पहनना शुरू किया तो इस पर सरकार द्वारा आपत्ति की गई। इसके फलस्वरूपए फरवरी 2005 में भारत सरकार ने भारतीय क्रिकेट बोर्ड को हिदायत दी कि टीम के पहनावे और साज-सामान पर तिरंगा छपवाना बंद किया जाए।

नवीन राष्ट्रीय खिलाड़ियों द्वारा राष्ट्रीय झंडे के प्रदर्शन को बिलकुल उचित मानते हैं। उन्होंने खिलाड़ियों को उनके कपड़ों पर तिरंगा पहनने देने की अनुमति का मामला गृह मंत्रालय, भारत सरकार की स्थायी संसदीय समिति में उठाया है। समिति में उन्होंने इस बात की वकालत की है कि खेलकूद के सामान या टी-शर्ट आदि पर राष्ट्रीय ध्वज के प्रदर्शन से इसका सम्मान बढ़ता है; इससे किसी भी प्रकार अनादर नहीं होता है। उनका यह भी मानना है कि इस उद्‌देश्य से राष्ट्रीय गौरव अपमान निवारण अधिनियम 1971 में जरूरी संशोधन किया जाए। उन्होंने यह भी कहा कि आम तौर पर जनता को और विशेष रूप से खिलाड़ियों को सम्मानजनक तरीके से हैडगियर, बनियान, टी-शर्ट, ब्लेजर आदि पर तिरंगे के प्रदर्शन की अनुमति दी जाए, जैसा कि अन्य देशों में इसका आम प्रचलन है। स्थायी समिति के सदस्यों ने सर्वसम्मति से उनके विचारों का समर्थन किया और उक्त अधिनियम में संशोधन के लिए मामले को केंद्रीय गृह मंत्रालय को भेज दिया।

परिणामस्वरूप 5 जुलाई, 2005 को केंद्रीय मंत्रिमंडल ने जनता द्वारा किसी परिधान के भाग के रूप में राष्ट्रीय झंडे के प्रयोग पर पाबंदी लगाने वाले अधिनियम की धारा में संशोधन करने का फैसला किया। केंद्रीय

मंत्रिमंडल के इस फैसले को संसद् के दोनों सदनों ने भी पारित कर दिया है। इस संशोधन के बाद अब नागरिक राष्ट्रीय ध्वज की आकृति को अपने परिधानों पर अंकित व प्रदर्शित कर सकते हैं। लेकिन झंडा अभी भी किसी अंडरगारमेंट पर या कमर के निचले भाग पर, किसी वस्त्र या परिधान के रूप में पहनने की मनाही है।

इस प्रकार राष्ट्रीय गौरव अपमान निवारण अधिनियम 1971 में एक और संशोधन 6 दिसंबर, 2005 में किया गया। राष्ट्रीय झंडे के इस्तेमाल के संबंध में इस प्रतिबंधात्मक खंड का हटाया जाना नवीन की उपलब्धियों की श्रृंखला में एक बढ़ोतरी है।

□

3

# झंडों का विकास

पुरातन काल से ही मनुष्य झंडों का उपयोग करता रहा है। तब से आज तक लोग अपने झंडों के लिए जीवन तक न्योछावर करते रहे हैं। यथार्थ में, कपड़े के इस टुकड़े में, जिसे राष्ट्रीय ध्वज कहते हैं, कुछ ऐसा सम्मोहन है कि लोग इसके सम्मान की रक्षार्थ अपनी सर्वश्रेष्ठ वस्तु का भी बलिदान कर सकते हैं। एक साधारण ध्वज जहाँ किसी वंश, जाति या समुदाय में आस्था का प्रतीक है, तो वहीं राष्ट्रीय ध्वज समस्त राष्ट्र, इसकी महत्त्वाकांक्षाओं, अभिलाषाओं एवं उपलब्धियों का द्योतक होता है। यह अपने आस्थावानों का उस समय दिशा-निर्देशन करता है जब उनका अस्तित्व खतरे में हो। संकट के समय कपड़े का यह टुकड़ा लोगों को एकजुट होने एवं स्वमातृभूमि के सम्मान की रक्षार्थ आत्मोत्सर्ग करने की प्रेरणा देता है।

'फ्लैग' शब्द जर्मन मूल का है और संभवतः पंद्रहवीं या सोलहवीं सदी के आस-पास विभिन्न उत्तर यूरोपीय भाषाओं में प्रयोग में आया, जिसका अर्थ है कपड़े का एक टुकड़ा या झंडी। अथवा किसी जाति, सेना कार्यालय या किसी व्यक्ति के प्रतीक-स्वरूप इसी तरह की कोई अन्य चीज। आमतौर पर झंडा पारंपरिक रूप से आयताकार होता है और किसी डंडे या रस्सी से जुड़ा या बँधा होता है।

झंडा मनुष्य के जीवन में किस प्रकार और कब जुड़ गया, यह एक रोचक विषय है। मानव समाज के आदिम दिनों में, जब मनुष्य परिवारों, कबीलों और छोट-छोटे समूहों में रहता था, तब उसका जीवन प्रकृति से, जो उसे भोजन और आश्रय प्रदान करती थी, घनिष्ठता से जुड़ा हुआ था। सभ्यता के प्रारंभिक चरण में प्रकृति लगभग हर प्रकार से आदियुगीन मानव के जीवन

को प्रभावित करती थी, अतः वह प्रकृति के ऐसे पदार्थों को, जो जीवन-यापन में उसकी सहायता करते थे, पवित्र मानता था। उसने उन समस्त पादपों, वृक्षों व जानवरों आदि को, जो उसके जीवन-संघर्ष में उसके सहायक थे, अपनी श्रद्धा और अर्चना से पूजनीय बना दिया।

बाद में, आदिकालीन मानव ने अपने परिवार, वंश और समुदायों का नामकरण ऐसे उपादानों के आधार पर किया जो कालांतर में उसके द्वारा गणचिह्न के रूप में अपनाए गए। प्रत्येक परिवार या वंश अथवा जनजाति ने अपने आवासों के निकट अपनी पहचान के प्रतीक-स्वरूप गणचिह्नों के स्तंभ बनवाए, गणचिह्न वेदिकाओं पर विशेष धार्मिक अनुष्ठान किए जाने लगे। मानवशास्त्र के अध्ययन से इस तथ्य की पुष्टि होती है कि पूरे संसार में गणचिह्न प्रथा किसी-न-किसी रूप में आदियुगीन मानव की जीवनचर्या का अंग बन चुकी थी। साक्ष्यों से स्पष्ट होता है कि अमेरिका के आदिवासियों में डकोटा लोग, जो कि मिसीसिपी और मिसौरी नदी की वादियों में रहते थे, अपने समूहों के नाम चील, तेंदुआ, बाघ और भैंस जैसे पशु-पक्षियों के नाम पर रखते थे। गणचिह्न प्रथा अफ्रीका और भारत में भी फैली। दक्षिण अफ्रीका की बछुआ जनजाति में अब भी जानवारों के आधार पर नाम रखे जाते हैं। उदाहरण के लिए, शब्द बकतला का अभिप्राय है 'वानर वंश' के, और बकुआना का अर्थ है 'मगर वंश' के तथा ऐसे ही अर्थ दूसरे शब्द भी रखते हैं।

मोहनजोदड़ो से प्राप्त एक मुहर में चार लोग एक पंक्ति में दरशाए गए हैं और उनमें हर आदमी के हाथ में एक झंडा है। मुहर पर साफ-साफ छपे दो ध्वजों में एक पर एकश्रृंगीय पशु की आकृति अंकित है तो दूसरे पर धूपदान की। ये मुहरें हड़प्पा और मोहनजोदड़ो संस्कृति में गणचिह्नों के प्रचलन की पुष्टि करती हैं। 'ऋग्वेद' में कुछ ऐसे संदर्भ उपलब्ध हैं जो वैदिक काल में गणचिह्न प्रथा के अस्तित्व की ओर संकेत करते हैं। रामायण में उल्लिखित वानर जाति और महाभारत में वर्णित नाग तथा गरुड़ जातियाँ एक प्रकार से गणचिह्न प्रथा से ही जुड़ी कही जा सकती हैं। मध्य प्रदेश के संथालों ने सौ से भी ऊपर जनजातियों के नाम पशुओं और पौधों के नाम पर रखे हुए हैं। भील भी अपने कबीलों के नाम सर्प, शृगाल, लौकी पर रखते हैं।

प्रारंभिक मानव इन गणचिह्नों को अपना रक्षक और शक्तिदाता मानता था। इसीलिए शांति के दिनों में वे अपने आवास क्षेत्र में इनकी पूजा किया करते थे और स्पष्टतः इन्हीं कारणों से इन्हें युद्ध के मैदान में भी ले जाते थे।

इससे यह तो स्पष्ट हो ही जाता है कि अपने आरंभिक दौर में ये गणचिह्न वहनीय थे। कालांतर में इन गणचिह्नों का रूप और आकार बड़ा, आलंकारित और भारी होने लगा। अतएव बाद में इन्हें अपने आवासीय क्षेत्रों के आस-पास रखा जाने लगा और इस प्रकार ये अचल हो गए। जब कभी एक समुदाय या गाँव के लोग एक स्थान से दूसरे स्थान को प्रस्थान करते थे तो वे इन अचल गणचिह्नों को अपने स्थान पर ही छोड़ जाते थे और केवल उनकी प्रतिकृतियाँ ही अपने साथ ले जाते थे।

युद्ध क्षेत्र की विशेष आवश्यकताओं व परिस्थितियों ने मनुष्यों को अपने साथ गणचिह्नों और प्रतीकों आदि को ले जाने के पहले से अच्छे और सुविधाजनक उपायों पर विचार करने के लिए विवश किया। संभवतया इसी कारण गणचिह्न आगे चलकर अपेक्षाकृत हलके पदार्थों, जैसे—पशुओं की खाल व पेड़ों की छाल के बनाए जाने लगे और अंततः जब कपड़े का आविष्कार हो गया, तब ये कपड़े के ऊपर दरशाए जाने लगे, ताकि इनको युद्ध क्षेत्र और आखेट स्थलों तक अपनी पहचान के उद्देश्य से शान के साथ समय-समय पर ले जाया जा सके। इस प्रकार आवश्यकताओं के वशीभूत होकर झंडे का वर्तमान रूप अस्तित्व में आया।

मानव इतिहास के आरंभिक दिनों में अर्चना और आस्था का उपादान होने के अतिरिक्त झंडा सैन्य-संगठन और युद्ध स्थलों में शत्रु व मित्र की पहचान हेतु पहचान का भी काम करता था। इसी उद्देश्य की पूर्ति हेतु सैनिकों के दिशा-निर्देश के लिए ध्वज-वाहकों का उपयोग होने लगा।

युद्धकाल में युद्ध क्षेत्र तक और शांतिकाल में राजाओं एवं राजपरिवार के सदस्यों के समक्ष झंडा लेकर चलने की प्रथा आरंभ में विश्व के लगभग सभी सभ्य देशों, जैसे—मिस्र, असीरिया, यूनान, रोम, चीन, भारत व अन्य देशों द्वारा अनुसरण किया गया। प्राचीन अभिलेखों के अध्ययन से यह पता चलता है कि विशेष महत्त्व के पवित्र प्रतीक-चिह्न राजाओं के समक्ष ले जाए जाते थे, जबकि अन्य वैसे ही प्रतीक राजपरिवार के सदस्यों, उनकी सैन्य इकाइयों व पोतों द्वारा धारण किए जाते थे। असीरिया की 671 ई.पू. की एक प्रतिमा, जोकि एक सैन्य-ध्वज को ले जा रहे सैनिक की है, इस तथ्य की पुष्टि करती है। इसी प्रकार मृण्भांडों के ऊपर बाद के समय के मिस्री पोत अंकित किए मिलते हैं, जो मछभालों या मछली आदि के चिह्नों से युक्त हैं। हो सकता है कि इस प्रकार वे अपने मूल बंदरगाह को दरशाते हों। प्राचीन काल में ध्वजों का यह एक दूसरा उपयोग था।

पुराने झंडों में ध्वज-दंड के ऊपर लगे ब्रैकेट में कोई ठोस वस्तु लगी रहती थी, जिससे कभी-कभी रस्सियाँ बँधी रहती थीं। झंडे पर प्रदर्शित वस्तु को बड़ा पवित्र माना जाता था। लोग अपने-अपने झंडों पर भिन्न-भिन्न प्रकार की वस्तुओं अथवा प्रतीकों का प्रयोग करते थे। पुराने जमाने में पारसी लोग युद्ध के समय अपने झंडों पर भाले पर बैठे गिद्ध को दरशाते थे। यूनानियों ने ध्वज प्रतीक के लिए कवच को चुना था, जबकि रोमन लोग किसी चील या देवता के पुतले अथवा भेड़िया, घोड़ा और रीछ जैसे जानवरों की आकृतियों का प्रयोग अपने झंडों पर करते थे। साधारणतया चीनी लोग अपने झंडों पर अजगर या कोई लाल पक्षी, सफेद बाघ या किसी सर्प की आकृति का प्रयोग करते थे। ये लोग ध्वज रथों पर लगाकर ले जाए जाते थे और विजित नगरों की दीवालों पर गाड़ दिए जाते थे। चीन में विशेष अवसरों पर पराजित शत्रु के सिर का प्रदर्शन किया जाता था। यहीं से यूनान में शिरस्त्राण धारण करने या भाले की नोंक पर कवच खंड लगाने की प्रथा का जन्म हुआ। यूनान के विभिन्न नगरों में नरसिंह या खगाश्व के विशिष्ट प्रतीकों का प्रयोग होता था।

रोमनों की घुड़सवार सेना का ध्वज आधुनिक ध्वजों के बहुत कुछ निकट था, क्योंकि यह एक डंडे से बँधा हुआ वर्गाकार कपड़े का एक टुकड़ा होता था और यह डंडा भाले के सिरे पर आड़ा लगा रहता था। रोम के सिक्कों, पदकों और मूर्तियों से इसकी पुष्टि होती है। कुछ गिरजाघरों के उत्सवों में अब भी इसका उपयोग होता है। बाद के समय के रोमन सम्राटों का शाही ध्वज इसी प्रकार का होता था, परंतु यह आकार में कुछ बड़ा होता था और इसमें बैंगनी रंग के रेशमी कपड़े का उपयोग किया जाता था, जो सोने की जरीदारी से सुसज्जित रहता था।

यद्यपि प्राचीनकाल में विश्व भर में झंडों का उपयोग होता था, लेकिन झंडे का उद्गम-स्थल भारत या चीन ही था। ऐसा समझा जाता है कि चीन में चाऊ वंश का संस्थापक 1122 ई.पू. अपने आगे श्वेत ध्वज फहराता चलता था। यह भी जानने में आया है कि सन् 660 में एक लघु पद वाले राजकुमार को केवल इसलिए दंडित कर दिया गया, क्योंकि उसने अपने वरिष्ठ अधिकारी के सामने अपना झंडा नहीं झुकाया था। चीनी प्रथा के अनुसार शाही ध्वज में राजा की सभी विशिष्टिताएँ होती थीं, उसे राजा के समकक्ष समझा जाता था और राजा के तुल्य ही सम्मान दिया जाता था। यहाँ तक कि राजसी ध्वजवाहक

*27 मई, 1965 को पं. जवाहरलाल नेहरू के निधन पर इलाहाबाद में आनंद भवन पर अर्द्ध-दंड पर फहराता तिरंगा।*

को छूना भी अपराध समझा जाता था। चीन में युद्ध के मैदान में ध्वजा-पात का अर्थ पराजय होता था और इसी कारण राजा अपने ध्वज को और स्वयं को एक साथ सबके सामने नहीं लाता था।

प्राचीन भारत में झंडों का बड़ा महत्त्व था। यहाँ पर झंडे 4000-3000 ई.पू. भी सिंधुघाटी की सभ्यता के दौरान और 2500-1500 ई.पू. वैदिक काल में प्रचलन में थे। सिंधुकालीन सभ्यता के समय भारतीय ऐसे ध्वजों का उपयोग करते थे जिन पर एकसिंगा पशु और धूपदान की आकृति अंकित रहती थी। महान् ग्रंथों के नायकों के बारे में भी ऐसा उल्लेख है कि वे सुविचारित और सुंदर ढंग से बने ध्वजों का उपयोग किया करते थे। अपने ध्वजों को वे रथों और हाथियों पर भी लगाया करते थे।

उस काल में भारत में ध्वज युद्ध में आक्रमण का प्रथम लक्ष्य होते थे। ध्वज को नष्ट करना एक धर्म-विरोधी कार्य समझा जाता था और ध्वज को नष्ट करनेवाले व्यक्ति को या तो उसकी मरम्मत करनी पड़ती थी अथवा

पाँच सौ पण का जुरमाना भरना पड़ता था। भारत में ध्वज का गिरना यदि पराजय नहीं तो एक अपशकुन जरूर समझा जाता था, जैसाकि चीन में भी था। भारतीय ध्वजों की एक विशेषता यह भी थी कि ये प्राय: त्रिकोणाकार होते थे और इनका रंग गहरा लाल या हरा होता था तथा इनके ऊपर सोने की जरीदारी की हुई कोई आकृति अंकित रहती थी, जिसके चारों ओर सोने की झालर होती थी। कुछ भारतीय ध्वज-यष्टिकाओं के ऊपर एक वैसी ही आकृति चढ़ी रहती थी जैसी कि ध्वज पर प्रदर्शित होती थी। परंपरागत उपयोग के अतिरिक्त चीन की तरह भारत में भी ध्वजों का प्रयोग संकेतन के लिए भी होता था। उदाहरणार्थ, श्वेत ध्वज संधि के संकेत के रूप में प्रयोग किया जाता था।

ध्वज प्रयोग की भारतीय और चीनी रीति का प्रचलन बर्मा, स्याम और दक्षिण-पूर्वी एशिया में भी फैला। ऐसा उल्लेख मिलता है कि इन भू-भागों के झंडों में बड़ी युक्तिपूर्वक श्वेत, पीली या काली रेशम की पृष्ठभूमि बनाई जाती थी, जैसेकि उनके ऊपर सोने की जरीदारी की हुई हाथी, साँड़ या जलमुर्गी की आकृति अंकित की जाती थी। युद्धों पर लिखी गई स्याम (थाईलैंड) की एक वृहद् पुस्तक से पता चलता है कि मार्च का महीना शुरू होते ही ये झंडे लहराए जाते थे।

इसलाम धर्म के संस्थापक पैगंबर मुहम्मद ने भी अपनी सेनाओं के लिए 'रोमन चील' को झंडे के लिए चुना; लेकिन उनके उत्तराधिकारियों ने, जो बाद में खलीफा कहलाए, काले झंडे को अपनाया और एक आख्यान 'मुहम्मद खुदा के फरिश्ते हैं' सफेद अक्षरों में उसके ऊपर लिखा। 'मूर्तिपूजा निषेध' की इसलामी धारणा ने स्पष्टत: उसके ध्वज को प्रभावित किया। इसलाम के प्रारंभिक इतिहास में प्राय: उनका उल्लेख मिलता है और हो सकता है कि उन्होंने भारत से ही प्रेरणा ली हो।

इसलामी झंडों का पर्याप्त सरलीकरण किया गया और उनको एकदम काला, सफेद या लाल बनाया गया। ऐसा माना जाता है कि मोहम्मद के झंडे का रंग काला था, जोकि बदले की भावना का प्रतीक है। 746 ए.डी. (हिजरी सन् 129) में अब्बासिदों ने काले झंडे का उपयोग किया और इसके विपरीत ओमायादों और अलीदों ने सफेद झंडे का उपयोग किया तो खबारिजों ने लाल रंग के झंडे का उसी परंपरा के अनुसरण में आधुनिक मस्कट और ओमान के सुल्तानों द्वारा अब सपाट लाल झंडे का उपयोग किया जाता है। फातिमिद वंश

के झंडे का रंग हरा था और कालांतर में यही रंग इसलाम के झंडे का निश्चित हो गया। हँसिए के आकार का चंद्रमा, जिसके साथ एक या अधिक तारे हो भी सकते हैं और नहीं भी, जो इसलाम का सर्वसम्मत चिह्न है। आजकल मिस्र, टर्की, ट्यूनीशिया, लीबिया, मैडागास्कर, पाकिस्तान और मलाया के झंडों में इसका रंग अधिकांशतः सफेद हो गया है, जिसकी पृष्ठभूमि हरे, लाल या काले रंग की ही है। ऐसा लगता है कि सराकसों (सीरिया) के द्वारा झंडों का उपयोग यूरोप में फैला। बाद में उन्होंने बड़ी कुशलतापूर्वक अपनी निजी चिह्नकला को विकसित किया।

यह बड़ी रोचक बात है कि अधिकांश यूरोपीय देशों ने तेरहवीं और चौदहवीं सदी में अपने राष्ट्रीय ध्वजों में क्रास के चिह्न का प्रयोग पहली बार किया और अब भी किसी-न-किसी रूप में करते हैं। सन् 1864 में जेनेवा में एक अंतरराष्ट्रीय सम्मेलन हुआ, जिसमें 12 देशों के प्रतिनिधियों ने एक संधि पर हस्ताक्षर किए, जिसमें अस्पतालों, एंबुलेंस और समस्त सशस्त्र बलों के चिकित्सीय अधिकारियों को सफेद पृष्ठभूमि पर एक लाल क्रास धारण करना था। यह स्विट्जरलैंड का झंडा था, जिसके रंग उलट दिए गए थे। तब से यह अंतरराष्ट्रीय रेडक्रॉस संगठन का एक प्रमुख चिह्न बन गया है।

प्राचीनकाल के झंडों में एक ही रंग की संकल्पना की गई थी, जैसे—लाल, हरा, सफेद या काला; परंतु मध्ययुगीन काल में दो और तीन रंगवाले झंडे अस्तित्व में आए। संभवतः समान विचारधारावाले लोगों में मित्रता या समभाव दरशाने के लिए ऐसा किया गया होगा।

आधुनिक काल में फ्रांस की क्रांति ने झंडे का परिरूप तैयार करने में एक नई विधा को जन्म दिया। भारतीय तिरंगा झंडा 7 अगस्त, 1906 को कलकत्ता में फहराया गया था; उसके एक अभिकल्पक के अनुसार सुकुमार मित्र भी फ्रांस के तिरंगे झंडे से अनुप्रेरित थे।

□

4

# प्राचीन ध्वजा

संस्कृत में झंडे का पर्यायवाची शब्द है ध्वजा। ध्वजा से तीन चीजों का बोध होता है—पहले, पताका (हवा में फहरानेवाला कपड़े या किसी अन्य वस्तु का टुकड़ा); दूसरा, केतु (पताका पर बना चिह्न) और तीसरा, यष्टि (दंड या डंडा जिस पर जो पताका लगी होती है)। ध्वजा में इन तीनों अंगों का होना अनिवार्य है।

अनेक विद्वानों, पुरालेखशास्त्रियों तथा मुद्राशास्त्रियों ने ध्वजा और पताका को पर्यायवाची माना है। पर वास्तव में इन दोनों में मौलिक अंतर है। हमारे प्रचीन साहित्य के अनुसार ध्वजा पर चिह्न या प्रतीक अंकित होता है, जबकि पताका पर नहीं। ध्वजा, कपड़े का टुकड़ा होती है, जिस पर सजावट की गई होती है, जो एक दंड पर चढ़ी होती है तथा जिस पर एक या अधिक चिह्न अंकित होते हैं। ध्वजा प्राय: चौकोर होती है, जबकि पताका तिकोनी। पताका भिन्न-भिन्न रंगों की होती है, जैसे—लाल, पीली, सफेद या फिर काली। कभी-कभी इस पर सूर्य, चाँद और तारे अंकित होते हैं। महाकाव्यों में रथी, हाथीसवार तथा घुड़सवार सैनिकों द्वारा पताका धारण किए जाने का उल्लेख हुआ है। पताका प्राय: विशेष सजावट के लिए होती थी या फिर विशेष घटना के लिए, जैसे विजय-पताका (पीली) या संधि-पताका (सफेद)। कौटिल्य ने अपने 'अर्थशास्त्र' में लिखा है कि ध्वजा और पताका से अलग-अलग चीजों का बोध होता है। कालिदास ने अपनी रचनाओं में सेना की टुकड़ियों को 'पताकिनी' संबोधित किया है। इसी प्रकार महाभारत के कई संदर्भों में सेना को 'ध्वजनी' कहा गया है।

शुद्ध रूप में केतु का अर्थ है—ध्वजा पर अंकित चिह्न। महाभारत में

इस का शुद्ध अर्थ में प्रयोग हुआ है, अर्थात् सैनिक की ध्वजा पर अंकित चिह्न, जैसे अर्जुन का वानर-केतु, दुर्योधन का सर्प-केतु और कर्ण का हस्तिकाश्यमाहार-केतु। केतु का चयन योद्धा की उपलब्धियों, आस्था व धर्म पर बहुत कुछ निर्भर करता था।

'यष्टि' शब्द का अर्थ है—वह दंड या डंडा, जिस पर ध्वजा या पताका लगाई या चढ़ाई जाती है। प्राचीनकाल में 'ध्वजा महोत्सव' अथवा वैदिक युग में युद्ध के देवता इंद्र के नाम पर 'इंद्र ध्वजा महोत्सव' मनाया जाता था। इस अवसर पर इंद्र के नाम पर 'इंद्र-यष्टि' (दंड) की पूजा की जाती थी और रस्सी से बँधा एक इंद्र-ध्वज यष्टि पर फहराया जाता था। इस पर्व का समापन ध्वज को झुकाकर (जैसा आजकल ओलंपिक या एशियाड के समापन समारोह पर किया जाता है) किया जाता था। समय के साथ-साथ इस समारोह ने और भी विस्तृत अनुष्ठान का रूप ले लिया है।

इंद्र आर्यों के युद्ध-देवता हैं। इसलिए संभव है कि जब आर्य भारत में आए तो उन्होंने भारत सीमा में आगे बढ़ते हुए जिस चिह्न के नाम पर लोगों को जुटाया, उसे इंद्र-ध्वजा का नाम दे दिया हो। वैसे इस ध्वजा का विस्तार से वर्णन कहीं नहीं हुआ है। पर हाँ, महाभारत के एक वर्णन में इंद्र-ध्वजा चमकीले-गहरे नीले रंग की होती थी।

आर्यों में सैनिक अभियान से पहले विजय के लिए देवताओं का आशीर्वाद प्राप्त करने के लिए ध्वज-पूजन का विधान था। संभवतः इसी से मंदिरों में ध्वजा-स्तंभ खड़ा करने की प्रथा चली। 'रघुवंश' में अपने सैनिक अभियान में सफल होने पर राजा रघु द्वारा जय-ध्वजा के पूजन का उल्लेख मिलता है।

प्रारंभ में बाँस, साल की लकड़ी आदि से यष्टि बनाया जाता था। बाद में जब मंदिरों में ध्वजा-पूजन की प्रथा चल पड़ी तब यष्टि पर सोना, चाँदी आदि चढ़ाया जाने लगा, जिससे उसमें सौंदर्य तथा स्थायित्व आ गया। बाद के युगों में इन स्तंभों पर उनसे संबंधित देवी-देवताओं के चित्र भी अंकित किए जाने लगे। आज भी दक्षिण भारत के मंदिरों में ऐसे ध्वजा-स्तंभ बहुतायत से देखने को मिलते हैं। सिखों के गुरुद्वारों में भी ध्वजा-स्तंभ खड़े किए जाते हैं।

ध्वजा-स्तंभों के अतिरिक्त आर्य श्मशान भूमि में बनाए जानेवाले टीलों पर भी लकड़ी के स्तंभ बनाते थे। वैदिक युग के साहित्य में राजाओं और सरदारों द्वारा विभिन्न यज्ञों, जैसे अश्वमेध यज्ञ, के पूर्ण होने पर स्मारक के रूप में यूप-स्तंभ खड़े किए जाने का उल्लेख है। संभवतः सम्राट् अशोक पहले ऐसे व्यक्ति थे,

जिन्होंने यूप-स्तंभों पर पशुओं (हाथी, साँड़, घोड़े आदि) के चित्र अंकित करवाए। परवर्ती ब्राह्मण-युग में गरुड़-स्तंभ, वृषभ-स्तंभ, मकर-स्तंभ खड़े किए गए, जो क्रमशः विष्णु, शिव तथा नदियों की देवी गंगा के वाहन थे।

यद्यपि स्थूण, स्तंभ, यूप आदि ध्वजा समारोह से घनिष्ठ रूप से जुड़े हुए थे, पर उनको कभी भी अपने आप में ध्वजा के रूप में नहीं माना गया। ध्वजा की रचना में केवल केतु को महत्त्व दिया जाता था, क्योंकि केतु के रूप में ही देव की पूजा होती थी, यष्टि तो मात्र उस रूप का धारक होता था।

प्राचीनकाल में ध्वजा में फुँदना, झालर, घुँघरू तथा माला आदि लगाकर उसकी सजावट की जाती थी। विख्यात योद्धाओं की ध्वजा पर सोने से कसीदाकारी की जाती थी तथा जवाहरात जड़े जाते थे। अर्जुन की प्रसिद्ध कपि-ध्वजा में सतरंगी पताकाएँ लगी थीं। भारतीय ध्वजा की एक विशेषता यह थी कि ये प्रायः लाल या हरित रंगों की तथा आकार में तिकोनी होती थीं।

ये ध्वजाएँ लोगों की आस्था और धर्म से अभिन्न रूप से जुड़ी हुई थीं। इसलिए उन पर प्रायः धार्मिक प्रतीकों के चित्र बने होते थे। ध्वजा के धार्मिक महत्त्व, रक्षणशक्ति में लोगों की आस्था होने के कारण उनको श्रद्धा की दृष्टि से देखा जाता था।

पौराणिक साहित्य से पता चलता है कि भगवान् शिव की ध्वजा पर 'नंदि' और भगवान् विष्णु की ध्वजा पर 'गरुड़' की आकृति अंकित थी। प्रणय के देवता कामदेव की ध्वजा पर 'मीन' और मृत्यु के देव यम की ध्वजा पर 'भैंसा' विराजमान था, जबकि महाराज जनक की ध्वजा पर 'सीत' (हल) अंकित था।

□

5

# महाकथाओं में झंडे

'रामायण' और 'महाभारत' भारत के दो महान् पवित्र धार्मिक ग्रंथ हैं। इनके अध्ययन से पता चलता है कि उस समय झंडों का बहुत उपयोग किया जाता था और उन्हें महत्त्व दिया जाता था। समकालीन योद्धा विधिपूर्वक तथा विस्तृत पैमाने पर समारोह आयोजित किया करते थे। तत्कालीन प्रथानुसार योद्धा अपने वैयक्तिक झंडे रखा करते थे। इसलिए राजा और उनके योद्धा अपनी-अपनी आस्था, वंश-परंपरा, सैनिक उपलब्धियों, कारनामों और योग्यता के अनुसार अपनी वैयक्तिक ध्वजा का चयन करते थे। कालक्रम से किसी ध्वजा विशेष से उसके वाहक व योद्धा की पहचान हो जाती थी। युद्धभूमि में किसी योद्धा की ध्वजा देखकर यह पता चलता था कि वह रणक्षेत्र में मौजूद है।

रामायण में ध्वज-समर्थक एक रोचक प्रसंग है। राम के भाई भरत ने अपनी ध्वजा के लिए कोविदार (एक सुंदर अलौकिक वृक्ष) को चिह्न के रूप में चुना था। राम और सीता के साथ अपने चौदह वर्ष के वनवास के दौरान एक दिन जब लक्ष्मण ने देखा कि एक विशाल सेना अपने आगे कोविदार ध्वजा फहराती चली आ रही है, तो उन्होंने तत्काल यह अनुमान लगा लिया कि भरत सेना सहित उन पर आक्रमण करने आ रहे हैं। वे तुरंत राम के पास गए और उनसे भरत की कोविदार ध्वजा को नष्ट कर देने की अनुमति माँगी, पर राम ने उन्हें ऐसा करने से रोक दिया। उस समय ऐसी मान्यता थी कि किसी राजा की ध्वजा नष्ट कर देना या उस पर अधिकार कर लेना उसके लिए बहुत अपमानजनक बात होती थी।

लंका पर आक्रमण करते समय राम ने अपनी रघुवंशी ध्वजा के साथ रावण से युद्ध किया था, परंतु कूर्म एवं स्कंद पुराणों के अनुसार रघुवंश के

ध्वज पर शम्मी वंश की तीन त्रिज्याएँ अंकित थीं, जो अग्नि की ज्वालाएँ जैसी दिखती थीं। इस पर उनके कुलदेवता सूर्य की छवि अंकित थी तथा इसकी पृष्ठभूमि लाल थी। कुछ धर्मग्रंथों के अनुसार, रावण की ध्वजा पर मनुष्य के कपाल का चित्र अंकित था, इसलिए उसको 'कपाल-ध्वजा' कहा जाता था। कपाल को भगवान् शिव से संबंधित माना जाता है। शैव अपने भोजन और पेय के लिए कपाल को पात्र के रूप में उपयोग करते थे। रावण शिव का अनन्य भक्त था, इसलिए उसने शिव अनुकंपा प्राप्त करने के लिए कपाल को ही अपनी ध्वजा का चिह्न बनाया था। ऐसे चिह्न को चुनने का एक दूसरा कारण यह भी हो सकता है कि कपाल से मृत्यु का भय होता है, अतः इससे शत्रुओं में आतंक फैलता था। कपाल राक्षस-संप्रदाय का चिह्न भी था, जिसे रावण ने अपना लिया था। कुछ विद्वानों का विचार है कि रावण की ध्वजा पर वीणा का चित्र अंकित था। रावण एक अच्छा संगीतज्ञ तथा वीणावादक भी था। उसे सभी वेदों का पूर्ण ज्ञान था। इसलिए संभव है कि उसने अपने विवेक तथा ऐश्वर्य को दरशाने के लिए लंका की ध्वजा पर वीणा का चयन किया हो। रावण के पुत्र मेघनाद ने अपनी ध्वजा के लिए सिंह-चिह्न को चुना था, जिसके कारण उसकी ध्वजा को मृगराज-केतु कहा जाता था। देवी सिंह दुर्गा का वाहन होने के कारण सिंह शैव मत का भी चिह्न है। इसी प्रकार रावण के पक्ष के अन्य योद्धा, यथा प्रहस्त, कंभन की ध्वजाओं के चिह्न क्रमशः सर्प और शेषनाग थे।

कुरुक्षेत्र के युद्ध में पांडवों ने जिन ध्वजाओं का उपयोग किया था, उनका विस्तृत विवरण संजय ने महाभारत के शांतिपर्व और कौरवों की ध्वजाओं का वर्णन द्रोणपर्व में किया है। पांडवों में सबसे ज्येष्ठ युधिष्ठिर की ध्वजा पर नंद और उपनंद नाम के दो मृदंगों के एक जोड़े का चित्र अंकित था। इन मृदंगों (नगाड़े) की गड़गड़ाती आवाज से मित्रों को प्रोत्साहन मिलता था और शत्रु आतंकित हो जाते थे। अर्जुन की ध्वजा पर किलकारी मारते हुए कपिराज हनुमान की छवि अंकित थी, जिसे देखते ही शत्रु भयभीत होते थे और रथ की गड़गड़ाहट से हतोत्साहित हो जाते थे। यह भी संभव है कि उन दिनों रथों में ऐसे यंत्र लगे हों जिनसे ध्वजा पर लगे केतु से स्वर निकलते हों। अर्जुन की ध्वजा कपि-ध्वजा के नाम से जानी जाती थी। भीमसेन सिंह-ध्वजा के साथ चलते थे, नकुल की ध्वजा पर सरभ (एक बाँका पशु) अंकित था। अथर्ववेद के अनुसार सरभ दो सिरोंवाला पशु था, जिसके दो चमकीले सुंदर पंख, सिंहों के पाँव जैसे आठ नुकीले पंजे और एक लंबी पूँछ होती थी। ऐसा

*अर्जुन के रथ नंदि घोष के ऊपर फहराता वानर-ध्वज।*

उल्लेख है कि जब विष्णु ने नृसिंहावतार लिया था तब शिव ने उनको प्रसन्न करने के लिए सरभ का रूप धारण किया था। सबसे छोटे पांडव सहदेव हंस-ध्वजा धारण करते थे। 'हंस' जुड़वाँ अश्विनीकुमारों का प्रतीक था। वीर अभिमन्यु ने अपनी ध्वजा के लिए सारंग पक्षी का चुनाव किया था। पांडव पक्ष के अन्य योद्धाओं की भी अपनी-अपनी ध्वजाएँ थीं। पांडव सेना के सेनापति धृष्टद्युम्न 'कोविदार-ध्वजा' फहराते थे। घटोत्कच 'गृद्ध-ध्वजा' (गिद्ध) के साथ चलते थे। उनकी एकचक्र ध्वजा भी थी। विख्यात 'गरुड़-ध्वजा' कृष्ण की थी। उनके पुत्र प्रद्युम्न की 'मकर-ध्वजा' तथा उनके बड़े भाई बलराम की 'ताल-ध्वजा' प्रसिद्ध थी। प्राचीन भारत में तालवृक्ष बहुत लोकप्रिय था और इसे अत्यधिक महत्त्व दिया जाता था। इसकी लकड़ी पवित्र मानी जाती थी और ध्वजा-यष्टि के रूप में इसका व्यापक उपयोग होता था। इस प्रकार ताल से श्रेष्ठता और पवित्रता का बोध होता था।

महाभारत के सबसे महान् योद्धा भीष्म की ध्वजा एक 'ताल-ध्वजा' थी। इस पर एक तालवृक्ष का चित्र अंकित था, जिसके चारों ओर पाँच तारे बने हुए थे।

*कुरुक्षेत्र की रणभूमि में कौरव राजकुमार दुर्योधन के रथ पर फहराती सर्प-पताका (ध्वज)।*

दुर्योधन अपने रथ पर सर्प-ध्वजा धारण करता था। प्राचीन धर्मग्रंथों के अनुसार सर्प शक्ति का प्रतीक है। कौरवों और पांडवों के गुरु द्रोणाचार्य की ध्वजा पर केतु के रूप में वेदी पर मृगछाल रखा हुआ था, जिस पर एक कमंडलु एवं धनुष अंकित था। वे वर्ण से ब्राह्मण थे, इसलिए उन्होंने मृगछाल से ढकी वेदी व कमंडलु को चुना और चूँकि वे जीवन में क्षत्रिय धर्म का निर्वाह करते थे, इसलिए उन्होंने धनुष का भी चुनाव किया था। कृपाचार्य की 'वृषभ-ध्वजा' थी। वृषभ से सहनशीलता और शक्ति का बोध होता है। अश्वत्थामा ने अपनी ध्वजा के लिए सिंह-लोछन (सिंह की पूँछ) का चुनाव किया था। महादानी कर्ण की ध्वजा पर 'हस्तिकाश्यमहार-केतु' (हाथी के पैरों में डाली जाने वाली बेड़ी) अंकित था। कुछ धर्मशास्त्रों के अनुसार उसकी ध्वजा पर सूर्य का चित्र अंकित था। दुर्योधन के बहनोई जयद्रथ की ध्वजा पर 'वाराह' का चित्र अंकित था। पांडवों के मामा शल्य ने अपनी ध्वजा के लिए हल (सीत) का चुनाव किया था।

ध्वजाओं के साथ कुछ मान्यताएँ व धार्मिक अनुष्ठान भी जुड़े हुए थे। युद्धभूमि के लिए प्रस्थान करने से पहले योद्धा अपने हाथों से अपने रथ पर ध्वजा लगाते थे। अर्जुन युद्धभूमि के लिए प्रस्थान करने से पहले वह अपने

*कौरव राजकुमार दुर्योधन (दाएँ) गुरु द्रोणाचार्य (बाएँ) के साथ युद्ध नीति पर विचार-विमर्श करते हुए। पार्श्व में द्रोणाचार्य का निजी ध्वज उनके रथ पर लहरा रहा है।*

रथ 'नांदीघोष' की परिक्रमा करते, उसके बाद हाथ में कवच पहनने के पश्चात् अपनी 'कपि-ध्वजा' फहराते थे।

महाकाव्यों में योद्धाओं को अपने शत्रुओं की ध्वजाओं को नष्ट करते दिखाया गया है। अर्जुन ने कर्ण के साथ अपने अंतिम युद्ध में पहले उसकी ध्वजा नष्ट की और तब उसको मारा। राम ने भी राक्षसराज रावण को मारने से पहले उसकी ध्वजा को नष्ट किया था।

महाकाव्य युग में राजकीय समारोहों के अवसर पर सजावट के लिए ध्वजा का उपयोग होता था। पर्वों के अवसर पर भी योद्धा अपनी ध्वजाओं का प्रदर्शन करते थे। महाभारत के शांतिपर्व में जब कृष्ण संधि प्रस्ताव लेकर हस्तिनापुर जाते हैं तो ध्वजा आदि से सजे नगर भर ने उनका राजकीय स्वागत किया था। आधुनिक काल में स्वतंत्रता दिवस तथा गणतंत्र दिवस के अवसर पर निजी भवनों पर तथा सार्वजनिक स्थलों पर राष्ट्रीय ध्वज फहराना अतीत काल की प्रथाओं के अनुरूप ही तो है। आजादी की चालीसवीं वर्षगाँठ के अवसर पर दिल्ली के राजकीय भवनों व मुख्य सड़कों को चालीस हजार झंडों से सजाया गया था।

□

6

# प्राचीन, मध्यकालीन एवं ब्रिटिश भारत के झंडे

सिंधुघाटी की सभ्यता से संबंधित उपलब्ध प्रमाणों से ज्ञात होता है कि उस युग में भी झंडों का उपयोग होता था। मोहनजोदड़ो निवासी कुछ विशेष चीजों और पशुओं को अत्यंत आदर की दृष्टि से देखते थे। विशेषत: एकसिंगे से तो उनको बहुत लगाव था। इसी कारण उनके झंडों पर उसके चित्र अंकित किए जाते थे। मोहनजोदड़ो से प्राप्त एक मोहर में चार आदमी एक कतार में खड़े हैं और प्रत्येक के हाथ में झंडा है। सिंधुघाटी सभ्यता से संबंधित अन्य प्रमाणों से भी पता चलता है कि युद्धकाल और शांतिकाल दोनों अवस्थाओं में लोगों में जागृति पैदा करने के लिए इन झंडों का उपयोग किया जाता था।

भारतीय पुराण ऐसे प्रमाणों से भरे पड़े हैं जिनसे यह सिद्ध होता है कि झंडे को धार्मिक महत्त्व प्राप्त किसी देवी-देवता के सम्मान में झंडारोहण करने को 'ध्वजा-दान' कहते थे, और इसे एक पुण्य कार्य माना जाता था। देवी पुराण में देवी दुर्गा के लिए ध्वजा-दान का विवरण है। इसी प्रकार अन्य पुराणों में दूसरे देवी-देवताओं की ध्वजाओं के विवरण मिलते हैं। कहते हैं कि भगवान् विष्णु गरुड़-ध्वजा तथा भगवान् शिव वृषभ-ध्वजा के साथ चलते थे। आज भी लोग वैष्णो देवी की यात्रा पर जाते समय माता का लाल-ध्वज हाथ में लेकर मंदिर जाते हैं। इतना ही नहीं, मनोकामना पूरी होने पर हनुमानजी के मंदिर पर झंडे का दान आज भी होता है।

ऐसे भी प्रमाण मिले हैं जिनसे सिद्ध होता है कि बौद्ध भी अपने आराधना-स्थलों का संकेत देने के लिए तथा अपने धर्म के प्रचार के लिए झंडों का उपयोग करते थे। सम्राट् अशोक ने बौद्ध धर्म के उपदेशों के प्रचार-प्रसार

*भगवान् महावीर एवं जैन-ध्वज।*

के लिए तीर्थस्थलों पर ध्वजा-स्तंभ निर्मित कराए थे। हमारे राष्ट्रीय ध्वज पर जो धर्मचक्र अंकित है, वह सारनाथ में अशोक द्वारा निर्मित स्तंभ की ही अनुकृति है।

जैन धर्म में भी अपने तीर्थस्थानों पर झंडे फहराने की प्रथा थी। जैनियों की आदि-पुराणों में अनेक ऐसे संदर्भ मिलते हैं जिनसे सिद्ध होता है कि प्राचीन राजा मंदिरों में ध्वजा-दान किया करते थे। इस पुराण के अनुसार उन

दिनों पाली-ध्वजा किसी भी जैन-मंदिर का अभिन्न अंग होती थी। जैन धर्म की ध्वजा में पाँच रंग की केसरी, बसंती, श्वेत, हरी व काली समतल पट्टियाँ होती हैं। यह ध्वजा जैन पूजा-स्थलों पर अब भी देखी जा सकती है। झंडों का उपयोग गुप्तकाल के बाद भी किया जाता रहा। परवर्ती भारतीय साहित्य से पता चलता है कि ईसा के बाद दसवीं शती में ध्वजा और पताका का अंतर मिट गया और ये दोनों एक-दूसरे के पर्यायवाची हो गए।

प्राचीन भारत में ध्वजा का विकास जिस प्रकार से हुआ, उसके मूल सिद्धांतों का मध्य युग में भी पालन हुआ। यद्यपि तेरहवीं शती के प्रारंभ में भारत पर तुर्कों के हमले शुरू हो गए थे, परंतु ध्वजा के उपयोग से संबंधित प्राचीन प्रभाव तब भी बना रहा। जब मुसलिम हमलावर भारत आए तो वे अपने साथ अपने विशेष रंग का ध्वज—काला व गहरा हरा—लेते आए, जिससे इसलामी परंपरा प्रतिबिंबित होती थी।

राजपूत राजा ध्वजा को अपना राजसी प्रतीक मानते थे। चित्तौड़ के राणाओं के पूर्वज बप्पा रावल अपने को सूर्यवंशी मानते थे। इसलिए उनकी ध्वजा पर लालीम पृष्ठभूमि पर सुनहरे सूर्य की आकृति अंकित थी। इसे वे चंगी कहते थे। राणाओं की इस ध्वजा को बहुत उतार-चढ़ाव के दिन देखने पड़े। राणा प्रताप ने हल्दीघाटी का युद्ध इसी ध्वजा के नीचे लड़ा था। उस युद्ध में जब उनको मुगलों ने चारों ओर से घेर लिया तब झाला प्रदेश के सरदार राना ने 'चंगी' को अपने पर सिर धारण कर लिया, जिससे मुगलों को यह धोखा हुआ कि वही राणा हैं। अब क्या था, सरदार राना ने पूरे आक्रमण का वेग अपने ऊपर ले लिया। मुगलों का हमला उन पर हुआ और इस प्रकार राणा प्रताप की जान बच गई।

आजादी से पूर्व भारत में 565 छोटे-बड़े राज्य थे। सभी राज्यों के अपने-अपने ध्वज व राजचिह्न थे। स्वतंत्रता-प्राप्ति के बाद 1971 में प्रिवीपर्स समाप्त होने तक ये सभी राज्य उनका प्रदर्शन व उपयोग करते थे। उनमें से कुछ का वर्णन इस प्रकार है—बीकानेर राज्य की ध्वजा भगवा और लाल रंग की थी, जिस पर चील (पक्षी) की आकृति अंकित थी। सत्रहवीं शती में, जंगला की लड़ाई में इस वंश के तत्कालीन शासक महाराजा करण सिंह द्वारा मुगल बादशाह औरंगजेब पर विजय प्राप्त करने के स्मारक के रूप में ध्वजा पर 'जय जंगलाधर बादशाह' शब्द अंकित कर दिए थे। जोधपुर राज्य की ध्वजा को 'पंचरंग' कहा जाता था। इसमें पाँच रंग थे—गेरुवा, गुलाबी, सफेद,

लाल, पीला और हरा। बीकानेर की ध्वजा की तरह इस पर भी चील की एक आकृति अंकित थी। कहते हैं, ध्वजा पर इस पक्षी की आकृति पंखयुक्त देवी दुर्गा का प्रतिनिधित्व करती थी।

नागपुर के भोंसले शासकों के दो झंडे थे—जरी-पताका और भगवा ध्वज। शिवाजी के पिता शाहजी केवल भगवा झंडे के साथ चलते थे। उनके पुत्र शिवाजी ने मुगलों पर अपनी विजय के प्रतीक-स्वरूप भगवा झंडे के अतिरिक्त जरी-पताका का भी उपयोग किया था। इस प्रकार शिवाजी भी दो झंडों का उपयोग करते थे।

मराठों में अपने सेनापतियों को जरी-पताका प्रदान कर उनके शौर्य के लिए पुरस्कृत किया जाता था। युद्ध के दौरान मराठा सेना में सबसे आगे पैदल टुकड़ी चला करती थी, जिसका नेतृत्व कोई जरी-पताकाधारी योद्धा ही करता था। लगता है, मराठों ने यह रिवाज मुसलमानों से सीखा था, क्योंकि इस प्रकार की प्रथा मुसलमानों में पहले से ही थी। पर भारत में इसका अनुसरण सबसे पहले मराठों ने ही किया।

इसलाम के संस्थापक, हजरत मोहम्मद ने झंडे के लिए रोमन गरुड़ पक्षी को चुना था। लेकिन उनके वंशज परवर्ती खलीफाओं ने काला झंडा (अब्बासिंद) का उपयोग किया, जिसमें सफेद रंग में 'मोहम्मद ईश्वर के दूत हैं' शब्द अंकित थे।

भारत पर अरबों का पहला आक्रमण 712 ई. में सिंध पर हुआ। वे अपने झंडे फहराते हुए यहाँ आए। मुहम्मद गजनी भारत पर हमलों के दौरान काला अब्बासिंद लेकर आया, जिस पर अर्धचंद्र अंकित था। लेकिन उसके पौत्र इब्राहिम (ग्याहरवीं शती) ने अपने झंडे पर सिंहाकृति अंकित कराई, मुहम्मद गौरी ने सन् 1191 और 1192 में तराइन के मैदान में पृथ्वीराज चौहान से दो लड़ाइयाँ लड़ीं, जिनमें उसके अपने झंडे थे।

कुतुबुद्दीन ऐबक के झंडे पर एक अर्धचंद्र तथा सिंह अंकित था। गयासुद्दीन तुगलक के झंडे पर मछली अंकित थी। तुगलक शासकों को झंडों से बड़ा लगाव था, इसलिए उन्होंने झंडों का एक विभाग अलग से बना रखा था, जहाँ शाही झंडे बनते थे और उनका रख-रखाव होता था। इस विभाग को 'आलमखाना' कहते थे।

संभवतः अमीरों, पठानों तथा अन्य लोगों को झंडे प्रदान करने का रिवाज सुल्तानों के शासन काल में शुरू हुआ था। मुगलों में इसका प्रचलन पहले से

ही था, लेकिन भारतीयों के लिए यह नई बात थी। मराठों ने यह प्रथा मुसलमानों को देखकर ही अपनाई थी। वर्तमान काल में भारत के राष्ट्रपति सशस्त्र सेनाओं को उनकी विशिष्ट सेवाओं के लिए ध्वज प्रदान करते हैं।

सैनिक अभियानों के दौरान राजगद्दी के दाहिनी ओर, सम्राट् के शिविर के प्रवेश-द्वार पर तथा सम्राट् के आगे राजकीय झंडे का प्रदर्शन किया जाता था।

## यूनियन जैक का उद्भव

सन् 1599 में, भारत के मसालों के व्यापार पर डचों का ही एकाधिकार था। उन्होंने यूरोपीय खरीददारों के बिक्री मूल्य में प्रति पाउंड पाँच शिलिंग की वृद्धि कर दी। अंग्रेज व्यापारियों को यह वृद्धि अनुचित लगी और डचों के विरोध में 24 अंग्रेज व्यापारियों ने मिलकर केवल 125 शेयरधारकों के साथ एक कंपनी स्थापित की। इसकी स्वीकृति उन्हें इंग्लैंड के तत्कालीन सम्राट् से 1599 के दिसंबर में प्राप्त हुई। इस कार्य के लिए कैप्टन हॉकिंस 'हेक्टर' नामक जहाज लेकर भारत के लिए रवाना हुआ।

यूनियन जैक फहराते कैप्टन हॉकिंस के 'हेक्टर' ने 24 अगस्त, 1600 को सूरत के समुद्र-तट पर लंगर डाला। सूरत से कैप्टन हॉकिंस तत्कालीन मुगल राजधानी आगरा के लिए चल पड़ा तथा वहाँ पहुँचकर बादशाह जहाँगीर से शाही फरमान प्राप्त करने के लिए उसके दरबार में उपस्थित हुआ और बादशाह से भारत के साथ डचों से अलग व्यापार करने की प्रार्थना की, जिसकी अनुमति जहाँगीर ने उसे दे दी और इस प्रकार यूनियन जैक भारत पहुँचा और अगले साढ़े तीन सौ वर्षों तक भारत का भाग्य-निर्णायक बना रहा।

भारत के राजनीतिक क्षितिज पर अंग्रेजों के उद्भव के साथ यूरोपीय प्रथाओं और परंपराओं का प्रतिनिधित्व करनेवाले विभिन्न प्रकार के नए झंडे, जैसे—बैनर, कलर, स्टैंडर्ड, गिडोन आदि फहराते दिखाई देने लगे। उनकी परंपराओं और संस्कृति के साथ-साथ एक नई भाषा, शब्द-भंडार, विशिष्ट बोलियाँ तथा झंडों के उपयोग से संबंधित नए नियम तथा प्रथाएँ भारत में प्रचलित हो गईं। इन झंडों की परिभाषा व विवरण पुस्तक के अंतिम भाग में दिए गए हैं।

ईस्ट इंडिया कंपनी के शासन के प्रारंभिक दौर में बंगाल, मद्रास और बंबई प्रेसिडेंसियों की सेनाओं के अलग-अलग झंडे थे। सन् 1858 में जब कंपनी-शासन समाप्त हुआ और सम्राट् का शासन शुरू हुआ तो प्रेसिडेंसियों की सेनाओं के झंडों में भी बदलाव आया। सबसे महत्त्वपूर्ण परिवर्तन तो यह

था कि ईस्ट इंडिया कंपनी के प्रतीक की जगह 'क्राउन' ने ले ली, जिसका प्रतिनिधित्व गवर्नर जनरल करता था और जिसका अपना एक अलग झंडा था।

वाइसराय के झंडे में यूनियन जैक के साथ 'ज्वैल ऑफ इंडिया' अंकित था, जबकि गवर्नर जनरल के झंडे की सतह नीली थी, इस पर क्राउन पर एक सिंह अंकित था। अंग्रेज आए तो थे व्यापारी बनकर, पर बन गए भारत के शासक। धीरे-धीरे उन्होंने देश को निर्धन और गुलाम बना दिया। उनके जुल्मों और लूट को खत्म करने के लिए बहुत प्रयत्न किए गए, जिनमें मुख्य थे— बंगाल में 1770 का संन्यासी विद्रोह, दक्षिण भारत में कित्तूर की रानी चेन्नम्मा का विद्रोह, 1855 का संथाल विद्रोह और सर्वविदित 1857 का गदर। परंतु भारतीयों के ये सारे प्रयास विफल रहे और यूनियन जैक 1947 तक भारतभूमि पर फहराता रहा। इसका एक कारण यह भी था कि अंग्रेजों का केवल एक ही झंडा था, जिसके हित और गौरव के लिए अंग्रेज भारतीयों पर जुल्म कर रहे थे; इसके विपरीत भारतीय तितर-बितर, अलग-अलग झंडों के नीचे लड़ रहे थे। इतिहास साक्षी है कि जब तक हम एक झंडे तले नहीं आए, अंग्रेज भारत से नहीं गए।

□

7

# राष्ट्रीय ध्वज का विकास

भारत के इतिहास का एक कटु सत्य यह है कि अतीत में कभी भी संपूर्ण भारत का एक राष्ट्रीय धवज नहीं रहा। सच तो यह है कि भारत कहा जानेवाला भू-खंड मूल अर्थ में कभी भी एक राष्ट्र था ही नहीं। सारा देश अलग-अलग क्षेत्रों में विभाजित था, जिसमें अनेक वंश, गोत्र, जनजातियाँ तथा संप्रदाय के लोग रहते थे। इन सभी की अपनी-अपनी परंपराएँ, रीति-रिवाज, तथा राजनीतिक मूल्य थे। इन छोटे-बड़े रजवाड़ों के अपने-अपने झंडे थे। महाकाव्य युग के नायकों की अपनी-अपनी ध्वजाएँ थीं, राजाओं और वंशों के अलग-अलग झंडे थे, योद्धाओं के ध्वज थे; लेकिन संपूर्ण देश का एक झंडा कभी भी नहीं रहा।

जब कभी कोई राज्य किसी दूसरे राज्य को जीतकर अपने अधीन कर लेता था तब भी वह पराजित राजा को उसके विजित क्षेत्र पर उसका अपना झंडा फहराते रहने की अनुमति दे देता था। मौर्यों और गुप्त वंश के राजाओं की गरुड़-ध्वजा का राष्ट्रीय ध्वजा की अपेक्षा वंश-ध्वजा के रूप में कहीं अधिक महत्त्व था। इसी प्रकार राणा प्रताप की चंगी-ध्वजा, शिवाजी का भगवा-झंडा और मुगलों का 'आलम' क्रमशः राजपूत, मराठा और मुगल दर्प के प्रतीक मात्र ही थे। इनमें से किसी को भी संपूर्ण देश का राष्ट्रीय ध्वज होने का सम्मान प्राप्त नहीं था।

यद्यपि ब्रिटिश काल में सारा देश ब्रिटिश शासन के अधीन था, पर देश में तब भी 565 रियासतें थीं और उन सबकी अपनी-अपनी ध्वजा व राज्य-चिह्न थे।

अतीत में हम सही अर्थ में कभी भारतीय नहीं रहे। हम या तो पंजाबी,

*भारतीय पुनर्जागरण के जनक राजा राममोहन राय फ्रांसीसी तिरंगे से अत्यंत प्रभावित थे, जिसके तीन रंगों का अर्थ था— स्वतंत्रता, समानता एवं बंधुता।*

सिंधी, कश्मीरी, राजस्थानी, मराठी, गुजराती, बंगाली, असमिया आदि रहे या फिर हिंदू, मुसलमान, सिख, ईसाई, जैन, पारसी इत्यादि। इस प्रकार की विभक्त राजनीतिक व्यवस्था और सामाजिक कमजोरी अंग्रेजों के लिए लाभकारी सिद्ध हुई, जिसका उन्होंने पूरा-पूरा लाभ उठाया। वे एक राष्ट्र के रूप में एक झंडे तले भारत आए औा अपने एकमात्र झंडे 'यूनियन जैक' के नीचे भारत पर शासन किया।

हम अपनी राजनीतिक मूर्च्छा से बड़ी देर में जागे। विडंबना तो यह है कि अंग्रेज शासकों के अत्याचारों से ही हममें एकता की भावना जागी, जिससे अंतत: हमारे बीच राष्ट्रीयता का प्रादुर्भाव हुआ।

पाश्चात्य राजनीतिक विचारधारा, विशेषत: फ्रांसीसी क्रांति तथा इसके 'स्वाधीनता-समता और भाईचारे' के नारे ने भारतीयों को राष्ट्रवाद की विचारधारा से परिचित कराया। राजा राममोहन राय, ईश्वरचंद्र विद्यासागर, स्वामी विवेकानंद, स्वामी दयानंद सरस्वती आदि ने लोगों में उत्साहपूर्वक स्वाधीनता और समता के भाव भरे।

राजा राममोहन राय का जन्म 1776 ई. में हुआ था। अपने जीवन के अंतिम वर्षों में वे इंग्लैंड गए, जहाँ 1833 में ब्रिस्टेल में उनका निधन हुआ। जनवरी 1831 में जब वे इंग्लैंड जा रहे थे तब कैपटाउन बंदरगाह पर अपने जहाज से उतरकर, केवल फ्रांसीसी झंडे का अभिवादन करने की दृष्टि से, अपने जहाज के साथ लंगर डाले, एक फ्रांसीसी जहाज पर चले गए। उस जहाज पर फ्रांसीसी झंडा देख उनका हृदय भर आया। उनके लिए फ्रांसीसी तिरंगा एक देश का राष्ट्रीय झंडा मात्र न होकर फ्रांसीसी क्रांति और उसके 'स्वाधीनता-समता और भाईचारे' के नारे का प्रतीक था। झंडे को देखकर उनके मुँह से 'महिमा, महिमा, महिमा' (ग्लोरी, ग्लोरी, ग्लोरी) शब्द फूट पड़े। इस महान् राष्ट्रवादी ने फ्रांसीसी तिरंगे में आजादी का स्वप्न देखा। संभव है, उनकी आंतरिक इच्छा रही हो—'सारे भारत का अपना राष्ट्रीय झंडा कब होगा?'

लेकिन इस तरह की भावना से भी हमारी राष्ट्रीय चेतना इतनी प्रबल नहीं हुई कि हम अपने लिए एक राष्ट्रीय झंडे को जन्म दे पाते। हाँ, अपने प्रथम स्वातंत्र्य संग्राम के दौरान हमने अपने लिए झंडा चुनने की एक असफल कोशिश की थी। उस समय बहादुरशाह जफर ने कमल के फूल और रोटी को विद्रोह का प्रतीक बनाकर आजादी के लिए हरे और सुनहरे रंग के एक झंडे

*सन् 1857 के स्वतंत्रता संग्राम के दौरान लाल किले के लाहौरी दरवाजे पर जमा हुए क्रांतिकारी।*

को जन्म दिया था। पर दुर्भाग्य से उस झंडे का जीवन ज्यादा लंबा नहीं था। एक दूसरी मान्यता के अनुसार विद्रोह के उस झंडे का रंग गहरा हरा था और उस पर उगता सुनहरा सूर्य अंकित था।

वस्तुतः बहादुरशाह जफर ने 'विद्रोह' के लिए 31 मई, 1857 की तिथि नियत की थी, इस दिन अंग्रेजों को भारत से खदेड़ देने के लिए देश की आम जनता, राजा-नवाब तथा सभी स्वाधीनता-प्रेमी अंग्रेजों पर एक साथ हमला करनेवाले थे, परंतु दुर्भाग्य से एक देशभक्त मंगल पांडे 31 मई की प्रतीक्षा न कर सका और उसने 29 मार्च को ही विद्रोह शुरू कर दिया। विद्रोह देश में दावानल की तरह फैल गया। अंग्रेज चुन-चुनकर मारे गए। मेरठ में सबसे अधिक अंग्रेज मारे गए। मेरठ से एक बड़ी टुकड़ी 'अंग्रेजों को मारो' और 'बहादुरशाह जफर की विजय हो' के नारे लगाती हुई 10 मई को दिल्ली पहुँची। दिल्ली में विद्रोहियों ने बहादुरशाह जफर को 31 तोपों की सलामी दी, उनको 'शहंशाह-ए-हिंदुस्तान' घोषित किया। लाल किले के प्राचीर पर हरा और सुनहरा आजादी का झंडा फहराया गया।

यद्यपि मेरठ के विद्रोहियों तथा कुछ अन्य लोगों ने इस हरे और सुनहरे झंडे को विद्रोह के झंडे के रूप में मान्यता दे दी थी, फिर भी झाँसी की रानी

ने युद्ध अपने हनुमान-झंडे के नीचे ही लड़ा। इसी प्रकार अन्य देशभक्त भी अपने-अपने झंडों के नीचे ही लड़े। प्रथम स्वातंत्र्य संग्राम मात्र एक वर्ष चला और उसमें हमारी पराजय हुई तो यह कोई आश्चर्य की बात नहीं। शायद उस समय तक हम पूर्ण रूप से देशभक्त नहीं बन पाए थे, हमारे मन में व्यक्तिगत वीरता दिखाने की इच्छा अधिक रही होगी, इसीलिए हमने वह संग्राम अलग-अलग झंडों तले लड़ा और परिणामस्वरूप हार गए। हमारे लिए अपने-अपने झंडे की शान रखने की बात विशिष्ट थी, जबकि अंग्रेज केवल एक झंडे के नीचे एकजुट होकर लड़े और जीते।

हार के बावजूद 1857 के विद्रोह से भारतवासियों की राष्ट्रीय भावना में तीव्रता अवश्य आई। यद्यपि यह युद्ध अलग-अलग झंडों के नीचे लड़ा गया, पर सभी ने एक गीत को झंडा-गीत के रूप में अपनाया, जिससे यह स्पष्ट होता है कि लोगों में अब राष्ट्रीयता की भावना पहले से कहीं ज्यादा दृढ़ हो गई थी। वह गीत इस प्रकार है—

'हिंदू, मुसलमान, सिख हमारा,<br>
भाई-भाई प्यारा<br>
यह है झंडा आजादी का<br>
इसे सलाम हमारा।'

यद्यपि हमारा विद्रोह कुचल दिया गया, पर अब हमें अंग्रेजों को भगाने के लिए एकजुटता के प्रतीक के रूप में एक राष्ट्रीय झंडे की जरूरत महसूस हुई। इसलिए राष्ट्रीय झंडे की खोज शुरू हुई। एक उपलब्ध विवरण के अनुसार इस दिशा में पहल सिरीष चंद बोस नाम के एक देशभक्त व्यक्ति ने 1883 में लाहौर में 'इंडियन नेशनल सोसाइटी' नामक एक संस्था की स्थापना की, इसका उद्‌देश्य हिंदुओं और मुसलमानों के बीच सद्‌भाव स्थापित करना था। इस संस्था के सदस्य प्रतिदिन लाहौर की सड़कों पर एक गीत गाते हुए और हाथों में एक झंडा लेकर जुलूस के रूप में निकलते थे। दुर्भाग्य से न तो उस झंडे के डिजाइन के बारे में हमें अधिक जानकारी है और न ही उस गीत की शब्दावली ही उपलब्ध है। जो भी हो, उन दिनों हमारी राष्ट्रीय महत्त्वाकांक्षा स्वशासन प्राप्त करने से अधिक किसी और चीज की नहीं रही होगी। इसलिए किसी भी स्थिति में उस झंडे का निर्धारण स्वतंत्र भारत के राष्ट्रीय झंडे के रूप में तो नहीं किया गया होगा।

भारतीय राष्ट्रीय कांग्रेस का जन्म 28 दिसंबर, 1885 को हुआ। इस अखिल

भारतीय संगठन ने आजादी की लड़ाई में अद्वितीय योगदान किया। स्थापना के समय इसका अपना कोई झंडा नहीं था, और आश्चर्य की बात है कि अगस्त 1931 से पहले तक भी इसका अपना कोई मान्यता प्राप्त झंडा नहीं था। सन् 1921 तक तो इसका सारा कार्य यूनियन जैक के तले ही होता था।

हमारे राष्ट्रीय ध्वज की जीवन-यात्रा के इतिहास में कई पड़ाव आए, जिनमें सबसे पहला है—

## भगिनी निवेदिता का झंडा

नई सदी की शुरुआत से ही राष्ट्रीय झंडे की ललक स्वदेशी आंदोलन के बढ़ने के साथ तीव्र होती गई। समस्त भारत के लिए एक राष्ट्रीय ध्वज की परिकल्पना सबसे पहले स्वामी विवेकानंद की आयरलैंडवासी शिष्या सिस्टर निवेदिता ने की। सन् 1905 में उन्होंने एक झंडा बनाया, जिस पर वज्र (इंद्र देवता का शस्त्र) का चिह्न या प्रतीक अंकित था। इसकी प्रेरणा उन्हें 1904 में जब वे बोधगया गई थीं, वहाँ से मिली। उन्होंने वज्र चिह्न पहली बार देखा और उससे प्रेरित हो गईं। भारत के राष्ट्रीय ध्वज के विषय में वे पहले से ही सोच रही थीं, वज्र चिह्न ने ध्वज की रूपरेखा उनके मानस में बना दी। बोधगया में उनके साथ जगदीश चंद्र बोस और रवींद्रनाथ टैगोर भी थे।

अपनी भगिनी मिस मैक्लियोड को अपने 5 फरवरी, 1905 के पत्र में उन्होंने लिखा, ''हमने राष्ट्रीय झंडे की एक रूपरेखा बनाई है—जिस पर वज्र अंकित है, बल्कि एक झंडा बना भी लिया है। पर अज्ञानतावश मैंने चीन के युद्ध के झंडे को अपना आदर्श बनाकर लाल पर काले रंग का चुनाव किया। काला रंग भारत में पसंद नहीं किया जाता। इसलिए अगले झंडे में सिंदूरी रंग पर पीला रंग रहेगा।''

उन्होंने फिर अपने शिष्यों से एक दूसरा झंडा बनवाया—लाल पर पीला रंग। इसे दिसंबर, 1906 में कांग्रेस के कलकत्ता अधिवेशन के समय कांग्रेस द्वारा आयोजित एक प्रदर्शनी में प्रदर्शित किया गया।

सिस्टर निवेदिता का झंडा वर्गाकार था तथा इसकी सतह लाल थी। इसकी किनारियों पर चारों ओर 108 ज्योतियाँ बनी हुई थीं और पीले रंग में वज्र बीच में स्थित था, जिसकी बाईं ओर बँगला अक्षरों में 'वंदे' और दाईं ओर 'मातरम्' अंकित था। 'वंदे मातरम्' भी पीले रंग में अंकित था। झंडे में लाल रंग आजादी के संघर्ष और पीला रंग इस संघर्ष में विजय का द्योतक था।

*आयरिश महिला सिस्टर निवेदिता ने ही सर्वप्रथम सन् 1905 में संपूर्ण भारत के लिए राष्ट्रीय ध्वज की परिकल्पना, डिजाइन और इसका निर्माण किया था।*

यद्यपि सर जगदीशचंद्र बोस सहित अनेक प्रमुख व्यक्तियों ने इस झंडे को अपनी स्वीकृति दी, पर यह लोकप्रिय नहीं हो सका और शीघ्र ही इसका उपयोग बंद हो गया। बाद में नवंबर, 1909 में सिस्टर निवेदिता ने 'मॉडर्न रिव्यू' में एक लेख लिखकर सुझाव के रूप में भारत के राष्ट्रीय ध्वज की एक और रूपरेखा प्रस्तुत की, जिसमें भारत की आध्यात्मिक शक्ति के प्रतीक के रूप में वज्र और एक कमल पुष्प अंकित था।

## कलकत्ता झंडा

लॉर्ड कर्जन 1898 से 1905 ई. तक भारत का वायसराय रहा। इस दौरान उसने अनेक जन-विरोधी कानून बनाए, इनका भारी विरोध हुआ। उसका सबसे अप्रिय निर्णय प्रशासन में सुधार के नाम पर बंगाल का विभाजन था, वह भी एक ऐसे समय में जब देश अकाल, भूकंप और प्लेग की विभीषिका के दौर से गुजर रहा था।

विभाजन की योजना में ढाका, शाही और चटगाँव के पूर्वी जिलों को असम में मिलाकर 'पूर्वी बंगाल और असम' नाम का एक नया प्रांत बनाने की

व्यवस्था थी, और शेष बंगाल को उड़ीसा में जोड़कर बंगाल नाम का एक और नया प्रांत बनाया जानेवाला था। ऐसा करके ब्रिटिश सरकार हिंदुओं को मुसलमानों के खिलाफ खड़ा कर देश में फूट डाल देना चाहती थी, और इस प्रकार राष्ट्रीयता की भावना को, जो धीरे-धीरे जड़ पकड़ने लगी थी, कुचल देना चाहती थी। अंग्रेजों ने अत्यंत कुशलतापूर्वक 'बाँटो और शासन करो' का खेल खेलना चाहा था। यद्यपि कांग्रेस ने ब्रिटिश सरकार का यह घृणित इरादा भाँप लिया था, तथापि किसी-न-किसी तरह यह विश्वास करती रही कि अधिकारी कोई ऐसा कदम नहीं उठाएँगे जिससे लोगों की भावनाओं को ठेस पहुँचे। लेकिन सरकार ने जनभावना को कोई महत्त्व न देकर यह घोषित कर दिया कि 16 अक्तूबर, 1905 से बंगाल का विभाजन हो जाएगा।

विभाजन 16 अक्तूबर, 1905 को प्रभावी होना था। आंदोलन के नेताओं ने इस दिन को पूरे बंगाल के लिए शोक-दिवस घोषित कर दिया। दिन शुरू होते ही पुरुषों और स्त्रियों के जत्थे 'वंदे मातरम्' गाते और हाथों में झंडे, जिन पर बँगला या अंग्रेजी में वंदे मातरम् लिखा था, लिये हुए कलकत्ता की सड़कों पर निकल पड़े, परिणामतः 'वंदे मातरम्' ने रातोरात बंगाल में राष्ट्रीय-गान का रूप धारण कर लिया।

विभाजन-विरोधी आंदोलन के पहले वार्षिक दिवस 7 अगस्त, 1906 को कलकत्ता के पारसी बागान में एक विशाल रैली आयोजित की गई, जहाँ पहली बार एक 'तिरंगा' झंडा फहराया गया। इस झंडे के निर्धारण व निर्माण में मुख्यतः सुकुमार मित्र व सचींद्रनाथ बोस का योगदान था, जो सुरेंद्रनाथ बनर्जी के कट्टर समर्थक तथा ब्राह्मसमाज के उदारपंथी नेता कृष्ण कुमार मित्र के क्रमशः पुत्र व दामाद थे।

सुरेंद्रनाथ ने सचींद्रनाथ बोस की जीवनी में लिखा है, "सन् 1906 में अपने मित्र व साले सुकुमार मित्र (कृष्ण कुमार मित्र के पुत्र) की सलाह से श्री सुरेंद्रनाथ बनर्जी से कहा कि हमें एक राष्ट्रीय ध्वज बनाना चाहिए और स्वदेशी आंदोलन को आगे बढ़ाना चाहिए।" सुरेंद्रनाथ ने इस प्रस्ताव को सहर्ष अपनी स्वीकृति दे दी। उन्होंने कहा, "तुम एक झंडा बनाकर मुझे दिखाओ।" बोस और सुकुमार मित्र सहर्ष झंडे की रूपरेखा बनाने में जुट गए। उन्होंने जो झंडा बनाया उसमें तीन धारियाँ थीं—हरी, पीली और लाल। ऊपर की हरी धारी में आठ अर्द्धपुष्पित कमल, बीच की पीली धारी में नीले रंग से वंदे मातरम् तथा नीचे की लाल धारी में एक सूर्य और एक चंद्रमा (अर्द्ध चंद्र) की

आकृतियाँ बनी थीं।

श्री सुरेंद्रनाथ ने इसको स्वीकृति प्रदान करने के लिए एक बैठक बुलाई। सुकुमार मित्र के अनुसार, यह बैठक कलकत्ता स्थित इंडियन एसोसिएशन हॉल में रखी गई थी और इसमें श्री आशुतोष चौधरी, सर अबुल हलीम गजनवी तथा बंगाल के सभी जिलों के नेता उपस्थित थे। कुछ बुजुर्ग नेताओं ने सुझाव दिया कि झंडे के ऊपर की हरी पट्टी पर जो आठ कमल पुष्प प्रांतों (तत्कालीन) का प्रतिनिधित्व कर रहे हैं, उनको एक कतार में न रखकर भारत के नक्शे में उनकी स्थिति के अनुसार रखा जाए। लेकिन सुरेंद्रनाथ बनर्जी ने मूल डिजाइन को ही पसंद किया और बैठक ने भी सर्वसम्मति से उसे स्वीकृति प्रदान की।

यह झंडा पहली बार 7 अगस्त, 1906 को पारसी बागान स्क्वायर ग्रीयर पार्क पर फहराया गया, यह अवसर बंगाल के विभाजन का विरोध करने के लिए बहिष्कार दिवस के रूप में मनाया जा रहा था। नरेंद्रनाथ सेन ने विधिपूर्वक झंडे का पवित्रीकरण किया और एक गीत गाया, बाद में स्वामी विवेकानंद के छोटे भाई तथा 'युगांतर' के संपादक भूपेंद्रनाथ दत्त ने ध्वज को सुरेंद्रनाथ बनर्जी को अर्पित किया, जिन्होंने 101 पटाखों की हर्ष-ध्वनि के बीच झंडारोहण किया।

अगले दिन समाचारपत्रों में, विशेषकर 'युगांतर', 'संजीवनी' और 'वंदे मातरम्' में इस समारोह की रिपोर्ट प्रकाशित हुई, लेकिन इसका अभिनंदन केवल 'युगांतर' ने ही किया। कुछ लोगों ने राष्ट्रीय ध्वज के विचार की आलोचना की। सुरेंद्रनाथ बनर्जी, गजनवी तथा आशुतोष चौधरी जैसे नरमपंथी नेताओं के लिए यह झंडा देश के लोगों की स्वशासन की आकांक्षा का प्रतीक था, लेकिन सुकुमार मित्र, भूपेंद्र नाथ और सुधीर बनर्जी जैसे युवा क्रांतिकारियों ने इस झंडे में भारतीय क्रांति का स्वप्न देखा। बाद में यह झंडा 26 दिसंबर, 1906 की कलकत्ता कांग्रेस, जो दादाभाई नौरोजी की अध्यक्षता में संपन्न हुई, में फहराया गया। इस अधिवेशन में भाग लेने वाले 1600 से अधिक प्रतिनिधियों के बैज भी उसी तिरंगे रंग के बनाए गए थे। इस कांग्रेस में भगिनी निवेदिता के झंडे को भी प्रदर्शित किया गया था।

तत्कालीन पूर्व-बंगाल के गवर्नर श्री फुलर ने आंदोलन के नेताओं की बैठक बुलाकर उनको चेतावनी दी कि यदि वे आंदोलन वापस नहीं लेंगे तो उसे दबाने के लिए गोरखा सैनिकों का उपयोग किया जाएगा। इसके अलावा

उसने 'वंदे मातरम्' के गायन पर भी प्रतिबंध लगा दिया। परंतु धमकी और प्रतिबंध के बावजूद आंदोलन में और भी तीव्रता आ गई। बंगाल का आकाश 'वंदे मातरम्' की स्वर-लहरी से गूँज उठा और लोग खुलेआम हाथों में झंडा लिये सड़कों पर निकलने लगे। सरकार ने उसका जवाब लाठी और गोलियाँ बरसाकर दिया, लेकिन जनता पर इसका कोई असर नहीं पड़ा। न आजादी के गीत के स्वर दबे और न आजादी का झंडा फहराना ही रुका, बल्कि शीघ्र ही आंदोलन बंगाल की सीमाओं के पार तक फैल गया। उग्र राष्ट्रवादियों ने लोगों में राष्ट्रीय चेतना जाग्रत् करने के लिए तथा विदेशी शासन से मुक्ति के लिए एक नारे के रूप में इसका उपयोग किया। बंगाल के विभाजन का प्रश्न अब मंद पड़ गया, भारतीय राजनीति का मुख्य प्रश्न हो गया—भारत की स्वतंत्रता। लोकप्रिय नेता, कुष्ण कुमार मित्र ने लोगों से कहा, "आइए, हम सभी मातृभूमि के नाम पर, उसकी भलाई के लिए यह प्रतिज्ञा करें कि चाहे जो भी परेशानी हो, हम कभी विदेशी सामान नहीं खरीदेंगे।" लोगों में ब्रिटिश सामान का बहिष्कार करने की होड़ लग गई, यहाँ तक कि छोटे-छोटे बच्चे भी आंदोलन में शामिल होने लगे। अंत में सरकार को झुकना पड़ा। सन् 1911-12 में जब सम्राट् जॉर्ज पंचम तथा सम्राज्ञी मैरी दिल्ली दरबार के लिए आए, तब बंगाल विभाजन का निर्णय रद्द कर दिया गया। सरकार के इस निर्णय के पीछे 'कलकत्ता तिरंगे' के दबाव का बड़ा हाथ रहा था।

*सर सुरेंद्रनाथ बनर्जी प्रथम भारतीय थे, जिन्होंने प्रथम भारतीय तिरंगा 'कलकत्ता फ्लैग' को 7 अगस्त, 1906 को कलकत्ता के पारसी बागान स्क्वेयर में फहराया था।*

झंडे के मुख्य परिकल्पक सुकुमार मित्र का देहांत 89 वर्ष की उम्र में

हुआ। डॉ. भूपेंद्रनाथ दत्त ने अपनी पुस्तक 'भारतेर द्वितीय स्वाधीनता संग्राम' में लिखा है—"उनकी मृत्यु के कुछ दिनों पहले जब मैं उनसे मिला, तब उनको उस झंडे की स्मृति स्पष्ट रूप से बनी हुई थी। उन्होंने मुझे बताया कि भारतीय झंडे का निर्माण करने में उन लोगों ने फ्रांसीसी क्रांति के झंडे से बड़ी प्रेरणा प्राप्त की थी, यही वजह थी कि झंडे का डिजाइन उन्होंने स्वयं अपने हाथों से बनाया था। उसमें आठ कमल थे।" झंडे में कितने कमल दिखाए जाएँ, इसको लेकर कुछ भ्रम था। कुछ लोगों का मत है कि उसमें सिर्फ सात कमल थे, लेकिन सुकुमार मित्र ने अपनी भेंट-वार्त्ता में यही कहा था तथा 'संजीवनी' के समाचार से भी यही प्रमाणित होता है कि ऊपर की हरी पट्टी में भारत के तत्कालीन आठ प्रांतों का प्रतिनिधित्व करने के लिए आठ कमल दरशाये गए थे। बीच की पीली पट्टी में हिंदू तथा मुसलिम समुदायों को प्रतीकात्मक प्रतिनिधित्व देने के लिए सूर्य और चंद्र अंकित थे। चंद्र या अर्द्धचंद्र पर तारा अंकित नहीं किया गया था।

अपनी भेंट-वार्त्ता में सुकुमार मित्र ने डॉ. भूपेंद्रनाथ दत्त से यह भी कहा कि "बंगाल आंदोलन के दौरान इस झंडे से लोगों ने बड़ी प्रेरणा ली। कलकत्ता में प्रदर्शनकारी 1912 तक प्रदर्शनों में इसे अपने साथ लेकर चलते थे। बाद में बंगाल का विभाजन रद्द कर दिए जाने पर यह झंडा धीरे-धीरे इतिहास का एक पन्ना बन गया। मानो इसका निर्माण केवल बंगाल के पुनर्एकीकरण के संघर्ष में लोगों को उत्साह प्रदान करने के लिए ही किया गया हो।" पर इस झंडे की सबसे बड़ी देन देश के नेताओं में राष्ट्रीय ध्वज की आवश्यकता की चेतना थी।

संपूर्ण देश का एक ही राष्ट्रीय ध्वज हो, इस विचार ने केवल देश में ही नहीं, बल्कि देश से बाहर रहने वाले भारतीयों के मन में भी जगह बना ली थी। यूरोप में अध्ययन करनेवाले कुछ भारतीय विद्यार्थियों से जब उनके विदेशी साथी उनके राष्ट्रीय झंडे के बारे में जानकारी चाहते थे तो वे स्वयं को अपमानित महसूस करते थे। इसलिए उनमें से कुछ ने एक राष्ट्रीय ध्वज बनाने का संकल्प लिया। इनमें से एक थे वीर सावरकर। कहते हैं, उन्होंने भी एक झंडा बनाया था, जिसमें भगवा, सफेद तथा हरे रंगों का उपयोग किया गया था।

□

# 8

# मैडम कामा की देन

भारत के राष्ट्रीय झंडे के इतिहास में मैडम कामा का नाम स्वर्णाक्षरों में अंकित है। वह उन स्वाधीनता सेनानियों में से थीं, जिन्होंने विदेश में रहकर भी भारत के स्वाधीनता आंदोलन को शक्ति प्रदान की। वह विदेशी भूमि पर भारत का झंडा फहरानेवाली प्रथम भारतीय थीं। उन्होंने विश्व समुदाय को बताया कि देश की आजादी हासिल करने के लिए भारतीयों ने ब्रिटिश शासन के विरुद्ध राजनीतिक संघर्ष छेड़ दिया है।

ब्रिटिश सरकार के गुप्तचर विभाग में अनुरक्षित मैडम भीखाजी रुस्तम के.आर. कामा के एक गुप्त इतिवृत्त रिपोर्ट की मूल प्रति दिल्ली स्थित भारत के राष्ट्रीय अभिलेखागार में सुरक्षित है। परिशिष्ट-I के अनुसार जर्मनी के स्टुटगार्ट में आयोजित द्वितीय अंतरराष्ट्रीय सोशलिस्ट कांग्रेस में विभिन्न देशों के एकत्र हजारों प्रतिनिधियों के समक्ष 22 अगस्त, 1907 को, महीन कसीदाकारी की हुई साड़ी में सुसज्जित, काली आँखोंवाली, गोरे रंग की एक सुंदर महिला ने अपने जोशीले और भावपूर्ण भाषण से श्रोताओं को मंत्र मुग्ध कर दिया। भाषण के अंत में उन्होंने हरे, सुनहरे और लाल रंगोंवाला एक तिरंगा झंडा फहराया। झंडे को लहराते हुए उन्होंने भावपूर्ण शब्दों में कहा, ''यह भारत की आजादी का झंडा है। देखिए, इसने जन्म ले लिया है। भारतीय शहीद युवाओं के रक्त से यह पवित्र किया गया है। मैं आप सभी भद्रजनों से भारत की आजादी के इस झंडे का अभिवादन करने का अनुरोध करती हूँ। मैं समस्त विश्व के स्वाधीनता-प्रेमियों से अनुरोध करती हूँ कि वे संपूर्ण मानवता के पाँचवें हिस्से को आजाद कराने में इस झंडे को अपना सहयोग प्रदान करें।''

मैडम कामा किसी अंतरराष्ट्रीय संगठन में भारत का झंडा फहरानेवाली प्रथम भारतीय थीं। 22 अगस्त, 1907 को जो झंडा उन्होंने फहराया था, उसमें तीन चौड़ी पट्टियाँ थीं। सबसे ऊपर हरे रंग की, जिसे मुसलमान पवित्र मानते हैं; बीच की पट्टी सुनहरे-भगवा रंग की, जिसे बौद्ध और सिख पवित्र मानते हैं, और नीचे की तीसरी पट्टी लाल रंग की थी, जिसे हिंदू पवित्र मानते हैं। ब्रिटिश भारत के आठ प्रांतों का प्रतिनिधित्व करते हुए एक कतार में झंडे की हरी पट्टी में आठ कमल अंकित थे। बीच की सुनहरी-पीली पट्टी पर देवनागरी लिपि में 'वंदे मातरम्' अंकित था। इस झंडे के चित्र से लगता है कि कमल के फूल कसीदाकारी करके बनाए गए थे। संभव है, कसीदाकारी स्वयं मैडम कामा ने ही की हो। नीचे की लाल पट्टी पर एक ओर सूर्य और डंडे के पास अर्द्धचंद्र अंकित था। अर्धचंद्र के ऊपर कोई तारा अंकित नहीं था। इस झंडे के कुछ अन्य चित्रों में अर्धचंद्र के ऊपर एक तारा भी दिखाया गया है, जो वास्तव में ऐतिहासिक सत्य नहीं है।

मैडम कामा ने झंडे की योजना काफी सोच-विचारकर बनाई थी। संभवत: इसकी रूपरेखा उन्होंने अपने घनिष्ठ सहयोगी वीर सावरकर और श्यामजी कृष्ण वर्मा के साथ मिलकर बनाई थी। उनके आदेश पर इसे बंगाल के एक युवा क्रांतिकारी हेमचंद दास (कानूनगो) ने तैयार किया था, जिन्हें बाद में अंडमान जेल भेज दिया गया था। हेमचंद कानूनगो एक अच्छे फोटोग्राफर और कुशल कलाकार थे। इस तथ्य की पुष्टि मैडम कामा द्वारा 'भारतवासियों को एक संदेश' शीर्षक पुस्तिका से होती है, जिसमें उन्होंने लिखा था—"यह झंडा, जिसे मैं आपके समक्ष लहरा रही हूँ, इसको एक उदार हृदय एवं त्यागी युवा देशभक्त ने मेरे लिए बनाया है, जो आज हमारे देश की ब्रिटिश अदालत के कठघरे में है।"

हेमचंद कानूनगो ने स्वयं भी अपने 'बंगाले विप्लव प्रचेष्टा' में इस तथ्य की पुष्टि की है कि उन्होंने पेरिस में यह झंडा बनाकर मैडम कामा को दिया था, जब वे जर्मनी स्टुटगार्ट-कांग्रेस में भाग लेने के लिए रवाना हो रही थीं।

मैडम कामा पर ब्रिटिश गुप्तचर विभाग की रिपोर्ट से यह संकेत मिलता है कि अपने जीवनकाल में उन्होंने विभिन्न शब्दावली तथा प्रतीकोंवाले एकाधिक झंडों का उपयोग किया था; लेकिन उन झंडों का जो भी रूप या आकार रहा हो, अगस्त 1907 के स्टुटगार्ट-कांग्रेस के बाद उन्होंने मंच पर या उसके पीछे की दीवार पर भारतीय झंडा लगाने के बाद ही भाषण देने का एक नियम सा

*मैडम कामा प्रथम भारतीय महिला थीं, जिन्होंने विदेशी भूमि, स्टुटगार्ट, जर्मनी में 22 अगस्त, 1907 को भारतीय राष्ट्रीय ध्वज फहराया था।*

बना लिया था। 'तलवार' शीर्षक पत्रिका के मुखपृष्ठ पर भी उनके झंडे की अनुकृति अंकित रहती थी।

स्टुटगार्ट-कांग्रेस के आठ से दस सप्ताह बाद, अमेरिकी जनता को भारत की स्थिति से अवगत कराने तथा भारतीय राष्ट्रीय आंदोलन को गति प्रदान करने के लिए मैडम कामा अमेरिका गईं। उन्होंने पूरे अमेरिका का दौरा किया, और जहाँ-जहाँ भी गईं, उन्होंने झंडे को अपने साथ रखा और उसका प्रदर्शन किया।

24 नवंबर, 1908 को लंदन के इंडिया हाउस की एक रविवासरीय

सभा में भाषण देते हुए उन्होंने सिल्क और सुनहरे गोटे से बना हुआ एक झंडा प्रदर्शित किया, जिस पर '1908 के शहीदों की स्मृति में' अंकित था। इसी तरह 19 दिसंबर, 1908 को वे बी.सी. पाल के एक व्याख्यान कार्यक्रम में भाग लेने गईं, जिसका विषय था—'भारतीय राष्ट्रवाद'। श्री पाल का भाषण समाप्त होने के बाद उन्होंने पहले दो झंडे हवा में लहराए और बोलने की अनुमति माँगकर अपना भाषण दिया।

मैडम कामा ने अन्य अवसरों पर जो व्याख्यान दिए, उनकी रिपोर्टों से भी यही पता चलता है कि राष्ट्रीय झंडे के प्रति उनकी गहरी आसक्ति थी। उन्होंने स्टुटगार्ट में प्रदर्शित झंडे में अवसरानुकूल परिवर्तन भी किए, पर झंडे का मूल रूप तिरंगा ही रहा।

29 दिसंबर, 1908 को गुरु गोविंदसिंह जयंती मनाने के लिए वेस्टमिंस्टर के कैक्सटन हॉल में एक ऐतिहासिक सभा हुई, जिसमें वी.डी. सावरकर, लाला लाजपत राय, बी.सी. पाल तथा कुछ अन्य क्रांतिकारी उपस्थित थे। इस अवसर पर वीर सावरकर ने अपने भाषण में विदेशी आधिपत्य का बहादुरी से सामना करने के लिए गुरु गोविंदसिंह की सराहना की। (इस गुरुपर्व के अवसर पर लिया गया एक ग्रुप फोटो, इसके स्मारक के रूप में अब भी ब्रिटिश म्यूजियम न्यूज पेपर लाइब्रेरी में सुरक्षित है) इसमें अन्य लोगों के साथ बीच में बिपिनचंद्र पाल, उनके बाएँ मैडम कामा तथा दाहिने लाला लाजपत राय खड़े हैं। इस ग्रुप फोटो में विशेष रूप से ध्यान देने योग्य बात यह है कि इसकी पृष्ठभूमि में एक बड़ा झंडा दिखाई देता है, जिस पर सतश्री अकाल अंकित है। दो और झंडे भी इसमें दिखाई देते हैं—एक सिखों का और दूसरा भारतीय स्वतंत्रता का, जिसकी ऊपर की हरी पट्टी में भारत के आठ प्रांतों का प्रतिनिधित्व करने के लिए आठ तारे (कमल नहीं) और नीचे की पट्टी पर हिंदुओं और मुसलमानों का प्रतिनिधित्व करने के लिए क्रमशः सूर्य और चंद्रमा अंकित हैं, मंच के दोनों ओर लहराते दिखाई दे रहे हैं। (संभव है कि यह झंडा गुरुपर्व के आयोजकों द्वारा विशेष रूप से बनाया गया हो, जिन्होंने भूल से या फिर किसी और कारण से कमल के स्थान पर तारे अंकित कर दिए हों।)

20 फरवरी, 1909 को लंदन इंडियन सोसाइटी की एक बैठक में हैदर रजा ने 'भारत में हिंदुओं और मुसलमानों के बीच संबंध' विषय पर भाषण दिया, जिसके बाद मैडम कामा ने भी भाषण दिया। अपना भाषण शुरू करने

*26 अक्तूबर, 1937 को वंदे मातरम् दिवस पर वीर सावरकर ध्वजारोहण करते हुए।*

से पहले उन्होंने अपनी जेब से सिल्क का एक झंडा निकाला, जिस पर 'स्वदेशी' और 'वंदे मातरम्' शब्द अंकित थे। एक दूसरा झंडा उनके सिर के ऊपर दीवार पर लगाया गया था। उन्होंने कहा कि मुझे इस झंडे के नीचे बोलने की आदत सी पड़ चुकी है। यह सभा लंदन में एसेक्स हॉल, स्ट्रैंड में आयोजित की गई थी।

मैडम कामा प्रसिद्ध रूसी लेखक मैक्सिम गोर्की से पत्राचार किया करती

थीं। पत्र भेजने के अलावा वे उनको भारतीय क्रांतिकारी साहित्य भी भेजा करती थीं। गोर्की को भेजे गए उनके पत्र और उनका एक चित्र इस महान् रूसी लेखक के अभिलेखागार में आज भी सुरक्षित है। उनके चित्र में उनकी बगल में एक भारतीय झंडा फहरा रहा है।

मैडम कामा ने 22 अगस्त, 1907 को जर्मनी के स्टुटगार्ट में जो झंडा फहराया था, उसके इतिहास की चर्चा न की जाए तो भारत के राष्ट्रीय झंडे के विकास की गाथा अधूरी ही रह जाएगी। उपलब्ध जानकारी के अनुसार, दिसंबर 1935 में अंतिम बार भारत लौटने से पहले उनको लकवा हो गया था, इससे वे बहुत कमजोर हो गई थीं तथा उनकी आँखों की रोशनी भी कम होने लगी थी। उनको आभास हो गया था कि उनके दिन अब पूरे हो चुके हैं, लेकिन झंडे को ऊँचा रखना था—संघर्ष को जारी रखना था, इसलिए उन्होंने पेरिस में अपने सहयोगी माधव राव को बुलाकर अपना झंडा उनको सौंप दिया। देश के बाहर 33 वर्ष बिताने के बाद दिसंबर 1935 में वे भारत लौटीं और 16 अगस्त, 1936 को बंबई में अपनी मातृभूमि और इस संसार से चुपचाप विदा ले ली—उनके निधन पर न किसी ने आँसू बहाए और न ही शोक प्रकट किया। इस प्रकार एक सच्ची, कर्मठ देशभक्त भारत के ध्वज का अधूरा सपना लिये सदा के लिए सो गई।

डॉ. मिनोचर के. कंट्रेक्टर के अनुसार, मैडम कामा ने पेरिस से बंबई प्रस्थान करने से पहले माधव राव को जो झंडा दिया था, उसको बाद में गुजरात के समाजवादी नेता इंद्रलाल याज्ञनिक, अन्य क्रांतिकारी सहयोगियों से संबंधित दस्तावेजों के साथ, गुप्त रूप से पेरिस से भारत ले आए और बंबई में एक गुप्त स्थान पर रख दिया। सन् 1937 में जब वे पूना की यरवदा जेल में थे, तब उन्होंने अवसर का लाभ उठाकर लोकमान्य तिलक के पोते तथा 'केसरी' के पूर्व संपादक श्री जी.वी. केलकर को बुलाया और उनको कागज का एक छोटा सा टुकड़ा दिया। कागज के उस टुकड़े की मदद से श्री केलकर ने एक गट्ठर में बँधे क्रांतिकारियों से संबंधित कागज-पत्र व दस्तावेज प्राप्त किए। उस गट्ठर में मैडम कामा का मूल झंडा भी था। वीर सावरकर ने 26 अक्तूबर, 1937 को इसका अनावरण किया। वह दिन 'वंदे मातरम् दिवस' के रूप में मनाया गया। बाद में उसको एक अलंकृत चौखटे में जड़कर पूना में एक जुलूस में घुमाया गया। (इन दिनों वह चाँदी के अलंकृत फ्रेम, पूना स्थित 'केसरी-मराठा ट्रस्ट' के पुस्तकालय-कक्ष में टँगा हुआ है।)

सन् 1906 के कलकत्ता-झंडे और मैडम कामा के झंडे में बहुत समानता है। तथ्यों के गहन विश्लेषण से यह स्पष्ट होता है कि 22 अगस्त, 1907 को मैडम कामा ने स्टुटगार्ट में जो झंडा फहराया था, संभवतः उन्होंने उसकी प्रेरणा कलकत्ता-झंडे से ही ली थी। इन दोनों झंडों में ऊपर की गहरी हरी पट्टी में सफेद रंग में आठ कमल अंकित थे। दोनों में बीच की पीली या भगवा रंग की पट्टी के मध्य में 'वंदे मातरम्' लिखा था। एक और अंतर यह था कि कलकत्ता झंडे में यह शब्द गहरे नीले रंग (उपलब्ध विवरण के अनुसार) में लिखे हुए थे, जबकि मैडम कामा के झंडे में सफेद रंग में। कलकत्ता-झंडे में 'वंदे मातरम्' अंकित था जबकि मैडम कामा के झंडे में 'वंदेमातम्'। दोनों ही झंडों में नीचे की लाल पट्टी पर सूर्य और चंद्र बने हुए थे।

स्टुटगार्ट में तथा उसके बाद के मैडम के भाषणों से भी यह प्रमाणित होता है कि वे अपने झंडे की योजना बनाने और रूपरेखा निर्धारित करने में कलकत्ता-झंडे से बहुत प्रभावित हुई थीं। "यह भारत की आजादी का झंडा है। देखिए, इसने जन्म ले लिया है। यह पहले शहीद हुए भारतीय युवाओं के रक्त से अभिषिक्त हो चुका है।" ये शब्द इस तथ्य के द्योतक हैं।

सन् 1907 में बंगाल आंदोलन पूरे जोरों पर था तथा भारतीय युवा वर्ग उसमें अग्रणी भूमिका निभा रहा था। इसलिए स्पष्टतः 'शहीद हुए भारतीय युवाओं' से उनका आशय केवल बंगाल के युवा वर्ग से ही था। अपने एक अन्य भाषण में उन्होंने कहा, "यह वही झंडा है जिसके लिए खुदीराम बोस और प्रफुल्ल चाकी शहीद हुए।" सभी बिखरे तथ्यों को जोड़ने से तो यही लगता है कि मैडम कामा ने कलकत्ता-ध्वज से ही प्रेरणा प्राप्त की थी।

इतना मान लेने पर एक प्रश्न यह भी उठता है कि यदि उन्होंने स्वयं अपने झंडे की स्वतंत्र रूपरेखा नहीं बनाई थी तो कलकत्ता-झंडा उनको विदेश में रहकर किस प्रकार प्राप्त हुआ? इस संदर्भ में डॉ. भूपेंद्रनाथ दत्त ने अपनी पुस्तक 'भारतेर द्वितीय स्वाधीनता संग्राम' (पृ. 155) में लिखा है—"बड़ौदा राज्य की सेना के जनरल माधव राव के क्रांतिकारी भाई खासी राव सैनिक प्रशिक्षण के लिए स्विट्जरलैंड गए थे। वे अपने साथ कलकत्ता-झंडे की एक छोटी प्रतिकृति ले गए थे। जेनेवा में उनकी मुलाकात हेमचंद कानूनगो से हुई।" इस मुलाकात से स्पष्ट होता है कि कलकत्ता झंडा पहले हेमचंद के पास और फिर उनसे मैडम कामा तक पहुँचा, जिन्होंने बाद में अपने सहयोगियों, विशेषतः श्यामजी कृष्ण वर्मा की सलाह से अपने झंडे की रूपरेखा बनाई।

## बर्लिन समिति का झंडा

विदेश में भारतीय राष्ट्रीय ध्वज की कहानी मैडम कामा तक पहुँचकर ही खत्म नहीं हो जाती। प्रथम विश्वयुद्ध आरंभ होने के शीघ्र बाद भारतीय क्रांतिकारियों ने बर्लिन में (बर्लिन समिति के नाम से प्रसिद्ध) जो भारतीय स्वतंत्रता समिति बनाई, उसने मैडम कामा के झंडे में थोड़ा परिवर्तन करके अपने झंडे का निर्माण किया। 'भारतेर द्वितीय स्वाधीनता संग्राम' में डॉ. भूपेंद्रनाथ दत्त ने लिखा है—"भेष बदलकर अनेक देशों की यात्रा करने के बाद मैं (लेखक) 1915 की गरमी के मौसम में बर्लिन पहुँचा। वहाँ मैंने बर्लिन समिति के कार्यालय में एक झंडा देखा। यह तिरंगे रंग का एक साधारण झंडा था, जिसका रंग-रूप, लेख और चिह्न को छोड़कर मैडम कामा के झंडे जैसा था। मैंने समिति के सदस्य, वीरेंद्रनाथ चट्टोपाध्याय से पूछा कि इसमें सूर्य और चंद्र तथा लेख कहीं नहीं दिया गया है। वीरेंद्रनाथ ने बताया, वे चीजें मैडम कामा के झंडे में थीं, हम लोगों ने इनको बदलकर अपने चिह्न दे दिए हैं।"

इस झंडे का जर्मनी में सार्वजनिक रूप से कभी उपयोग नहीं किया गया। लेकिन भारतीय बंदियों, ब्रिटिश भारत की सेना के भगोड़े सैनिकों तथा कुछ गदर क्रांतिकारियों की सहायता से बर्लिन समिति द्वारा गठित स्वयंसेवक बल ने मेसोपोटामिया में इसका खुलकर उपयोग किया।

बर्लिन समिति के एक पूर्व सदस्य करतार रामजी ने सन् 1948 में जमशेदपुर में एक पत्रकार को बताया था कि "बर्लिन समिति का झंडा अब भी उनके पास है।" यद्यपि अब करतार रामजी जीवित नहीं हैं, पर हो सकता है कि वह झंडा अब भी उनके बेटे या किसी अन्य संबंधी के पास हो या फिर वह इतिहास का अंग बन गया हो। इसलिए स्पष्ट रूप से बर्लिन समिति के झंडे की रूपरेखा खींचना या बता पाना आज संभव नहीं है।

## गदर पार्टी का झंडा

अमेरिका में स्थापित गदर पार्टी ने भी तिरंगे को अपने राष्ट्रीय झंडे के रूप में मान्यता दी। इसमें ऊपर से नीचे हरी, पीली और लाल धारियाँ थीं और बीच में प्रतीक के रूप में एक-दूसरे पर तिरछी-आड़ी दो तलवारें बनी हुई थीं। हमारे स्वतंत्रता संघर्ष के प्रारंभिक वर्षों में भारतीय क्रांतिकारियों ने अमेरिका, जर्मनी और मेसोपोटामिया में व्यापक रूप से इस तिरंगे का उपयोग किया। □

# 9

# राष्ट्रीय ध्वज की आवश्यकता

दिल्ली दरबार में सम्राट् जॉर्ज पंचम द्वारा बंगाल के विभाजन का निर्णय रद्द कर दिए जाने के बाद कलकत्ता-झंडे को लोग धीरे-धीरे भूलने लगे। सन् 1912 से 1917 तक देश की राजनीतिक गतिविधियों में किसी भी झंडे का अस्तित्व नहीं रह गया था। प्रथम विश्वयुद्ध के दौरान राजनीतिक गतिविधियों ने पुनः जोर पकड़ा, तो नई राजनीतिक विचारधारा तथा आकांक्षाओं को प्रतीकात्मक अभिव्यक्ति देने के लिए एक झंडे की जरूरत महसूस की जाने लगी, ताकि आजादी के सभी सेनानियों को उसके नीचे इकट्ठा किया जा सके। सन् 1917 में कुछ कांग्रेस जनों ने भरपूर कोशिश की कि कांग्रेस स्वयं इस प्रश्न पर विचार करे, लेकिन संगठन में इस पर अच्छी प्रतिक्रिया क्यों नहीं हुई, यह समझ से परे है।

डॉ. ऐनी बेसेंट के नेतृत्व में सन् 1916 में स्थापित होमरूल लीग ने तत्कालीन राजनीतिक आकांक्षाओं को प्रतीकात्मक अभिव्यक्ति देने के लिए एक झंडे की रूपरेखा बनाने के लिए एक समिति नियुक्त की, जिसके सदस्य अवनींद्रनाथ ठाकुर भी थे, परंतु इस समिति की कार्यवाहियाँ निष्फल रहीं।

## होमरूल झंडा

23 अप्रैल, 1916 को बंबई में बाल गंगाधर तिलक ने और उसके छह माह बाद डॉ. ऐनी बेसेंट ने मद्रास में होमरूल लीग की स्थापना की।

सन् 1917 से भारत की आजादी की लड़ाई तेज हो गई। साथ ही होमरूल लीग को लोकप्रियता प्राप्त हुई और इसका प्रसार उन छोटे-छोटे शहरों-कस्बों में भी हो गया जहाँ अभी तक राजनीतिक चेतना नहीं आई थी। इस आंदोलन

*श्रीमती ऐनी बेसेंट, जिन्होंने सन् 1917 के जुलाई माह में कोयंबटूर के ऑलकोट कॉटेज में होम रूल लीग का झंडा फहराया और उसे सलामी दी।*

के दो अग्रणी नेताओं, बाल गंगाधर तिलक और डॉ. ऐनी बेसेंट ने एक नए झंडे की रूपरेखा बनाई। इसमें बारी-बारी से पाँच लाल और चार हरी समतल पट्टियाँ थीं, जिसमें सप्तर्षियों का प्रतिनिधित्व करने के लिए सात तारे बनाए गए थे। इसके बाईं ओर से ऊपर के चौथाई हिस्से में यूनियन जैक तथा

दाहिनी ओर के ऊपरी चौथाई हिस्से में अर्द्धचंद्र तथा सूर्य की आकृति थी। सन् 1917 में डॉ. ऐनी बेसेंट की अध्यक्षता में संपन्न कांग्रेस के कलकत्ता अधिवेशन में यह झंडा फहराया गया था। एक जानकारी के अनुसार इस झंडे की परिकल्पना मुख्य रूप से द्विजेंद्रनाथ ठाकुर ने की थी।

भारतीय राष्ट्रवादियों में उग्रपंथियों के बीच यह झंडा अत्यंत लोकप्रिय हुआ। यह झंडा उन राजनीतिक कार्यकर्ताओं के बीच एकजुटता बढ़ाने में सहायक सिद्ध हो रहा था, इसलिए ब्रिटिश सरकार ने कड़ा रुख अपनाकर इसको स्वीकार नहीं किया। होमरूल आंदोलन को गति देनेवाले लोकमान्य तिलक तथा डॉ. ऐनी बेसेंट ब्रिटिश सरकार के पक्के दुश्मन बन गए।

जुलाई 1917 में कोयंबटूर के ओलकॉट कॉटेज में अपनी नजरबंदी के दौरान डॉ. ऐनी बेसेंट ने 48 फीट ऊँचे डंडे पर अपना लाल और हरा झंडा फहराया और भारत की आजादी का प्रतीक मानकर उसको सलामी दी थी। इस पर मद्रास सरकार ने उनको चेतावनी देते हुए झंडा उतार देने को कहा था। लेकिन बाद में भारत सरकार ने उदार नीति अपनाकर मद्रास सरकार से कहा कि वह होमरूल के झंडे के विरुद्ध पुलिस की काररवाई या तो स्थगित कर दे या फिर रद्द कर दे।

सन् 1917-18 के दौरान होमरूल के झंडे अनेक जगहों पर फहराए गए। बिहार में गया के स्थानीय होमरूल लीग के अवैतनिक मंत्री दुर्गा प्रसाद इस झंडे को अपने घर पर लगातार तीन महीने तक फहराते रहे और इसको शहर में एक जुलूस में भी ले गए। भारत सरकार ने गया की इस घटना की पूरी छानबीन की और इस नतीजे पर पहुँची कि चूँकि उसे ऐसा नहीं लगता कि दुर्गा प्रसाद की गतिविधियों का लोगों की भावनाओं पर कोई अधिक प्रभाव पड़ा है, इसलिए दुर्गा प्रसाद के विरुद्ध कोई काररवाई न की जाए वरना दुर्गा प्रसाद जैसा मामूली वकील 'राष्ट्रीय नायक' बन जाएगा।

होमरूल के झंडे में यूनियन जैक को स्थान दिया जाना राजनीतिक समझौते का सूचक था। होमरूल आंदोलन का लक्ष्य केवल औपनिवेशक दर्जा सामने रखकर नहीं चलाया गया था। इस सीमित लक्ष्य के कारण यह आंदोलन बहुत अधिक लोकप्रिय नहीं हुआ। यह आंदोलन धीरे-धीरे समाप्त होता गया और होमरूल का झंडा भी इतिहास बनकर रह गया।

## राष्ट्रीय आंदोलन का पहला झंडा

सन् 1916 के आस-पास आंध्र प्रदेश के मछलीपत्तनम के एक युवक पिंगले वैंकय्या समस्त भारत के लिए एक राष्ट्रीय ध्वज बनाने की सतत कोशिश कर रहे थे। जब बंबई के उमर सोबानी तथा एस.बी. बोमनजी ने उनके सहयोग से 'भारतीय राष्ट्रीय झंडा मिशन' बनाकर देश के अनेक भागों में इसकी शाखाएँ खोलीं, तब उनको अपने काम में भरपूर प्रोत्साहन प्राप्त हुआ।

राष्ट्रीय झंडे के प्रति पिंगले वैंकय्या की आसक्ति ने उनको भारत के लिए एक राष्ट्रीय झंडा (ए नेशनल फ्लैग फॉर इंडिया) शीर्षक से एक पुस्तक लिखने को प्रेरित किया, जिसका प्रकाशन भारतीय लेजिस्लेटिव काउंसिल के सदस्य, सर बी.एन. शर्मा द्वारा लिखित भूमिका के साथ हुआ। इस पुस्तक के मुद्रण और प्रकाशन का खर्च सर सी.पी. रामास्वामी अय्यर ने उठाया।

जब गांधीजी को राष्ट्रीय आंदोलन के नेता के रूप में मान्यता प्राप्त हो गई, तब वैंकय्या ने उनसे अपने मिशन के कार्य में दिलचस्पी लेने का अनुरोध किया, लेकिन गांधीजी ने इसमें कोई रुचि नहीं दिखाई। ऐसा नहीं कि गांधीजी राष्ट्रीय झंडे की जरूरत महसूस नहीं करते थे, लेकिन शायद वैंकय्या की ध्वज-योजना में उनको कोई ऐसी बात दिखाई नहीं दी जो पूरे राष्ट्र को गहराई तक आंदोलित कर सके।

अखिल भारतीय कांग्रेस के झंडे में जो चरखा हम देखते हैं, उसके विषय में आम धारणा यह है कि इसे गांधीजी ने ही सुझाया था, पर सचाई यह है कि एक बार गांधीजी के साथ चर्चा करते समय जालंधर के लाला हंसराज सोंधी (रायजादा) ने इसका सुझाव दिया था। उन्होंने गांधीजी से कहा कि भारत के राष्ट्रीय झंडे पर आत्मनिर्भरता के प्रतीक चरखे को अंकित किया जाना चाहिए। इस विचार की मौलिकता से गांधीजी बहुत प्रभावित हुए। उन्होंने चरखे में भारत के उत्थान के दर्शन तथा उसे सभी बुराइयाँ दूर करने का साधन माना। गांधीजी ने अप्रैल 1921 में बेजवाड़ा (विजयवाड़ा) में होने वाली अखिल भारतीय कांग्रेस समिति की बैठक में वैंकय्या को बुलाया और उनसे एक ऐसा झंडा बनाने का अनुरोध किया, जिसमें लाल (हिंदुओं का प्रतीक) और हरे (मुसलमानों का प्रतीक) रंग पर एक चरखा अंकित हो।

वैंकय्या ने तीन घंटे के भीतर ही एक झंडा बनाकर गांधीजी के सामने प्रस्तुत कर दिया। इसमें लाल और हरे रंग में समान आकार की दो पट्टियाँ थीं और उन दोनों के ऊपर एक बड़ा सा चरखा अंकित था। इतनी जल्दी करने

*पिंगले वेंकैया संपूर्ण भारत के लिए झंडा डिजाइन करने हेतु अत्यंत उत्साहित थे। अंततः सन् 1921 में गांधीजी के निर्देशानुसार उन्होंने सफेद, हरे और लाल रंगोंवाले तिरंगे में चरखा-झंडे का डिजाइन तैयार किया।*

पर भी यह झंडा गांधीजी को थोड़ी देर से ही प्राप्त हुआ, तब तक बैठक समाप्त हो चुकी थी। इसलिए कांग्रेस समिति की बैठक में स्वीकृति के लिए इसे प्रस्तुत नहीं किया जा सका। यह विलंब एक प्रकार से वरदान ही सिद्ध हुआ, क्योंकि दोरंगे झंडे में अल्पसंख्यक वर्गों का प्रतिनिधित्व करने वाला कोई रंग शामिल नहीं था। अत: इसको लेकर समस्याएँ खड़ी हो जातीं।

काफी सोच-विचार के बाद गांधीजी ने निर्णय किया कि राष्ट्रीय झंडे में हिंदुओं, मुसलमानों तथा अन्य धर्मावलंबियों को प्रतिनिधित्व देने के लिए तीन रंग होने चाहिए। यदि अकेले उन्हीं को ही निर्णय करना होता तो वे एक रंग का झंडा ही पसंद करते, जिससे राष्ट्र की एकता प्रकट होती। लेकिन देश की तत्कालीन राजनीति को ध्यान में रखते हुए उन्होंने भारत के राष्ट्रीय झंडे के लिए सफेद, हरा और लाल—तीन रंगों को चुना।

अपने मन में भारत के झंडे का दार्शनिक आधार स्थिर कर लेने के बाद गांधीजी ने वैंकय्या को एक बार फिर बुलाया और कहा कि एक झंडा और बनाओ, जिसमें सबसे ऊपर एक सफेद पट्टी हो, बीच में हरी पट्टी तथा लाल पट्टी सबसे नीचे हो। बीच में चरखा हो जो सभी पट्टियों को ढके। वैंकय्या ने उनकी इच्छानुसार झंडा तैयार कर दिया।

इस प्रकार जन्म हुआ राष्ट्रीय आंदोलन के पहले झंडे का, जो कांग्रेस का ही नहीं, सारे राष्ट्र का झंडा था। इसे पहली बार 1921 में अहमदाबाद के कांग्रेस अधिवेशन में फहराया गया था।

विभिन्न रंगों का चुनाव कर राष्ट्रीय झंडे में विभिन्न धार्मिक समूहों को प्रतिनिधित्व देकर गांधीजी उनमें भेद पैदा नहीं कर रहे थे। वास्तव में, वे उस खाई को पाट रहे थे जो उनके बीच सदियों से थी। उन्होंने देश की मूल एकता की रक्षा करते हुए प्रत्येक समुदाय के अलग अस्तित्व को भी मान्यता दी। भारत के दीर्घकालीन इतिहास में पहली बार एक ऐसे झंडे का निर्माण हुआ जिस पर हिंदू, सिख, ईसाई, पारसी—सभी अपने प्राण न्योछावर कर देते। गांधीजी के शब्दों में, "काफी सोच-विचार के बाद मुझे लगा कि झंडे की पृष्ठभूमि में हिंदू-मुसलमानों के अलावा अन्य धर्मों का भी प्रतिनिधित्व होना चाहिए। यदि हिंदू और मुसलमान आपस में सहनशीलता रखें तो यह एकता न भारत के अन्य धर्मों के लिए खतरनाक है और न ही विश्व के लिए। इसलिए मेरा सुझाव है कि इसकी पृष्ठभूमि सफेद, हरे और लाल रंग में ही होनी चाहिए।"

यह रंग-विधान सार्थक भी था। गांधीजी के अनुसार, "सांख्यिक दृष्टि से कमजोर वर्गों का प्रतिनिधित्व करनेवाला सफेद रंग सबसे ऊपर, उसके बाद इसलाम का हरा और सबसे नीचे हिंदुओं का लाल—इसके पीछे यह विचार था कि सबसे शक्तिशाली वर्ग को कमजोर वर्गों की रक्षा का भार उठाना चाहिए।" इसलिए उनके प्रतिनिधित्व करनेवाले रंग कमजोर वर्गों के रंग के नीचे होने चाहिए।

गांधीजी ने प्रत्येक रंग की पट्टी समान आकार की रखवाई थी। इसका यह अर्थ था कि कमजोर वर्ग व शक्तिशाली वर्ग में समानता हो। इसलिए डिजाइन में तीनों रंगों को बराबर-बराबर जगह दी गई थी।

राष्ट्रीय झंडे पर बड़े आकार के चरखे का चुनाव भी गंभीर सोच-विचार के बाद ही तय हुआ था, जिसका आशय था कि चरखा भारत की आर्थिक आत्मा का प्रतीक था। चरखे के लुप्त हो जाने से ही भारत गरीब और दुःखी बन गया था, इसे पुनर्जीवित करने से यह आशा थी कि इससे खोई हुई हमारी सुख-समृद्धि वापस आ जाएगी। गांधीजी का विचार था कि एक राष्ट्र के रूप में भारत का जीवन और मरण चरखे पर निर्भर है।''' "औद्योगिक विकास की किसी भी योजना से भारत के किसानों की दिनोदिन बढ़ती गरीबी को दूर नहीं किया जा सकता था। भारत एक छोटा सा द्वीप नहीं है, यह एक महादेश है, जिसे यकायक इंग्लैंड की तरह एक औद्योगिक देश नहीं बनाया जा सकता और हमें दृढ़ होकर शोषण का विरोध करना चाहिए। हमें देश को धनी बनाने के लिए, राष्ट्र का जो समय नष्ट होता है, उसका उपयोग करके, अपने घरों में चरखा चलाकर सूती कपड़ा बनाना चाहिए।"

चरखे के विषय में गुंटूर से प्रकाशित 'देशाभिमानी' पत्रिका में एक बड़ा रोचक लेख छपा—"मिस्टर गांधी ने 'यंग इंडिया' में बताया है कि भारत का राष्ट्रीय झंडा कैसा होना चाहिए। झंडे पर चरखा अंकित रहेगा। शांति के लिए लड़ी जानेवाली लड़ाई में चरखा दुष्टों का नाश करने के लिए सुदर्शन चक्र (भगवान् विष्णु का अस्त्र) का काम करता है। तोपों से गोले निकलते हैं, जो लोगों को मार डालते हैं। उनका घृणित कार्यों के लिए उपयोग किया जाता है, जिससे पाप लगता है। चरखे का शस्त्र हजारों मील की दूरी पर रहनेवाले अंग्रेजों का अभिमान, अहंकार और लोभ दूर करने के लिए उन पर आक्रमण करेगा। संक्षेप में कहें तो इससे उनके दुर्गुण दूर होंगे और उनको आत्मनिर्भर होने की शिक्षा मिलेगी। उनको भारत से धन चुराकर ले जाने की आदत पड़

गई है, इसलिए अब वे आत्मनिर्भर न रहकर भारत को लूट लेना चाहते हैं। यदि हम घर-घर में चरखा चलाकर उनके देश का प्रतिवर्ष 60 करोड़ रुपए का निर्गम रोक दें तो उनका घमंड चूर-चूर हो जाएगा और वे सीधे रास्ते पर आ जाएँगे। इस प्रकार चरखा भारत की आर्थिक आजादी तथा पूर्ण स्वराज का सर्वोत्तम साधन है।''

यद्यपि गांधीजी के झंडे को अखिल भारतीय कांग्रेस समिति की औपचारिक स्वीकृति प्राप्त नहीं हुई थी, पर गांधीजी द्वारा स्वीकृत कर दिए जाने के कारण यह सभी लोगों को मान्य हो गया तथा कांग्रेस के सभी समारोहों में इसका उपयोग किया जाने लगा। बार-बार उपयोग किए जाने के कारण धीरे-धीरे यह कांग्रेस का प्रतीक बन गया और स्वराज-झंडा, गांधी-झंडा, चरखा-झंडा व कांग्रेस-झंडा आदि नामों से प्रसिद्ध हो गया। देश के इतिहास में यह पहली बार हुआ था कि समस्त भारत में एक ही झंडे का बोलबाला था।

बड़े चरखे की आकृतिवाला झंडा सबसे पहले अहमदाबाद में सन् 1921 में संपन्न अखिल भारतीय कांग्रेस समिति की वार्षिक बैठक में फहराया गया, इसके बाद इसको आधिकारिक स्वीकृति देने के लिए कोई प्रस्ताव पारित करने की जरूरत नहीं पड़ी, स्वत: ही भारत का राष्ट्रीय झंडा बन गया। कांग्रेस के लाहौर अधिवेशन में 31 दिसंबर, 1929 को रावी के तट पर इसी झंडे को फहराया गया था। इस अधिवेशन में कांग्रेस ने पूर्ण स्वराज्य को अपना लक्ष्य घोषित किया था। यही झंडा था, जिसके नीचे 26 जनवरी, 1930 को हजारों भारतवासियों ने यह प्रतिज्ञा की थी कि ब्रिटिश शासन की अधीनता स्वीकार करना मनुष्य और ईश्वर के प्रति अपराध है। प्रसिद्ध 'दांडी यात्रा' में भी यह प्रतिज्ञा इसी झंडे तले दुहराई गई थी। दांडी में नमक कानून के तोड़े जाने से ब्रिटिश सरकार हिल उठी और उसने आंदोलन का दमन करने के लिए सभी प्रमुख कांग्रेसी नेताओं को कैद कर लिया। पर वह चरखा-झंडे को कैद नहीं कर सकी।

असहयोग आंदोलन में चरखा-झंडे को धीरे-धीरे लोकप्रियता प्राप्त होती गई। पूरे देश में लोग इसे जुलूसों में लेकर चलते और गर्व से पार्टी कार्यालयों पर फहराते। इससे लोगों को सरकार के दमन को सहन करने की शक्ति प्राप्त हुई। इसकी सहायता से राष्ट्रीय आंदोलन देश के सुदूर क्षेत्रों में भी फैल गया। झंडे से लोगों के मन का भय जाता रहा—अब सरकार की क्रूरता से लोग डरते नहीं थे, बल्कि वे बेखौफ झंडा फहराते।

सच्चाई तो यह थी कि सन् 1921 के बाद सरकार ने अप्रत्यक्ष रूप से राष्ट्रीय झंडे के प्रति कड़ा रुख अपना लिया था, लेकिन वह इस पर खुलकर आपत्ति भी प्रकट नहीं कर पा रही थी। वह 'सार्वजनिक शांति एवं व्यवस्था' के नाम पर इसका विरोध करती थी। इसकी लोकप्रियता में उसको अपने साम्राज्यवाद के लिए खतरा दिखाई देने लगा था। झंडे की दिनोदिन बढ़ती लोकप्रियता से सरकार को चिंता हुई और उसने एक या दो अवसरों पर झंडे को उतारकर इसके उपयोग पर रोक लगाने की कोशिश भी की। इस संदर्भ में ऐसे दो अवसर उल्लेखनीय हैं—एक बार जब यह झंडा कोकानाडा (वर्तमान आंध्र प्रदेश का काकीनाडा) के पगोडा स्ट्रीट स्थित कांग्रेस कार्यालय पर लहरा रहा था, तब वहाँ के डिस्ट्रिक्ट मजिस्ट्रेट जी.टी. ब्रेकर ने, जो कुछ वरदीधारी यूरोपियन लोगों के साथ उस रास्ते से गुजर रहे थे, झंडा लहराते देखा। उसने वहाँ रुककर कांग्रेस कार्यकर्ताओं से झंडे को उतार देने को कहा और ऐसा न करने पर बल प्रयोग करने की धमकी दी। मौसला क्रांति थिरूमल राव नामक एक स्थानीय कांग्रेस कार्यकर्ता ने यह कहकर उसका आदेश मानने से इनकार कर दिया कि झंडा पार्टी के अनुदेश पर लहराया गया है। इस पर डिस्ट्रिक्ट मजिस्ट्रेट ने पुलिस के डिप्टी सुपरिंटेंडेंट को बुलाकर झंडे को जबरदस्ती उतार देने का आदेश दिया।

इसी प्रकार की एक और घटना फरवरी 1923 में बिहार के भागलपुर में घटी। वहाँ एक औद्योगिक प्रदर्शनी लगी हुई थी, जिसमें असहयोग आंदोलन में भाग लेने वाले एक व्यक्ति के स्टाल पर तिरंगा फहरा रहा था। भागलपुर के तत्कालीन डिवीजनल कमिश्नर ने इस पर आपत्ति प्रकट की। असहयोगियों ने इसका कड़ा विरोध किया और झंडा उतारने से इनकार कर दिया। कोई अशोभनीय घटना न घटे, इससे बचने के लिए प्रदर्शनी के आयोजकों तथा असहयोगियों के बीच यह समझौता हुआ कि यूनियन जैक और तिरंगा अगल-बगल फहराए जाएँ। यूनियन जैक थोड़ी ऊँचाई पर फहराया गया, पर डिवीजनल कमिश्नर के इस समझौते को बिहार सरकार ने पसंद नहीं किया। भागलपुर का पुलिस सुपरिंटेंडेंट अंग्रेज था, उसने एक गुप्त शिकायत बिहार गवर्नर को भेजी और कहा, "यह अत्यंत अप्रिय घटना घटित हुई है और यूरोपियन समुदाय इस समझौते का कड़ा विरोध कर रहा है।"

बिहार के गवर्नर ने डिवीजनल कमिश्नर बी.सी. सेन को कांग्रेसियों से समझौता करने के लिए बुरी तरह डाँट पिलाई। बी.सी. सेन को क्षमा माँगनी

पड़ी। पर मामला यहीं पर खत्म नहीं हुआ बल्कि लंदन के भारत-सचिव तक पहुँची तथा ब्रिटिश संसद् में इस पर चर्चा हुई। लंदन में ब्रिटिश सरकार ने बिहार और उड़ीसा की सरकारों की क्षमा-प्रार्थना को स्वीकार तो किया, लेकिन साथ ही यह चेतावनी भी दी—"ब्रिटिश सरकार यह स्पष्ट कर देना चाहती है कि किसी भी स्थिति में स्वराज या गांधी-झंडे को यूनियन जैक के साथ, या उसके नीचे भी, नहीं फहराया जाना चाहिए।"

□

*कलकत्ता फ्लैग ( ध्वज ), जिसे 7 अगस्त, 1906 को कलकत्ता में पारसी बागान स्क्वेयर पर पहली बार सर सुरेंद्रनाथ बनर्जी द्वारा फहराया गया था।*

*भगिनी निवेदिता का झंडा, 1905।*

मदाम भीकाजी कामा का ध्वज, जिसे उन्होंने 22 अगस्त, 1907 को स्टुटगार्ट, जर्मनी में फहराया था।

होम रूल लीग का ध्वज, सन् 1916।

बहादुरशाह जफर का यह क्रांति ध्वज प्रथम स्वतंत्रता संग्राम में प्रेरणा का स्त्रोत बना था। एक अन्य मत के अनुसार, इस ध्वज के बीचोबीच केवल उगते सूर्य का निशान था।

पुर्तगाली आधिपत्य में भारत का ध्वज।

*भारत के वायसराय का झंडा। इस झंडे में 'भारत रत्न' को मध्य में दरशाया गया है, जिसके ऊपर राजसी किरीट अलंकृत है।*

*भारत के गवर्नर जनरल का झंडा।*

आई.एन.एस. मैसूर तट पर, जिस पर तिरंगा लहरा रहा है।

नवग्रहों में एक केतु को सिर-विहीन धड़ के रूप में दरशाया जाता है, जो मछली के मुख से निकलता प्रतीत होता है। उसके शरीर का निचला भाग ध्वजों का अधिपति है। उसके चार हाथों में से एक हाथ में स्व-महिमा का ध्वज है, जिस पर 'ॐ' अंकित है।

लंका-दहन का एक दृश्य। इसमें लंका का राजकीय ध्वज भी जल रहा है।

भारतीय स्वाधीनता आंदोलन का पहला ध्वज, जिसे गांधीजी की इच्छानुसार पिंगले वेंकैया द्वारा डिजाइन किया गया। इस ध्वज में चरखे का झुकाव जालंधर के रायजादा हंसराज द्वारा दिया गया था। यह ध्वज 'स्वराज-ध्वज', 'गांधी-ध्वज' और 'चरखा-ध्वज' नामों से भी जाना जाता था।

भारतीय राष्ट्रीय कांग्रेस द्वारा आधिकारिक रूप से अपनाया गया ध्वज, 1931; वास्तव में यही ध्वज हमारे वर्तमान राष्ट्रीय ध्वज का जनक है।

इंडियन लेजन का ध्वज, सन् 1941 में जर्मनी में नेताजी सुभाषचंद्र बोस ने इसकी स्थापना की।

भारत के राष्ट्रपति का निजी मानक ध्वज, जिसका सन् 1950 से 1971 तक उपयोग किया जाता था। अब राष्ट्रपति अपने ध्वज के रूप में तिरंगे का उपयोग करते हैं।

10

# सन् 1923 का झंडा-आंदोलन

हमारे राष्ट्रीय झंडे के इतिहास में सन् 1923 अत्यंत महत्त्वपूर्ण वर्ष रहा है। इस वर्ष एक ऐसी घटना घटी जिससे सारा देश आंदोलित हो उठा। इस घटना का प्रारंभ जून 1922 में लखनऊ में संपन्न अखिल भारतीय कांग्रेस समिति की बैठक से हुआ। नागरिक अवज्ञा आंदोलन प्रारंभ करने की संभावनाओं का पता लगाने के लिए हकीम अजमल खाँ की अध्यक्षता में एक नागरिक अवज्ञा जाँच समिति गठित की गई। हकीम अजमल खाँ के अतिरिक्त मोतीलाल नेहरू, विट्ठल भाई पटेल, डॉ. एम.ए. अंसारी, सी. राजगोपालाचारी, जमनालाल बजाज तथा सेठ छोटानी इस समिति के सदस्य थे। इस समिति के सदस्यों ने पूरे देश का दौरा किया था।

अपने दौरे पर समिति के सदस्य 10 जुलाई, 1922 को जबलपुर पहुँचे, जहाँ उनका नागरिक अभिनंदन किया गया। इस अवसर पर टाउन हॉल पर स्वराज-झंडा फहराया गया। एक सार्वजनिक स्थान पर झंडारोहण तथा समिति के सदस्यों का नागरिक अभिनंदन किए जाने से इंग्लैंड में खलबली मच गई। कर्नल येट ने हाउस ऑफ कॉमंस में यह मामला उठाते हुए पूछा, "जबलपुर नगरपालिका ने 'क्रांतिकारी झंडा' फहराया है। भारत सरकार ने इस संबंध में क्या काररवाई की है?" उत्तर में ब्रिटिश-भारत सरकार ने कर्नल येट को यह आश्वासन दिया कि ऐसी घटनाओं की भविष्य में पुनरावृत्ति नहीं होने दी जाएगी।

नागरिक अवज्ञा जाँच समिति ने अक्तूबर 1922 में अपनी रिपोर्ट सौंपी। इसमें कहा गया था कि देश बड़े पैमाने पर सामूहिक नागरिक अवज्ञा आंदोलन शुरू करने के लिए तैयार नहीं है तथा कांग्रेस को परिषदों के चुनाव में भाग

लेकर उनके काम में अंदर से रुकावट डालनी चाहिए। मोतीलाल नेहरू, हकीम अजमल खाँ तथा विट्ठल भाई पटेल ने समिति की सिफारिशों को स्वीकार किया, लेकिन अन्य सदस्यों ने विरोध किया। समिति की सिफारिशों के प्रश्न को लेकर भारतीय राष्ट्रीय कांग्रेस दिसंबर 1922 के गया अधिवेशन में दो गुटों—पहला, परिषद्-प्रवेश समर्थक तथा दूसरा, परिषद्-प्रवेश विरोधी—में बँट गई। समर्थकों में मोतीलाल नेहरू तथा सी.आर. दास थे। उन्होंने गांधीजी के असहयोग कार्यक्रम में अपनी अनास्था प्रकट की तथा कांग्रेस की रणनीति में परिवर्तन करने की माँग की। उन्होंने विधान परिषदों के चुनावों में भाग लेकर अंदर से रुकावट डालने की नीति का समर्थन किया। सी. राजगोपालाचारी के नेतृत्व में विरोधियों ने कांग्रेस के असहयोग कार्यक्रम में कोई भी परिवर्तन करने का विरोध किया। मतदान में परिषद्-प्रवेश समर्थक 1740 के मुकाबले 894 मतों से चुनाव हार गए। परिणामस्वरूप सी.आर. दास ने 1 जनवरी, 1923 को कांग्रेस के अध्यक्ष पद से त्यागपत्र देकर स्वराज पार्टी की स्थापना की।

कांग्रेस की बागडोर परिषद्-प्रवेश विरोधियों के हाथ में रही। उसी बैठक में 30 अप्रैल, 1923 तक 25 लाख रुपए एकत्र करने तथा 50 हजार स्वयं सेवक भरती करने का निर्णय भी लिया गया। इस उद्देश्य से राजाजी, डॉ. राजेंद्र प्रसाद, सेठ जमनालाल बजाज और देवदास गांधी के एक शिष्टमंडल ने देश का दौरा किया। शिष्टमंडल को 11 मार्च को जबलपुर पहुँचना था। जबलपुर नगरपालिका के सदस्यों ने डिप्टी कमिश्नर से शिष्टमंडल के सम्मान में नगरपालिका भवन पर स्वराज-झंडा फहराने की अनुमति माँगी, जो नहीं दी गई। काउंसलरों ने इस इनकार को अपनी प्रतिष्ठा का प्रश्न बना लिया। परिणामतः सारे देश में एक तूफान उठ खड़ा हुआ, जो पूरे पाँच महीनों तक छाया रहा। नगरपालिका के निर्वाचित सदस्यों ने विरोध में अपना-अपना इस्तीफा दे दिया तथा राष्ट्रीय झंडे के प्रश्न पर सरकार से संघर्ष करने का निश्चय किया।

जबलपुर के डिप्टी कमिश्नर ने नागरिक समारोह को रोकने के लिए 11 मार्च को टाउन हॉल पर घेरा डाल दिया, ताकि कोई अप्रिय घटना न घटे। इधर कांग्रेस ने तिलक भूमि में स्वागत-समारोह का आयोजन कर लिया। राजाजी और डॉ. राजेंद्र प्रसाद ने राष्ट्रीय झंडे की प्रतिष्ठा की रक्षा के लिए लोगों का आह्वान किया और कहा कि वे एक लंबे संघर्ष के लिए तैयार हो जाएँ। सेंट्रल प्रोविंसेज (हिंदी) कांग्रेस समिति के अध्यक्ष पं. सुंदरलाल ने शिष्टमंडल को

आश्वस्त किया कि जबलपुर और सेंट्रल प्रोविंसेज की जनता राष्ट्रीय झंडे की प्रतिष्ठा की रक्षा के लिए कोई भी त्याग करने को तैयार रहेगी। उन्होंने सार्वजनिक रूप से यह घोषणा की कि जब तक जबलपुर से 2000 सत्याग्रही भरती नहीं कर लिये जाते, 5,000 रुपए एकत्र नहीं हो जाते तथा वहाँ 500 चरखे नहीं चलने लगते, तब तक वे उपवास करते रहेंगे। पंडित सुंदरलाल की इस घोषणा से स्थानीय कांग्रेसी आशंकित हो उठे और तत्काल उनकी प्रतिज्ञा पूरी करने का प्रबंध करने लगे। पूरे जबलपुर में खलबली मच गई। इस प्रकार झंडा-सत्याग्रह प्रारंभ हो गया।

'यंग इंडिया' में राजद्रोहात्मक लेखन के लिए गांधीजी को 18 मार्च, 1922 को छह वर्ष के कारावास की सजा हुई। उनकी सजा का एक वर्ष पूरा होने के दिन नगर कांग्रेस ने तिलक भूमि से ओमती पुल के रास्ते सिविल लाइंस तक सुभद्राकुमारी चौहान और कांग्रेस जनों द्वारा झंडा लेकर एक बड़ा जुलूस निकाला। जुलूस जब ओमती पुल क्लॉक टॉवर के पास पहुँचा तो सहायक पुलिस सुपरिंटेंडेंट ने जुलूस को रोका तथा सुंदरलाल, नाथूराम और जुलूस का आयोजन करनेवाले कुछ अन्य लोगों को अग्रलिखित आदेश दिया—

"मुझे जानकारी प्राप्त हुई है कि आप—सर्वश्री नाथूराम मोदी, सुंदरलाल तथा अन्य—सिविल लाइंस तथा कैंट तक एक जुलूस निकाल रहे हैं, इसलिए मैं पुलिस अधिनियम की धारा 30 के अंतर्गत यह निर्देश देता हूँ कि लाइसेंस प्राप्त किए बिना सिविल लाइंस और कैंट तक कोई जुलूस न निकाला जाए।"

सुंदरलाल और नाथूराम ने लाइसेंस प्राप्त करना स्वीकार कर लिया। उन्होंने यह भी आश्वासन दिया कि वे सार्वजनिक शांति भी भंग नहीं करेंगे। लेकिन उस आश्वासन का कोई परिणाम नहीं निकला। एक प्रत्यक्षदर्शी के अनुसार जुलूस के नेता सुंदरलाल तथा सहायक पुलिस सुपरिंटेंडेंट के बीच जो बातचीत हुई, उसका वर्णन इस प्रकार है—

"स.पु.सु.—मैं आपको लाइसेंस दे सकता हूँ, लेकिन जुलूस में हजारों लोगों के होने से सिविल लाइंस में रहनेवालों की शांति भंग होगी।

सुंदरलाल—जुलूस में केवल दस लोग रहेंगे।

स.पु.सु.—लेकिन दस व्यक्तियों से भी शांति भंग हो सकती है।

सुंदरलाल—दसों व्यक्ति अपने मुँह पर कपड़े की पट्टी बाँध लेंगे।

स.पु.सु.—लेकिन वे अपने साथ तिरंगा ले जाएँगे।

सुंदरलाल—अवश्य, वे तिरंगे के साथ जाएँगे।

स.पु.सु.—सुनिए, हम आपको स्पष्ट बता देना चाहते हैं कि यदि आप दस हजार लोगों को ले जाएँ और वे नारे भी लगाते रहें, तब भी हमें आपत्ति नहीं होगी, लेकिन जुलूस में झंडा ले जाने की अनुमति किसी भी स्थिति में नहीं दी जाएगी।

सुंदरलाल—तो सुनिए, हम भी आपको स्पष्ट रूप से बता देना चाहते हैं कि अपने मुँह पर पट्टी बाँधकर चाहे केवल एक ही व्यक्ति जाए, लेकिन उसके हाथ में झंडा अवश्य रहेगा।"

इस बात पर मामला खत्म हो गया। बातचीत विफल हो जाने के बाद सुंदरलाल ने पुलिस आदेश पर यह टिप्पणी लिखी—

"मैंने यह आदेश पढ़ लिया है तथा संबंधित सहायक पुलिस सुपरिंटेंडेंट से राष्ट्रीय झंडा जुलूस निकालने के लिए लाइसेंस देने का अनुरोध किया है। पर वह किसी भी शर्त पर झंडा लेकर जुलूस निकालने के लिए लाइसेंस देने को तैयार नहीं हैं। इसलिए मैं अपने विवेक के अनुसार तथा राष्ट्रीय झंडे के सम्मान के अनुरूप कोई भी कार्य करने का अपना अधिकार सुरक्षित रखता हूँ। जैसा कि मैंने उनको बता दिया है, यह राष्ट्रीय झंडा विद्रोह का नहीं, शांति और प्रेम का झंडा है।"

कांग्रेस के नेताओं ने पुलिस का आदेश न मानने का निश्चय किया। लगभग दस हजार लोगों के जुलूस को शांतिपूर्वक अपनी यात्रा जारी रखकर जबलपुर को नागरिक अवज्ञा तथा स्वतंत्रता आंदोलन का केंद्र बना देने का आदेश दिया गया। पर्याप्त संख्या में लोग आगे आए और सबके सब जुलूस में शामिल होकर राष्ट्रीय झंडे का सम्मान करने के लिए तत्पर थे, लेकिन सत्याग्रहियों के पहले जत्थे के लिए केवल दस व्यक्ति चुने गए—सुंदरलाल, नाथूराम मोदी, शिवप्रसाद वर्मा, अब्दुल साहिद, बिशंभरनाथ पांडे, माखनलाल चतुर्वेदी, गोपाल प्रसाद, देवी प्रसाद शुक्ल, टोडरलाल और श्रीमती सुभद्राकुमारी चौहान। जुलूस में शामिल शेष लोगों को तिलक-भूमि लौट जाने को कहा गया। पहला जत्था अपने हाथ में झंडा फहराते हुए तथा राष्ट्रीय गीत गाते हुए आगे बढ़ा। सिविल लाइंस के बाहर डिस्ट्रिक्ट मजिस्ट्रेट ने उसको रोककर शहर वापस चले जाने का आदेश दिया और उस जत्थे को गैर-कानूनी घोषित करके गिरफ्तारी का आदेश जारी कर दिया तथा झंडे को जब्त कर लिया। तिलक-भूमि में दस हजार से भी अधिक जन-समूह एकत्रित था। यह जबलपुर के इतिहास में अपने आप में एक अपूर्व घटना थी। पहले जत्थे की गिरफ्तारी

की खबर पर लोगों ने संतोष प्रकट किया। अधिकाधिक संख्या में लोग स्वयंसेवक दल में भरती होने लगे तथा आधी रात बीत जाने के बाद भी पुलिस आदेश का उल्लंघन करके राष्ट्रीय झंडा लहराते रहे। अगले दिन 19 मार्च को स्वयंसेवकों को रिहा कर दिया गया। बिना किसी शर्त उनकी रिहाई झंडे और सत्याग्रहियों की अपूर्व विजय थी, जिससे उनका मनोबल बहुत बढ़ गया। लोगों के उत्साह के साथ-साथ सत्याग्रहियों की संख्या भी बढ़ती गई।

रिहा होने के बाद सुंदरलाल तथा अन्य लोगों ने 18 मार्च को जब्त किए गए झंडे लौटाने के लिए सरकार को पत्र भेजा, लेकिन डिस्ट्रिक्ट मजिस्ट्रेट ने इन्हें लौटाने से इनकार कर दिया। डिस्ट्रिक्ट मजिस्ट्रेट का इनकार-पत्र प्राप्त करने के बाद एक सभा बुलाई गई, जिसमें राष्ट्रीय झंडे के अपमान का बदला लेने का दृढ़ निश्चय किया गया। जबलपुर नगरपालिका ने एक प्रस्ताव पारित करके नगरपालिका भवन पर कांग्रेस का झंडा फहराए जाने पर रोक लगाने के लिए डिप्टी कमिश्नर द्वारा उठाए गए अत्याचारपूर्ण कदम की निंदा की। इस सभा से सत्याग्रह के लिए नगर में उपयुक्त वातावरण बन गया। नगरपालिका समिति के 16 सदस्यों में से 14 ने इस्तीफा दे दिया। नगर कांग्रेस सक्रिय हो उठी। महिलाओं और बूढ़ों के अलग-अलग जत्थे बनाए गए। राष्ट्रीय झंडे के सम्मान की रक्षा हेतु एक अपूर्व सत्याग्रह शुरू करने के लिए जबलपुर पूरी तरह तैयार हो गया।

इस बीच गांधीजी के कारावास की पहली वार्षिकी पर झंडा-जुलूस निकालने की खबर जब इंग्लैंड पहुँची तो कर्नल येट ने हाउस ऑफ कामंस में फिर से यह मामला उठाया। उसने कहा, "नगरपालिका समिति ने एक बार पहले भी झंडा फहराकर ब्रिटिश शासन को चुनौती दी थी, इस बार उसने इसकी पुनरावृत्ति की है। पिछली बार चेतावनी दी गई थी, पर ऐसा लगता है कि उसका कोई असर नहीं हुआ। सेंट्रल प्रोविंसेज की सरकार ने नगरपालिका को दिया जानेवाला अनुदान रोककर अनुशासनात्मक काररवाई क्यों नहीं की?"

भारत के अंडर सेक्रेटरी अर्ल विंटरटन ने कर्नल येट को आश्वासन दिया कि दूसरी बार डिप्टी कमिश्नर ने जो काररवाई की, उसका असर हुआ है, क्योंकि नगरपालिका समिति के कार्यालय पर झंडा फहराने नहीं दिया गया। ब्रिटिश संसद् द्वारा कड़ा रुख अपनाए जाने के साथ-साथ भारतीय राष्ट्रीय आंदोलन तथा राष्ट्रीय झंडे के प्रति ब्रिटिश शासन के व्यवहार में और भी कठोरता आ गई। सार्वजनिक भवनों, विशेषतः नगरपालिका समितियों के भवनों

*महिला स्वयंसेविकाओं पर पुलिस का कहर। चित्र में एक अंग्रेज पुलिसवाला एक महिला स्वयंसेविका के हाथ से जबरन झंडा छीन रहा है।*

पर चरखा-झंडा फहराना रोकने तथा ऐसे मामलों में कड़ाई से काम लेने का आदेश जारी कर दिया गया।

इस निषेधात्मक आदेश के बावजूद स्वयंसेवकों के जत्थे निषेधित क्षेत्रों में झंडे लेकर जाते रहे और गिरफ्तारी देते रहे। 6 अप्रैल को पंडित सुंदरलाल को दूसरी बार गिरफ्तार करके उन पर उत्तेजित भाषण देने का अभियोग लगाया गया और 16 अप्रैल को उनको छह महीने के कारावास की सजा सुनाई।

## जबलपुर से नागपुर

अपनी गिरफ्तारी के समय पंडित सुंदरलाल ने महात्मा भगवानदीन को अपना उत्तराधिकारी तथा मार्गदर्शक नामित कर दिया। भगवानदीन ने आंदोलन को जबलपुर से नागपुर स्थानांतरित कर दिया, जो कि उनका अपना राजनीतिक कार्य-क्षेत्र था। वहाँ उन्होंने एक असहयोग आश्रम स्थापित किया। नागपुर तत्कालीन सेंट्रल प्रोविंसेज और बरार की राजधानी तथा प्रांत के केंद्र में स्थित था, इसलिए आंदोलन चलाने के लिए यह सर्वथा उपयुक्त स्थान था।

राष्ट्रीय सप्ताह के अंतिम दिन तथा जलियाँवाला बाग हत्याकांड के वार्षिक दिवस '13 अप्रैल' को नागपुर नगर की कांग्रेस समिति ने शहर में एक जुलूस निकाला, जिसमें सभी स्वयंसेवकों से अहिंसा की शपथ लेने को कहा गया। जुलूस के सचिवालय पहुँचने तक प्रशासन द्वारा जुलूस के साथ कोई छेड़छाड़ नहीं की गई; लेकिन सचिवालय पहुँचने पर स्थानीय पुलिस सुपरिंटेंडेंट ने उसे रोक दिया। इस पर स्थानीय स्वयंसेवकों के कप्तान मनछेराशाही अतवारी ने उन सभी स्वयंसेवकों से, जो गिरफ्तारी देना चाहते थे, दस-दस के जत्थे में आगे बढ़कर पुलिस सुपरिंटेंडेंट के आदेश का उल्लंघन करने को कहा। पहले जत्थे में उनके अतिरिक्त कालीचरण शर्मा, नारायण राव बाधे, तुलसीराम लोधी, के.एन. रामाराव, वामन देवीदास पतकी, पंडरीनाथ अंबुलकर, लक्ष्मण प्रसाद दुबे, अब्दुल रफीक और अब्दुल करीम आगे बढ़े। जब वे दो-दो की पंक्तियाँ बनाकर खड़े थे तब पुलिस ने उनके हाथों से झंडे छीन लिये, उन्हें मारा और उनको गिरफ्तार कर लिया। अगले दिन उनको मजिस्ट्रेट के सामने प्रस्तुत किया गया। मजिस्ट्रेट ने उनमें से प्रत्येक पर साठ रुपए का जुरमाना कर दिया। सत्याग्रहियों ने जुरमाना देने से इनकार कर दिया, इसलिए उनको दो-दो महीने साधारण कैद की सजा दे दी।

नागपुर के नागरिकों के लिए सरकार की यह कारवाई उत्तेजना पैदा करनेवाली थी और एक चुनौती भी। सत्याग्रही पुलिस की कारवाई तथा राष्ट्रीय झंडे का अपमान सहन नहीं कर सकते थे। इसलिए सत्याग्रहियों का एक शिष्टमंडल सेठ जमनालाल बजाज से मिला, उनको घटनाचक्र की जानकारी दी तथा बताया कि लोगों की इस पर कैसी प्रतिक्रिया हुई है। सेठ जमनालाल ने जनता की प्रतिक्रिया को समझा और चुनौती स्वीकार की तथा बड़े पैमाने पर झंडा सत्याग्रह आयोजित करने का वचन दिया। इसके अतिरिक्त 22 अप्रैल को वर्धा नगर कांग्रेस समिति की एक बैठक हुई, जिसमें उन्होंने राष्ट्रीय झंडे के सम्मान की रक्षा के लिए 1 मई, 1923 से नागपुर में झंडा सत्याग्रह शुरू करने की घोषणा की।

पहली मई को सेठ जमनालाल बजाज के साथ दस सत्याग्रहियों के पहले जत्थे ने असहयोग आश्रम से झंडा-जुलूस निकाला। सरकार ने इसको एक ऐसी खुली चुनौती के रूप में लिया, जिसे राजद्रोह भी कहा जा सकता था। फौजदारी प्रक्रिया कानून की धारा 144 के अंतर्गत सिविल लाइंस में

*झंडा आंदोलन के एक महानायक माखनलाल चतुर्वेदी, सन् 1923 में।*

निषेधाज्ञा लागू कर दी गई। इसके अंतर्गत पाँच व्यक्तियों से अधिक की बैठक या जुलूस निकालने पर रोक लगा दी गई। जो भी हो, पहले दिन किसी को गिरफ्तार नहीं किया गया। डिस्ट्रिक्ट मजिस्ट्रेट ने सेठ जमनालाल बजाज से जुलूस का रास्ता बदल देने को कहा, लेकिन वे इस पर राजी नहीं हुए।

अगले दिन जब स्वयंसेवक निषेधित क्षेत्र में पहुँचे तो पुलिस ने सत्याग्रहियों पर, जो अपने हाथों में झंडा लिये हुए थे, लाठियाँ बरसाईं।

बुरी तरह पीटने के बाद उनको गैर-कानूनी रूप से एकत्र होने के अपराध में फौजदारी प्रक्रिया कानून की धारा 127 के अंतर्गत गिरफ्तार कर लिया, पर इसका सत्याग्रहियों पर कोई असर नहीं हुआ, एक जत्था हटा तो दूसरे जत्थे ने उसकी जगह ले ली, और यह क्रम दिन समाप्त होने तक जारी रहा। गिरफ्तार स्वयंसेवकों की स्थान-पूर्ति के लिए पड़ोस के जिलों से स्वयंसेवक आ गए। इस प्रकार यह सत्याग्रह अब केवल स्थानीय नहीं रह गया था, बल्कि सार्वदेशिक हो गया था। अखिल भारतीय कांग्रेस समिति ने नागपुर नगर कांग्रेस समिति से इसकी जिम्मेदारी अपने ऊपर ले ली और इसके निर्देशन का भार सरदार पटेल को दे दिया। उन्होंने 18 जून को पूरे देश में 'झंडा दिवस' मनाने का निर्णय लिया तथा सभी प्रांतों को नागपुर के झंडा सत्याग्रह में भाग लेने के लिए छह-छह स्वयंसेवक भेजने का आदेश दिया, जिसके परिणामस्वरूप नागपुर में पूरे देश से स्वयंसेवक एकत्र हो गए। इस आंदोलन की लोकप्रियता से ब्रिटिश सरकार भयभीत हो गई। भारत सचिव ने अपने कार्यालय को झंडारोहण समारोहों में होने वाली काररवाही की प्रतिदिन की रिपोर्ट उन्हें भेजने का आदेश दिया।

18 जून की पूर्व संध्या को सेंट्रल प्रोविंसेज की सरकार ने सेठ जमनालाल बजाज को, महात्मा भगवानदीन, बाबा साहेब देशमुख, डॉ. एन. एस. हार्डिकर तथा विनोबा भावे को 275 अन्य स्वयंसेवकों के साथ फौजदारी प्रक्रिया कानून की धारा 109(बी) तथा 55(ए) के अधीन गिरफ्तार कर लिया। सत्याग्रहियों पर इन धाराओं को लागू किए जाने से बढ़कर अपमानजनक और कोई बात नहीं हो सकती थी, क्योंकि यह धारा उन लोगों पर लागू की जाती थी जिनके पास आजीविका का कोई प्रत्यक्ष साधन नहीं होता था तथा जिन पर आवारा होने का संदेह किया जाता था; परंतु सरकार ने बेशर्मी के साथ सेठ जमनालाल बजाज को 18 महीने की कड़ी कैद की सजा दी और साथ ही 3,000 रुपए का जुरमाना भी लगाया। जुरमाना देने से इनकार करने पर सरकार ने उनकी कार की नीलामी कर दी। लेकिन नागपुर का कोई भी व्यक्ति कार खरीदने के लिए तैयार नहीं हुआ। बाद में उसको काठियावाड़ ले जाया गया, जहाँ उसे रियासत को बेच दिया गया।

महात्मा भगवानदीन के बाद पंडित माखनलाल चतुर्वेदी नए नेता बने। 18 जून को और भी गिरफ्तारियाँ की गईं। नागपुर की जेलों में जगह नहीं बची तो सत्याग्रह के नए जत्थों को अकोला भेजा गया। माखनलाल चतुर्वेदी

एक पत्र, जिसे उन्होंने अपने भाई को लिखा था, (परिशिष्ट-II) के अनुसार पूरे नागपुर शहर पर कड़ी निगरानी रखी जा रही है। जिन लोगों ने जुरमाना नहीं दिया, उनके घर-बार नीलाम कर दिए गए। गांधी टोपी पहनने और झंडा लेकर चलनेवाले सभी लोगों को गिरफ्तार कर लिया। परंतु झंडा सत्याग्रह ने लोगों को हतोत्साहित करने के बदले उत्साहित ही किया। सत्याग्रहियों का उत्साह बढ़ाने के लिए जवाहरलाल नेहरू, पुरुषोत्तमदास टंडन, वी.जी. जोशी, जॉर्ज जोसेफ और अर्जुनलाल सेठी के हस्ताक्षरों से एक वक्तव्य (परिशिष्ट-III) जारी किया गया। सेठ जमनालाल बजाज की गिरफ्तारी की खबर पाकर सरदार पटेल संघर्ष का नेतृत्व सँभालने नागपुर आ गए। उन्होंने नागपुर सिटी रेलवे स्टेशन को ही अपनी गतिविधियों का केंद्र बना लिया। एक ओर वह स्वयंसेवकों को संगठित कर रहे थे, तो दूसरी ओर उनके भाई विट्ठलभाई पटेल स्थानीय विधानमंडल के सदस्यों के बीच जनोपयोगी कार्य कर रहे थे। उन्होंने अधिकांश प्रस्ताव स्वीकृत करके निर्वाचित प्रतिनिधियों को झंडा सत्याग्रह से संबंधित सभी कैदियों को रिहा करने की सिफारिश करने के लिए सहमत कर लिया। सत्याग्रह के उत्कर्ष और लोगों की मन:स्थिति व जोश देखकर सरकार झुक गई। सेंट्रल प्रोविंसेज तथा बरार के गवर्नर ने सरदार वल्लभभाई पटेल तथा विट्ठलभाई पटेल को एक बैठक के लिए निमंत्रित किया। परिणामस्वरूप धारा 144 हटा ली गई तथा निषेधित क्षेत्रों से भी होकर जुलूस निकालने की अनुमति दे दी गई।

18 अगस्त को माखनलाल चतुर्वेदी, वल्लभभाई पटेल और बाबू राजेंद्र प्रसाद के नेतृत्व में गांधी टोपी पहने स्वयंसेवक अपने हाथों में झंडा लेकर निषेधित क्षेत्रों से होकर गुजरे, पर उन लोगों ने न कोई नारा लगाया और न ही राष्ट्रीय गीत गाया। जब जुलूस सिविल लाइंस पहुँचा तो सभी झंडों को एकत्र करके और एक ताँगे में रखकर सिटी कार्यालय भेज दिया गया। सरदार पटेल ने कहा, ''हमारे झंडे के सम्मान तथा शांतिपूर्ण एवं व्यवस्थित ढंग से जुलूस निकालने के हमारे अधिकार की पूरी तरह रक्षा हो गई है। मैं इसको सत्य और अहिंसा की जीत मानता हूँ।''

इस प्रकार पाँच महीने (18 मार्च से 18 अगस्त, 1923 तक) चलते रहने के बाद झंडा सत्याग्रह समाप्त हुआ। सरकार ने सभी नजरबंदियों को रिहा कर दिया गया और राष्ट्रीय झंडे पर लागू निषेधाज्ञा भी वापस ले ली गई।

यहाँ मैं सत्याग्रह के प्रबंध के विषय में यह उल्लेख करना चाहूँगा— "नागपुर सिटी कांग्रेस समिति ने सत्याग्रह का सारा दायित्व अपने सदस्यों को सौंप दिया था। सिटी कार्यालय गणपत राव टिकेकर के अधीन काम कर रहा था, बाबा साहेब देशमुख ने प्रकाशन का कार्यभार सँभाल रखा था और सेठ जमनालाल बजाज धन जुटा रहे थे। स्वयंसेवकों को भरती करने का काम दांडेकर के अधीन चल रहा था तथा विनोबा भावे खान-पान का प्रबंध कर रहे थे। धन बिना माँगे ही प्राप्त हो रहा था। प्रतिदिन प्रातः खाद्य सामग्री एकत्र करने के लिए एक बैलगाड़ी नगर में घुमाई जाती थी। लोग इसमें घी, गेहूँ, चावल, सब्जियाँ आदि डाल देते थे। गाड़ी भर जाने पर यह सत्याग्रह कार्यालय लौट आती थी। पाँच महीने तक सत्याग्रहियों ने कभी खाने-पीने का कोई सामान नहीं खरीदा। सबकुछ स्वयं प्राप्त हो जाता था।"

जबलपुर व नागपुर के झंडा सत्याग्रह ने देशवासियों को सब भेदभाव मिटाकर एक झंडे के नीचे लाकर खड़ा कर दिया था, जो भारत के इतिहास में एक अभूतपूर्व और ऐतिहासिक घटना थी। तब वास्तव में पूरब से पश्चिम और उत्तर से दक्षिण तक सारा देश एक हो गया था।

□

11

# सन् 1924 से 1930 तक की कहानी

झंडा सत्याग्रह की सबसे महत्त्वपूर्ण उपलब्धि यह थी कि इसने देश को एक ऐसा झंडा दिया जिसे वास्तव में समस्त भारत का झंडा कहा जा सकता था। यह वह झंडा था जिसके लिए जाति अथवा धर्म के सभी बंधनों से ऊपर उठकर प्रत्येक भारतीय अपने प्राण न्योछावर कर देने के लिए तत्पर था। इसे देखकर लोगों के मन में उन्हीं भावनाओं का ज्वार उमड़ता था जिनकी अभिव्यक्ति हमारे राष्ट्रीय गीतों में हुई है।

सन् 1924 में बेलगाँव कांग्रेस के अवसर पर स्थानीय सेवा दल के कुछ स्वयंसेवकों ने तिरंगे के प्रति यथोचित सम्मान प्रदर्शन के लिए एक ध्वज-वंदन विधि का सृजन किया। यह विधि सभी को अच्छी लगी। धीरे-धीरे कांग्रेस के सभी आयोजनों में ध्वज-वंदन किया जाने लगा।

संयोगवश उसी वर्ष (1924) उत्तर प्रदेश के स्वाधीनता सेनानी श्री श्यामलाल गुप्त ने 'विजयी विश्व तिरंगा प्यारा, झंडा ऊँचा रहे हमारा' नामक झंडा-गीत की रचना की। इसको 1924 की कानपुर कांग्रेस में पहली बार गाया गया। बाद में यह गीत अत्यंत लोकप्रिय हुआ और इसको ध्वज-वंदन की मान्यता प्राप्त हुई तथा ध्वज-वंदन के साथ कांग्रेस के समारोहों में इसका हमेशा गान किया जाने लगा (इस गीत का पूरा पाठ परिशिष्ट-IV में दिया गया है)।

झंडा सत्याग्रह के बाद के वर्ष स्वतंत्रता संग्राम में अत्यंत महत्त्वपूर्ण सिद्ध हुए। जिस तिरंगे के सम्मान की रक्षा के लिए पूरे राष्ट्र, विशेषतः नागपुरवासियों ने अपनी जान खतरे में डाल दी थी, उसकी छत्रच्छाया में अनेक महत्त्वपूर्ण घटनाएँ घटीं।

मार्च 1922 में गांधीजी को छह वर्ष जेल की सजा मिली थी, बीमार हो जाने के कारण फरवरी 1924 में सजा की अवधि पूरी होने से पहले ही उन्हें बिना शर्त छोड़ दिया गया। इस बीमारी में उनको ऑपरेशन कराने की जरूरत पड़ी। जब वे जेल से बाहर आए तो उनको यह देखकर बड़ा दुःख हुआ कि असहयोग आंदोलन के वापस लिये जाने के बाद कांग्रेस असंगठित हो गई थी तथा उसकी गतिविधियों में गिरावट आ गई थी और वह 'परिवर्तन-समर्थकों' और 'यथास्थितिवादियों' के दो गुटों में बँट गई थी, लेकिन ये दोनों ही गुट गिरावट को रोकने में असमर्थ थे। 1920-21 में उनके (गांधीजी) संदेश का जो असर हुआ था, वह अब कम होने लगा था। असहयोग आंदोलन के दौरान जो हिंदू-मुसलिम एकता स्थापित हुई थी, वह खतरे में पड़ गई थी। देश में बार-बार दंगे होने लगे। अनेक मुसलमान, मुख्यतः एम.ए. जिन्ना, अली बंधुओं के नाम से विख्यात मोहम्मद अली और शौकत अली कांग्रेस से अलग हो गए। गांधीजी ने उन्हें बार-बार कहा कि "हर समय तथा सभी स्थितियों में हमें हिंदू-मुसलिम एकता को अपना धर्म मानकर बनाए रखना चाहिए।" गांधीजी ने स्थिति को सुधारने की कोशिश की। सितंबर 1924 में उन्होंने सांप्रदायिक दंगों में प्रदर्शित अमानवीयता के प्रायश्चित्तस्वरूप दिल्ली में 21 दिनों का उपवास शुरू किया, परंतु उनकी कोशिशों का कोई नतीजा नहीं निकला।

देश की स्थिति बहुत खराब दिखाई दे रही थी, लेकिन भीतर-ही-भीतर राष्ट्रीयता की भावना भी प्रवाहित हो रही थी, तिरंगा निराशा में आशा का संचार कर रहा था। नवंबर 1927 में संवैधानिक सुधारों के लिए साइमन कमीशन की नियुक्ति होने के बाद राजनीतिक संघर्ष का एक नया युग शुरू हुआ। कमीशन में एक भी भारतीय सदस्य नहीं रखा गया था, इसलिए देश में चारों ओर इसका जोरदार विरोध हुआ। देशवासियों को लगा कि अंग्रेजों की यह काररवाई भारतीयों के आत्मसम्मान के विरुद्ध है। कमीशन के भारत पहुँचने पर इसके विरोध में एक जोरदार आंदोलन शुरू हो गया। कमीशन जहाँ-जहाँ भी गया, वहाँ-वहाँ लोगों ने राष्ट्रीय झंडे के नीचे एकजुटता का प्रदर्शन किया। हड़ताल करके, काले झंडे दिखाकर तथा 'साइमन वापस जाओ' के नारों से उसका बहिष्कार किया। सरकार ने लाठियाँ और गोलियाँ बरसाकर आंदोलन को दबाने की कोशिश की। लेकिन लोगों ने राष्ट्रीय झंडे को झुकने नहीं दिया। परिणामस्वरूप कमीशन को खाली हाथ लंदन लौट जाना पड़ा। देश ने एक बार पुनः एकता और संघर्ष का रास्ता अपना लिया था।

12 मार्च, 1930 को गांधीजी ने दूसरा असहयोग आंदोलन शुरू किया। अपने चुने हुए 78 कार्यकर्ताओं के साथ वे नमक कानून तोड़ने के लिए साबरमती से गुजरात के समुद्र तट पर स्थित दांडी ग्राम के लिए रवाना हुए। सुबह जब यात्रा प्रारंभ हुई, अपने हाथों में तिरंगा लिये हजारों लोग सड़क के दोनों ओर खड़े थे। 25 दिनों में 200 मील की यात्रा पूरी करके वे 5 अप्रैल, 1930 को दांडी पहुँचे। 6 अप्रैल को नमक बनाकर गांधीजी और उनके साथियों ने नमक-कानून तोड़ा।

गांधीजी की गिरफ्तारी के बाद अब्बास तैयबजी ने और उनके भी गिरफ्तार हो जाने पर श्रीमती सरोजिनी नायडू ने आंदोलन का नेतृत्व सँभाला। हाथ में तिरंगा लिये अपने साथियों के साथ सरोजिनी नायडू ने 15 मई को धरसाना के गोदामों पर धावा बोला। उसी संध्या को अपने हाथों में झंडा लिये 220 स्वयंसेवकों ने गिरफ्तारी दी। पुलिस की क्रूरता के बावजूद सत्याग्रहियों की संख्या कम नहीं हुई।

इसके बाद तो आंदोलन और तेजी से फैला। नागालैंड की रानी गाइडिल्यु केवल 13 वर्ष की थीं, लेकिन उन्होंने ब्रिटिश सरकार के विरुद्ध आंदोलन का नेतृत्व किया। सन् 1932 में उनको पकड़ लिया गया और आजीवन कारावास की सजा दी। सन् 1947 में आजाद भारत की सरकार ने उनको कारावास से मुक्त किया। भारत के राष्ट्रीय अभिलेखागार द्वारा प्रकाशित एक पुस्तिका में ब्रिटिश अधिकारियों द्वारा महिलाओं को झंडा-जुलूस निकालने तथा ध्वज-वंदन समारोहों में उपस्थित होने पर उन्हें सजा दिए जाने के अनेक उदाहरण दिए गए हैं।

□

12

# सन् 1931 की झंडा समिति

सन् 1930 तक चरखा-झंडा देश भर में बहुत लोकप्रिय हो गया था, इसको अब पूरे देश के राष्ट्रभक्तों की मान्यता प्राप्त हो चुकी थी। लेकिन कुछ लोग ऐसे भी थे जो सांप्रदायिक आधार पर इसके रंगों की व्याख्या से प्रसन्न नहीं थे। सन् 1924 में कलकत्ता में संपन्न अखिल भारतीय संस्कृत सम्मेलन में हिंदुओं के प्रतीकात्मक प्रतिनिधित्व के लिए झंडे में भगवा रंग तथा भगवान् विष्णु की गदा शामिल करने का सुझाव दिया गया था। उसी वर्ष कांग्रेस के बेलगाँव अधिवेशन के अवसर पर द्विजेंद्रनाथ ठाकुर तथा सी.एफ. एंड्रूज ने भी झंडे में गेरुआ रंग शामिल करने का सुझाव दिया, क्योंकि यह रंग त्याग को अभिव्यक्त करता है, इसलिए यह हिंदू योगियों, संन्यासियों एवं मुसलिम फकीरों और दरवेशों का भी समान रूप से प्रिय रंग रहा है। सन् 1929 में सिखों के एक शिष्टमंडल ने लाहौर में गांधीजी से भेंट की और कहा कि झंडे में सिखों का प्रिय पीला रंग भी शामिल किया जाए या इसमें से सांप्रदायिक प्रतिनिधित्व पूरी तरह से हटा दिया जाए। इस प्रकार की माँग उन्होंने पहले भी की थी, पर तब अधिक जोर नहीं दिया था।

इस विचार-वैमनस्य को दूर करने की दृष्टि से 2 अप्रैल, 1931 को अखिल भारतीय कांग्रेस समिति की कराची बैठक में एक झंडा-समिति गठित की गई, जिसमें निम्नलिखित सदस्य थे—

1. डॉ. बी. पट्टाभिसीतारामैया (संयोजक)
2. पंडित जवाहरलाल नेहरू
3. सरदार वल्लभ भाई पटेल
4. मौलाना अबुल कलाम आजाद

5. मास्टर तारा सिंह
6. डॉ. एन.एस. हार्डिकर और
7. डी.बी. कालेलकर

झंडे के संबंध में जो भी आपत्तियाँ विभिन्न लोगों एवं संस्थाओं द्वारा की गई थीं, इस समिति को उन पर विचार करना था तथा झंडे के एक नए डिजाइन का सुझाव देना था। समिति को अपनी रिपोर्ट 31 जुलाई, 1931 तक अखिल भारतीय कांग्रेस समिति को पेश करनी थी।

समिति के संयोजक डॉ. पट्टाभि ने इस विषय में एक प्रश्नावली का प्रारूप तैयार करके जवाहरलाल नेहरू के पास उनकी राय जानने के लिए भेजा। उन्होंने डॉ. पट्टाभि को एक पत्र लिखकर अपने विचार प्रकट किए। पत्र इस प्रकार था—

मेरे प्रिय पट्टाभि,

12 अप्रैल, 1931

मुझे आपका पत्र मिला। मैं आपके इस विचार से सहमत हूँ कि जो प्रश्नावली आपने तैयार की है उसे प्रांतीय कांग्रेस समितियों तथा समाचार-पत्रों को भेज दिया जाए। झंडे के प्रश्न में मेरी भी बड़ी रुचि है, लेकिन मैं अगले कुछ सप्ताह बाहर रहूँगा। इसलिए मैं इस मामले में अपने विचार इस पत्र में प्रस्तुत कर रहा हूँ—

1. सामान्य स्थिति में वर्तमान झंडे को, जो लोकप्रिय हो चुका है, बदलने का मैं कड़ा विरोध करता, लेकिन परिस्थितियों को देखते हुए इसमें कुछ परिवर्तन करना शायद जरूरी हो गया है; लेकिन यह परिवर्तन ऐसा नहीं होना चाहिए कि जिससे वर्तमान झंडे का रूप बहुत अधिक बदलना पड़े।
2. हमें यह पूरी तरह स्पष्ट कर देना चाहिए कि हमारे झंडे का आधार सांप्रदायिक नहीं है। अत: कुछ परिवर्तन जरूरी है, लेकिन परिवर्तन करने के क्रम में वर्तमान झंडे में बहुत अधिक फेरबदल नहीं करना है।
3. वर्तमान व्यवस्था में सफेद रंग सबसे ऊपर है, जो ठीक नहीं है, क्योंकि जब् तक पृष्ठभूमि रंगीन न हो तब तक सफेद रंग नहीं उभरता, इसलिए सफेद रंग या तो बीच में रखा जाना चाहिए या

इसके बदले कोई दूसरा रंग होना चाहिए।

4. मेरे विचार में वर्तमान झंडा बुल्गारिया के झंडे जैसा दीखता है, जो अनुचित है।
5. मैं सोचता हूँ कि या तो सफेद रंग की जगह बसंती रंग या हल्का भगवा रंग होना चाहिए। इसका कारण यह नहीं है कि सिख यह रंग चाहते हैं, इसका मूल कारण है कि यह एक पुराना भारतीय रंग है तथा इतिहास में यह त्याग का प्रतीक रहा है। इसके अतिरिक्त भारत की महिलाओं ने भी यह रंग अपनाया है और इस रंग को रखने से उनके प्रति आदर का भाव प्रकट होगा। यह रंग कैसा और कौन सा होना चाहिए, इस पर सावधानी से विचार करना होगा। झंडे में यह रंग कहाँ प्रयोग हो, इस पर भी सौंदर्य की दृष्टि से विचार करना चाहिए। मेरे विचार में इसे या तो सबसे ऊपर या बीच में होना चाहिए।
6. मैं लाल और हरा—इन दोनों रंगों को रखना चाहूँगा, क्योंकि ये दोनों रंग अपनी-अपनी जगह सुंदर हैं।
7. अंत में यह कहना चाहूँगा कि जो भी डिजाइन अंतिम रूप से चुना जाए, उसे सौंदर्य की दृष्टि से संतोषप्रद तथा घोषित सिद्धांतों के अनुरूप ही होना चाहिए।

जो कुछ भी इस समय मेरे दिमाग में आया, उन विचारों का कुछ आभास दिलाने के लिए मैं ये सुझाव दे रहा हूँ।

आपका विश्वासभाजन

ज.न.

*डॉ. पट्टाभि सीतारामैया।*

बाद में, डॉ. पट्टाभि ने जो प्रश्नावली तैयार की थी, उसे सभी प्रांतीय कांग्रेस समितियों, प्रमुख व्यक्तियों तथा सामाजिक संगठनों को सम्मति एवं विचार जानने हेतु एक पत्र के साथ भेज दिया गया। वह पत्र इस प्रकार था—

मसुलीपत्तनम

23.4.1931

प्रिय महोदय

कार्यकारिणी समिति द्वारा 2 अप्रैल, 1931 की बैठक में झंडे के संबंध में जो प्रस्ताव पास हुआ, उसकी राष्ट्र को जानकारी देने की दृष्टि से मैं यह लिख रहा हूँ।

प्रस्ताव का पाठ इस प्रकार है—

"वर्षों से व्यवहार में लाए जाने तथा पारस्परिक रूप धारण कर लेने के कारण वर्तमान राष्ट्रीय झंडा लोकप्रिय हो चुका है, और चूँकि झंडे के रंगों के संबंध में यह आपत्ति की गई है कि उनका चुनाव सांप्रदायिक आधार पर किया गया है, इसलिए यह कार्य समिति अब आपत्तियों की जाँच करने तथा एक ऐसे झंडे की सिफारिश के लिए नियुक्त की गई है, जो सर्वमान्य हो, समिति अपनी रिपोर्ट और सिफारिशें 31 जुलाई, 1931 को या उससे पहले कार्य समिति को देगी।"

इसलिए मैं इस संबंध में आपसे निम्नलिखित प्रश्नों का उत्तर भेजने का अनुरोध करता हूँ—

1. क्या आपके प्रांत के किसी जन-समूह या समुदाय का वर्तमान झंडे की रूपरेखा के संबंध में कोई ऐसा विचार है, जिस पर आपकी राय में समिति को उस पर विचार करना चाहिए?
2. क्या आप झंडे की लोकप्रियता बढ़ाने के लिए कोई विशेष सुझाव दे सकते हैं?
3. क्या आप झंडे की वर्तमान रूपरेखा में कोई ऐसा दोष या कमी पाते हैं, जिस पर आपके विचार में ध्यान दिया जाना चाहिए?

**टिप्पणी**—यदि अपने सुझावों या सुझाव के साथ उनको स्पष्ट करने के लिए आप संबंधित झंडे का विवरण या झंडे का नमूना ही भेज दें तो अच्छा रहेगा; अगर झंडा कपड़े का हो तो और भी अच्छा है।

मेरा सुझाव है कि प्रांतीय कांग्रेस समितियाँ और जनसाधारण मई के

अंत तक अपना उत्तर भेज दें। यह समिति यदि आवश्यक समझेगी तो बाद में आपको मौखिक साक्ष्य के लिए भी बुला सकती है।

आपका विश्वासभाजन
(डॉ. पट्टाभि सीतारामैया)
संयोजक, झंडा समिति

प्रश्नावली के उत्तर में समिति को पचास से भी अधिक सुझाव प्राप्त हुए। कुछ लोगों ने अपने सुझाव पोस्ट-कार्ड पर लिखकर भेजे, कुछ ने पूरा एक लेख ही लिख भेजा, कुछ ने तो अपने सुझावों को मनवाने के लिए अपने मित्रों से अपने सुझावों के समर्थन में तार-पर-तार ही भिजवा दिए। शिक्षित उच्च वर्ग ने अपने सुझाव समिति को भेजने के अतिरिक्त उनकी प्रतियाँ समाचार-पत्रों व पत्रिकाओं को भी भेज दीं। इन सभी सुझावों में डॉ. सुनीति कुमार चटर्जी के विचार उल्लेखनीय हैं—उनका विचार था कि झंडे में रंगों का चुनाव सांप्रदायिक आधार पर नहीं किया जाना चाहिए। उन्होंने झंडे में चार रंगों का सुझाव दिया—सिंदूरी, लाल, हरा तथा सफेद। बीच में चरखे की बजाय चक्र रखने का सुझाव दिया। उन्होंने हरा, गेरुआ और लाल रंगों में तिरंगा झंडा रखना भी उचित बताया। सर सी.वी. रमन, प्रो. रामानंद चटर्जी तथा डॉ. राधाकृष्णन ने भी डॉ. सुनीति कुमार चटर्जी के तिरंगे के पक्ष में ही अपने विचार दिए।

कुछ अन्य सुझाव इस प्रकार थे—

**आर.डी. तिवारी**—तिकोना सफेद झंडा, जिस पर सांस्कृतिक एकता एवं शुद्धता तथा शांति को भी अभिव्यक्त करने के लिए चरखा अंकित हो। चरखे से कुटीर उद्योगों का आदर्श भी अभिव्यक्त होगा। तिकोना एक पौर्वात्य अवधारणा है जो संस्कृतियों के संगम का प्रतीक होगी।

**सर मिर्जा इस्माइल**—लाल या पीला व आयताकार झंडा, जिसमें न्याय तथा सभी संप्रदायों के प्रति ईमानदारी के प्रतीक के रूप में बीच में तराजू अंकित हो।

**सउल जौनसन ओरई**—तिरंगा झंडा, जिसमें शुद्धता दरशाने के लिए सफेद, सहनशीलता के लिए नीला, समता और ईमानदारी तथा त्याग दरशाने के लिए लाल रंग हो।

**टी. बेंजामिन शाह**—विभिन्न समुदायों का प्रतिनिधित्व करने के लिए

संयुक्त राज्य अमेरिका के धारियोंवाले झंडे के ढंग पर रंग-बिरंगे तारोंवाला तिरंगा झंडा।

**सरदार शार्दूल सिंह कवीशर**—नीला, सुनहरा तथा हरे रंगोंवाला तिरंगा, जिसके बीच में कपास के फूल के एक गुच्छे के चारों ओर चावल और गेहूँ की बालियाँ अंकित हों।

**डॉ विनोद बिहारी बनर्जी**—एक लाल झंडा, जिसमें 15 प्रांतों के प्रतीक के रूप में 15 पंचकोने सफेद तारे अंकित हों। सफेद तारे स्वतंत्रता के उषाकाल के प्रतीक और लाल पूर्ण स्वराज प्राप्त करने के लिए लोगों के दृढ़ संकल्प के प्रतीक हैं। यदि सरकार स्वेच्छा या औपनिवेशिक दर्जा (डोमिनियन स्टेटस) दे दे तो ध्वज-दंड के पास छोटे आकार में एक यूनियन जैक जोड़ दिया जाए।

**टी. रामास्वामी (बेजवाड़ा)**—प्रणव-पताका नाम का झंडा, जिसमें तामस प्रवृत्ति को प्रतिनिधित्व देने के लिए बाहर का घेरा काले रंग में, राजस प्रवत्तियों के लिए बीच का घेरा लाल रंग में हो तथा सात्त्विकता के लिए भीतर की जगह सफेद रंग में हो।

झंडा समिति के पास जो भी सुझाव आए थे उनमें से अधिकतर साक्षियों ने छोटे-मोटे बदलाव के साथ प्रचलित झंडे को ही पसंद किया। राष्ट्रीय झंडा समिति ने सभी सुझावों पर विचार किया, लेकिन एक बिलकुल नए ही डिजाइन की सिफारिश की। जिसकी सतह भगवा रंग की थी, जिसकी बाईं ओर ऊपरी चौथाई हिस्से में नीले रंग का एक लघु चरखा अंकित था। परंतु कांग्रेस कार्यसमिति ने झंडा समिति द्वारा सुझाए गए इस नए झंडे को स्वीकार नहीं किया। इसलिए इस झंडे का वास्तविक रूप में कभी जन्म ही नहीं हुआ। यह मात्र झंडा समिति के सुझाव-पृष्ठों का ही अंग बनकर रह गया।

□

13

# मान्यता प्राप्त प्रथम झंडा

झंडा समिति ने झंडे के जिस नए डिजाइन की सिफारिश की थी, उस पर 5 और 6 अगस्त, 1931 को कांग्रेस कार्य समिति की बंबई की बैठक में विचार हुआ। इसकी अध्यक्षता सरदार पटेल ने की। इस बैठक में महात्मा गांधी, सरोजिनी नायडू, पं. जवाहरलाल नेहरू, डॉ. अंसारी, डॉ. सैयद मोहम्मद, शार्दूल सिंह कवीशर, जे.एम. सेनगुप्त और एम.एस. अणे, जयरामदास दौलतराम, मौलाना अबुल कलाम आजाद, पं. मदन मोहन मालवीय, डॉ. पट्टाभि सीतारामैया, टी.ए.के. शेरवानी और पुरुषोत्तमदास टंडन उपस्थित थे।

कार्य समिति ने नए डिजाइन को पसंद तो किया, पर उसका विचार था कि प्रचलित झंडा, क्योंकि विगत अनेक वर्षों से राष्ट्रीय संघर्ष से जुड़ा रहा है और बहुत से लोगों ने उसके सम्मान की रक्षा के लिए अपने प्राणों की आहुति दी है, इसलिए इसकी रूपरेखा में बड़ा फेरबदल करना बुद्धिमत्ता नहीं होगी। इसलिए समिति ने प्रस्ताव किया—

झंडा समिति की रिपोर्ट पर विचार करने के बाद कार्य समिति उसके कार्य की प्रशंसा करती है तथा उसके इस विचार से सहमति प्रकट करती है कि झंडे का कोई सांप्रदायिक महत्त्व नहीं होना चाहिए तथा इसका रंग-रूप विशिष्ट प्रकार का होना चाहिए, जिससे इसको देखने से किसी अन्य देश के झंडे का भ्रम न हो। साथ-ही-साथ कार्य समिति यह भी अनुभव करती है कि वर्तमान झंडे में कम-से-कम फेरबदल किया जाना चाहिए। इसलिए अखिल भारतीय समिति की स्वीकृति के लिए निम्नलिखित परिवर्तन की सिफारिश करते हुए यह प्रस्ताव रखती है—

"राष्ट्रीय झंडा पहले जैसा तिरंगा ही हो, लेकिन रंगों का क्रम ऊपर से नीचे भगवा, सफेद और हरा होगा। बीच की सफेदी पट्टी के बीच गहरे नीले रंग में एक चरखा अंकित होगा। रंगों का कोई सांप्रदायिक महत्त्व नहीं होगा। भगवा साहस एवं त्याग का, सफेद शांति एवं सत्य का, हरा आस्था एवं शौर्य का तथा चरखा जनता की आशा का द्योतक होगा और ध्वज-दंड से झंडे के दूसरे छोर का अनुपात तीन-दो का रहेगा।"

यह प्रस्ताव भारी बहुमत से स्वीकृत कर दिया गया और इस प्रकार भारतीय राष्ट्रीय कांग्रेस के मान्यता प्राप्त झंडे का जन्म हुआ। जिसका रंग-विधान था—ऊपर भगवा, बीच में सफेद और सबसे नीचे हरा, जिसकी बीच की पट्टी के मध्य में गहरे नीले रंग में चरखा अंकित था। इसकी व्याख्या किसी भी तरह सांप्रदायिक आधार पर नहीं की गई थी। गांधीजी ने इस झंडे का अभिवादन करते हुए कहा, "यह अत्यंत प्रसन्नता की बात है। जनता की आस्था के प्रतीक के रूप में चरखे को बरकरार रखा गया है" निस्संदेह हम अपने प्राणों की बलि देकर भी इसकी रक्षा करेंगे। लेकिन असली रक्षा तो तब होगी जब हम उन गुणों को समाहित करेंगे जिनका ये रंग प्रतिनिधित्व करते हैं और जब चरखा घर-घर में काता जाएगा तब हमें विदेशी कपड़े की दुकानों पर धरना नहीं देना पड़ेगा। यदि हम झंडे के लिए मर सकते हैं तो हमें इसके लिए जीना भी सीखना चाहिए।"

इसके बाद कार्य समिति ने एक और प्रस्ताव स्वीकृत करके कांग्रेस के सभी संगठनों को 30 अगस्त, 1931 को देश भर में नया झंडा फहराकर 'झंडा-दिवस' मनाने का आदेश दिया।

अखिल भारतीय कांग्रेस समिति ने झंडा-दिवस मनाने के लिए नए झंडे बनाने का भार डॉ एन.एस. हार्डिकर को सौंपा। मूल डिजाइन में चरखे की तकली ध्वज-दंड के पास थी, लेकिन बाद में आभास हुआ कि दंड के पास चरखा-चक्र रहने से झंडा अधिक सुंदर दिखाई देता है। तदनुसार चरखे की स्थिति बदल दी गई। झंडे का नमूना तैयार करके शीघ्र ही प्रांतीय कांग्रेस समितियों को भेज दिया गया। पूरे देश में झंडा-दिवस बड़े उत्साह से मनाया गया।

जन्म के केवल चार महीने बाद ही नए झंडे का यूनियन जैक से टकराव हो गया। कांग्रेस द्वारा प्रथम गोलमेज सम्मेलन का बहिष्कार किए जाने तथा इसके असफल हो जाने के बाद लॉर्ड इरविन ने मार्च 1931 में कांग्रेस से एक

समझौता किया, जो सामान्यतया 'गांधी-इरविन समझौता' के नाम से प्रसिद्ध है। इस समझौते के परिणामस्वरूप सरकार ने उन सभी राजनीतिक कैदियों को रिहा कर दिया, जिन्होंने असहयोग आंदोलन के दौरान अहिंसा का पालन किया था। बदले में कांग्रेस ने आंदोलन को स्थगित करके द्वितीय गोलमेज सम्मेलन में भाग लेने की सहमति दे दी। कांग्रेस की नई पीढ़ी समझौते से खुश नहीं थी, क्योंकि सरकार ने कांग्रेस की किसी भी प्रमुख माँग को स्वीकार नहीं किया था—यहाँ तक कि शहीद भगत सिंह तथा उनके दो साथियों के मृत्युदंड को आजीवन कारावास में भी नहीं बदला। सितंबर 1931 में गांधीजी द्वितीय गोलमेज सम्मेलन में भाग लेने इंग्लैंड गए। ब्रिटिश सरकार तत्काल औपनिवेशिक दर्जे की माँग मानने को तैयार नहीं हुई। इस गोलमेज सम्मेलन के असफल होने के शीघ्र बाद सरकार ने उत्तर प्रदेश, उत्तर-पश्चिम सीमा प्रांत व बंगाल में आपातकाल घोषित कर दिया तथा कांग्रेस के सभी प्रमुख नेताओं को गिरफ्तार कर लिया और कांग्रेस को गैर-कानूनी घोषित कर दिया, साथ ही इसका कोष, संपत्ति तथा परिसर सबकुछ जब्त कर लिया। इंग्लैंड से 14 जनवरी, 1932 को बंबई पहुँचते ही गांधीजी भी गिरफ्तार कर लिये गए। अप्रैल 1932 तक लगभग एक लाख बीस हजार लोग गिरफ्तार किए जा चुके थे। सांप्रदायिक तथा अन्य प्रश्नों पर भारतीय नेताओं के बीच मतभेद हो जाने से अंततः सरकार को सफलता मिली। मई 1933 में कांग्रेस ने औपचारिक रूप से आंदोलन स्थगित कर दिया और मई 1934 में इसे वापस ले लिया।

सन् 1935 के भारत सरकार अधिनियम के अंतर्गत प्रांतों को स्वायत्तता दी तो गई, लेकिन नाममात्र को। गवर्नरों को कानूनों को अस्वीकार करने और स्वयं कानून बनाने के अधिकार दे दिए गए थे। कांग्रेस ने इस अधिनियम को जनविरोधी सिद्ध करने की दृष्टि से चुनाव लड़ने का निश्चय किया। सन् 1937 में ग्यारह में से सात प्रांतों में कांग्रेस की सरकारें बनीं। यद्यपि ये सरकारें प्रशासन के मूल साम्राज्यवादी चरित्र को बदलने में असमर्थ रहीं, उन्होंने प्राप्त अधिकारों की सीमा में रहकर जनता की स्थिति सुधारने की कोशिश की।

सन् 1938 में भारतीय राष्ट्रीय कांग्रेस का 51वाँ अधिवेशन गुजरात के हरिपुरा में हुआ था। इस अवसर पर 51 बैलगाड़ियों (प्रत्येक बैलगाड़ी एक-एक वर्ष को दरशाती थी) को राष्ट्रीय झंडों से सजाकर सारे शहर में घुमाया गया। इन बैलगाड़ियों पर सजे राष्ट्रीय झंडे राष्ट्रीय गौरव व दृढ़ विश्वास के द्योतक थे।

सितंबर 1939 में दूसरा विश्वयुद्ध प्रारंभ हो गया। ब्रिटिश-भारत सरकार

ने कांग्रेस की राय लिये बिना ही भारतीय सेना युद्ध में भेज दी। इसके विरोध में सभी कांग्रेसी मंत्रिमंडलों ने इस्तीफा दे दिया। कांग्रेस का मत था कि भारत युद्ध प्रयत्नों में ब्रिटिश सरकार की सहायता तो करेगा, केवल स्वतंत्र तथा बराबर के सहयोग के रूप में भी, पर ब्रिटिश सरकार यह सहयोगी माँग मानने को तैयार नहीं थी। परिणामस्वरूप एक बार फिर से संघर्ष तिरंगे की छत्रच्छाया में ब्रिटिश शासन के विरुद्ध शुरू हुआ और विद्रोह की अनेक घटनाएँ घटीं। ध्वज के सम्मान की रक्षा करने के लिए अनेक देशभक्त गिरफ्तार तथा उत्पीड़ित हुए। सन् 1940 में गांधीजी ने चुने हुए कुछ लोगों द्वारा सीमित पैमाने पर फिर से सत्याग्रह शुरू किया। सन् 1942 में युद्ध में जापानियों के हाथ भारी हार के बाद विंस्टन चर्चिल ने मंत्रिमंडल के सदस्य सर स्टैफोर्ड क्रिप्स को कुछ संवैधानिक प्रस्तावों के साथ भारत भेजा। कांग्रेस ने इनको अस्वीकृत कर दिया। क्रिप्स मिशन की असफलता से गांधीजी को कड़ाई की नीति अपनानी पड़ी। 8 अगस्त, 1942 को उन्होंने 'अंग्रेजो भारत छोड़ो' का ऐतिहासिक नारा दिया और झंडे तथा स्वतंत्रता की रक्षा के लिए जनता को 'करो या मरो' का मंत्र दिया।

9 अगस्त, 1942 को मुँह अँधेरे कार्य समिति के सभी सदस्यों तथा अन्य प्रमुख कांग्रेसी नेताओं को गिरफ्तार कर लिया गया, लेकिन सरकार की इस काररवाई से लोगों के जोश व इरादों पर कोई असर नहीं पड़ा। उन्होंने अपना संघर्ष और तीव्रता से शुरू कर दिया और यह दिखा दिया कि नेताओं को तो कैद किया जा सकता है, लेकिन राष्ट्र की आत्मा और उसके झंडे को कैद नहीं किया जा सकता। अरुणा आसफ अली ने, जो तब एक युवती थीं, आगे बढ़कर गोवालिया टैंक मैदान (अगस्त-क्रांति मैदान) में झंडा फहराया। (इसके ठीक 40 वर्ष बाद भारत की स्वतंत्रता-प्राप्ति की 40वीं वार्षिकी पर 9 अगस्त, 1987 को अरुणा आसफ अली ने एक बार पुनः इसी मैदान में झंडा फहराया था)। 9 अगस्त, 1942 को टैंक मैदान में पुलिस ने एकत्र जनसमूह पर लाठियाँ और गोलियाँ चलाईं, लेकिन सत्याग्रहियों ने झंडे को झुकने नहीं दिया। ब्रिटिश सरकार ने झंडा फहराना अवैध घोषित करके इसके फहराने पर दो वर्ष की कैद की सजा नियत कर दी। पटना में विधान परिषद् पर तिरंगा फहराने का प्रयत्न करते हुए सात विद्यार्थी मारे गए। असम में मलकटरी पर झंडा फहराते हुए एक नवयुवती कुमारी कनकलता मारी गई। मिदनापुर में एक नवयुवती मतंगिनी हाजरा गोली लग जाने से मरते समय भी झंडा अपने हाथ में धारण किए

रही। तमिलनाडु में तिरुपुर के कुमारण ने हाथ में तिरंगा लिये अंग्रेजों का विरोध किया। इस प्रकार की अनेक घटनाएँ घटीं।

## आजाद हिंद फौज और कांग्रेसी तिरंगा

नेताजी सुभाषचंद्र बोस 1941 के आरंभ में देश छोड़कर बर्लिन चले गए थे। वहाँ उन्होंने उत्तरी अफ्रीका तथा यूरोप में पकड़े गए लगभग 3,000 भारतीय युद्धबंदियों को लेकर भारतीय सेना का गठन किया। इस सेना ने लाल, सफेद और हरे रंगों से बने तिरंगे को, जिसकी बीच की सफेद पट्टी में छलाँग की मुद्रा में एक शेर अंकित था, अपना झंडा बनाया। नेताजी सुभाषचंद्र बोस की योजना धुरी राष्ट्रों की सहायता से भारत को आजाद करके भारत लौटने की थी, लेकिन स्तालिनग्राड तथा अफ्रीका में जर्मनी की हार हो जाने के कारण उन्होंने अपनी योजना बदल दी और सिंगापुर चले गए। पूर्वी क्षेत्र में स्थिति अपेक्षाकृत अच्छी थी। जापान ने अंडमान और निकोबार द्वीपों पर कब्जा कर लिया था और अब वह भारत की सीमा पर दस्तक दे रहा था। कैप्टन मोहन सिंह (बाद में मेजर) ने युद्धबंदियों को संगठित कर वहाँ आजाद हिंद फौज पहले से ही खड़ी कर रखी थी। अगस्त 1943 में नेताजी सुभाष चंद्र बोस ने सुप्रीम कमांडर के रूप में उसकी कमान सँभाल ली और 21 अक्तूबर, 1943 को आर जी हुकूमत-ए-आजाद हिंद (स्वतंत्र भारत की अस्थायी सरकार) का गठन किया। उन्होंने तब भारतीय राष्ट्रीय कांग्रेस के झंडे को ही अपनी अस्थायी सरकार का झंडा बनाया। आजाद हिंद फौज के सैनिकों को संबोधित करते हुए उन्होंने कहा, "आइए, हम तब तक लड़ाई जारी रखें जब तक नई दिल्ली के वायसराय हाउस पर राष्ट्रीय झंडा न

*सन् 1941 में मौलवी जियाउद्दीन के वेश में पुलिस व खुफिया विभाग की आँखों में धूल झोंककर जर्मनी जाते सुभाषचंद्र बोस का दुर्लभ चित्र।*

*दिसंबर 1943 में जापान ने अंडमान-निकोबार द्वीपों को सुभाषचंद्र बोस के हवाले कर दिया। नेताजी ने इन द्वीपों का नामकरण 'शहीद' व 'स्वराज' किया और सेलुलर जेल पर राष्ट्रीय झंडे को फहराया।*

फहराने लगे और आजाद हिंद फौज भारत की राजधानी के प्राचीन लाल किले के भीतर अपनी विजय परेड न कर ले।"

दिसंबर 1943 में जापान ने अंग्रेजों से जीते हुए अंडमान एवं निकोबार द्वीपों को नेताजी सुभाष चंद्र बोस के अधीन कर दिया। उन्होंने इन द्वीपों का नाम बदलकर क्रमश: 'शहीद और स्वराज' द्वीप कर दिया तथा सेल्युलर जेल और गवर्नमेंट हाउस के सामने नौसेना के ध्वज-दंड पर भारत का राष्ट्रीय झंडा फहरा दिया। भारत की ओर बढ़ती हुई आजाद हिंद फौज के कर्नल एस. ए. मलिक ने मणिपुर के मौरांग नामक स्थान को आजाद घोषित करके वहाँ तिरंगा फहराया था।

'अंग्रेजो भारत छोड़ो' आंदोलन तथा आजाद हिंद फौज के गठन से देश में अत्यंत विस्फोटक स्थिति उत्पन्न हो गई। फरवरी 1946 में राजकीय नौसेना के कुछ नौ सैनिकों ने विद्रोह कर दिया तथा अपने ब्रिटिश अधिकारियों का आदेश मानने से इनकार कर दिया। बंबई में विद्रोही नौसैनिकों ने नौसेना की बैरकों और भवनों पर राष्ट्रीय झंडा फहरा दिया। हाथों में राष्ट्रीय झंडा लेकर वे बंबई की सड़कों पर निकल आए। रॉयल भारतीय नौसेना के एक प्रतीक पर भी एक राष्ट्रीय झंडा, जिस पर नेताजी सुभाष चंद्र बोस का चित्र भी अंकित था, उन्होंने फहरा दिया।

कुल मिलाकर स्थिति ब्रिटिश सरकार के हाथ से निकल गई थी। इसलिए अब उसके सामने भारत छोड़ देने के अलावा कोई विकल्प नहीं रह गया था।

□

14

# स्वतंत्र भारत का ध्वज

ब्रिटिश सरकार ने भारत को सत्ता सौंपने का कार्यभार लॉर्ड लुईस माउंट बेटन को सौंपा। वे 3 जून, 1947 को भारत पहुँचे और उन्होंने ब्रिटिश सरकार के भारत को स्वतंत्र कर देने के निर्णय की घोषणा की। उस समय राष्ट्रीय नेताओं को स्वतंत्र भारत के लिए एक राष्ट्रीय ध्वज की आवश्यकता महसूस हुई। सभी राजनीतिक दल व राष्ट्रीय नेता इस विषय पर एकत्र हो गए और 23 जून, 1947 को स्वतंत्र भारत के राष्ट्रीय ध्वज के विषय में सुझाव देने के लिए एक अस्थायी समिति गठित की गई। इस समिति में डॉ. राजेंद्र प्रसाद को अध्यक्ष के रूप में नियुक्त किया गया। उनके साथ समिति में अब्दुल कलाम आजाद, के.एम. पाणीकर, श्रीमती सरोजिनी नायडू, के.एम. मुंशी, सी. राजगोपालाचारी और डॉ. बी.आर. अंबेडकर भी थे।

समय की प्रचुरता के बावजूद समिति ने अपनी एकाधिक बैठकों में इस प्रश्न का गहराई से अध्ययन किया तथा विस्तृत विचार-विमर्श के बाद 14 जुलाई, 1947 को निम्नलिखित निर्णय लिये—

1. भारतीय राष्ट्रीय कांग्रेस के झंडे में उपयुक्त बदलाव किया जाए, जिससे नया झंडा सभी दलों तथा संप्रदायों को स्वीकार्य हो और उसे स्वतंत्र भारत के राष्ट्रीय ध्वज के रूप में मान्यता दी जाए।
2. नया झंडा तिरंगा ही होना चाहिए, जिसकी तीनों पट्टियाँ सपाट हों।
3. झंडे में रंग निम्नलिखित क्रम में हों—सबसे ऊपर की पट्टी केसरी, बीच की सफेद तथा नीचे वाली पट्टी हरी होनी चाहिए।
4. झंडे में बीच की पट्टी में प्रतीक के रूप में सम्राट् अशोक के सारनाथ स्तंभ पर अंकित चक्र की हूबहू प्रतिकृति होनी चाहिए।

*पं. जवाहरलाल नेहरू 22 जुलाई, 1947 को संविधान सभा में तिरंगे का नमूना प्रस्तुत करते हुए, ताकि वह स्वतंत्र भारत के राष्ट्रीय ध्वज के रूप में अपनाया जा सके।*

5. प्रतीक गहरे नीले रंग में होना चाहिए।

राष्ट्रीय ध्वज के विषय में मूल निर्णय लेने के बाद तुरंत उन निर्णयों के अनुसार नए ध्वज के नमूने बनाए गए और 17 जुलाई को समिति की सभा बुलाई गई, जिसमें उन नमूनों की जाँच की गई और 18 जुलाई को राष्ट्रीय ध्वज के रूप-रंग के विषय में अंतिम निर्णय ले लिया गया। साथ ही यह भी निर्णय हुआ कि 22 जुलाई, 1947 को पं. जवाहरलाल संविधान सभा की स्वीकृति प्राप्त कराने के लिए राष्ट्रीय ध्वज की स्वीकृति का प्रस्ताव संविधान सभा के सामने रखेंगे। 22 जुलाई को स्वतंत्र भारत के राष्ट्रीय ध्वज के दो नमूने हाथ में लिये पं. जवाहरलाल ने निम्नलिखित प्रस्ताव पेश किया—

> "कि भारत का राष्ट्रीय ध्वज समतल तिरंगा होगा, जिसमें केसरी, सफेद तथा हरा रंग बराबर के अनुपात में रहेंगे। सफेद पट्टी के

मध्य में चरखे का प्रतिनिधित्व करने के लिए गहरे नीले रंग में एक चक्र अंकित रहेगा। चक्र का डिजाइन सारनाथ के सिंह वाले अशोक स्तंभ के चक्र का होगा। चक्र का व्यास लगभग सफेद पट्टी की चौड़ाई के बराबर होगा। झंडे की लंबाई से चौड़ाई का अनुपात सामान्यतः दो-तिहाई होगा। प्रस्ताव पेश करते हुए जवाहरलाल नेहरू ने कहा, ‘‘मुझे विश्वास है कि इस क्षण इस सदन के अनेक सदस्य मेरे समान ही उल्लसित होंगे और उनका हृदय उमंग से भरा होगा, क्योंकि इस प्रस्ताव तथा झंडे के पीछे, जिसे इस सदन की स्वीकृति के लिए प्रस्तुत करने का गौरव मुझे प्राप्त हुआ है, इस राष्ट्र के अस्तित्व की एक अल्प अवधि का इतिहास छिपा है। कभी-कभी हम अल्प अवधि में ही सदियों का सफर तय कर लेते हैं। मुझे अपने इस महान् राष्ट्र के महान् स्वतंत्रता-संघर्ष के उतार-चढ़ाव की भी याद आ रही है। मेरी ही तरह इस सदन के अनेक सदस्यों को याद होगा कि किस तरह इस झंडे पर हमें केवल गौरव ही नहीं होता था, हम उत्साह से ही नहीं भर उठते थे, बल्कि हमारी रगों में सनसनी होने लगती थी और जब हम निराश होते थे तो इसे देखकर हमें आगे बढ़ने का उत्साह मिलता था। हमारे अनेक साथियों ने, जो आज हमारे बीच नहीं हैं, उनका निधन हो चुका है, उनमें से कुछ लोगों ने इसे तब तक उठाए रखा जब तक उनकी निर्मम हत्या नहीं कर दी गई तथा मरते समय उन्होंने इसको ऊँचा रखने के लिए दूसरों को पकड़ा दिया। इसलिए इस प्रस्ताव के सरल शब्दों के पीछे स्वतंत्रता के लिए जन-संघर्ष के उतार-चढ़ाव का तथा हमारी परीक्षाओं और संकट की घड़ियों का इतिहास छिपा है। साथ ही उस विजय-भाव का भी, जिसका उस संघर्ष की समाप्ति के बाद यह प्रस्ताव पेश करते हुए मुझे अनुभव हो रहा है।

‘‘इस झंडे की व्याख्या अलग-अलग तरह से की गई है। कुछ लोगों ने इसका महत्त्व गलत ढंग से समझकर यह धारणा बना ली है कि इसके किसी हिस्से से किसी-न-किसी समुदाय विशेष का प्रतिनिधित्व होता है, लेकिन मैं बता देना चाहता हूँ कि अब जब यह झंडा बना है, इसका किसी प्रकार की सांप्रदायिकता से कोई संबंध नहीं है। हम लोगों ने एक ऐसे झंडे की कल्पना की है जिसके अलग-अलग अंगों से संपूर्ण राष्ट्र की आत्मा

तथा यहाँ की हजारों वर्षों से चली आ रही मिल-जुलकर रहनेवाली परंपरा का बोध हो।

"महोदय, अब मैं इस झंडे विशेष के विषय में कुछ कहना चाहता हूँ। आप देखेंगे कि विगत वर्षों में हमने जिस झंडे का उपयोग किया है, उसमें और इस प्रस्तावित झंडे में थोड़ा सा ही बदलाव किया गया है। यह बदलाव भी इसलिए किया गया, क्योंकि सामान्यतः झंडे में जो प्रतीक (केतू) होता है उसे झंडे के दोनों तरफ एक ही जैसा और एक स्थिति में होना चाहिए। हमारे पहले के झंडे में एक तरफ चरखा तथा दूसरी तरफ तकली थी। यदि झंडे के दूसरे छोर को देखा जाए तो चरखा इस तरफ था तो तकली दूसरी तरफ। हमारे सामने यह व्यावहारिक कठिनाई थी। इसलिए बहुत सोच-विचार करने के बाद हम इस निष्कर्ष पर पहुँचे कि जिस प्रतीक से लोगों में उत्साह बढ़ा उसे बने रहना ही चाहिए। भले ही उस प्रतीक का रूप थोड़ा-बहुत बदल जाए, इसलिए चरखे को चक्र के रूप में रखा जाए, लेकिन उसका शेष भाग अर्थात् तकली और धागा, जिनसे कठिनाई पैदा होती थी—उन्हें हटा दिया जाए। चरखे का मुख्य भाग अर्थात् चक्र को बने रहना चाहिए। इसलिए चरखे की और चक्र की पुरानी परंपरा अब भी चल रही है।

"लेकिन नए झंडे में यह चक्र किस प्रकार का हो इस पर बड़ा सोच-विचार किया गया। अतीत के अनेक चक्रों पर ध्यान गया, विशेष रूप से उस चक्र पर, जो अनेक स्थानों पर है। वह चक्र अशोक-स्तंभ के शीर्ष के ऊपर तथा अन्य स्थानों पर देखा जाता है। यह चक्र भारत की प्राचीन संस्कृति का द्योतक है। यह उन अनेक मूल्यों का प्रतीक है जिनका भारत ने समर्थन किया है। इसलिए हमने सोचा कि चरखे के प्रतीक के रूप में यह चक्र हमारे झंडे पर अंकित होना चाहिए। जहाँ तक मेरी अपनी बात है, मुझे अतीव प्रसन्नता हुई है कि हमने अपने झंडे पर न केवल इस प्रतीक को बल्कि एक प्रकार से सम्राट् अशोक के नाम को भी संबद्ध किया है, जो भारत के एवं विश्व के इतिहास में एक गौरवशाली नाम है।

"चूँकि मैंने सम्राट् अशोक का नाम लिया है, मेरी इच्छा है कि आप यह याद रखें कि अशोक का युग भारत के इतिहास में अंतरराष्ट्रीय युग रहा है। वह संकीर्ण राष्ट्रीयता का युग नहीं था। इस युग में भारत के राजदूत दूरस्थ देशों में गए, साम्राज्य स्थापित करने या साम्राज्यवादी उद्देश्य से नहीं बल्कि शांति, संस्कृति व सद्भाव के राजदूत के रूप में। इसलिए मेरा विचार है कि

जो झंडा मुझे आपके सामने प्रस्तुत करने का गौरव प्राप्त हुआ है, वह साम्राज्यवादी या किसी के प्रभुत्व का झंडा न होकर स्वाधीनता का झंडा है। यह किसी व्यक्ति विशेष का नहीं बल्कि सारे राष्ट्र का झंडा है। मेरा विश्वास है कि आनेवाले समय में यह झंडा सुदूर देशों तक जाएगा, सिर्फ उन्हीं जगहों तक नहीं जहाँ भारतीय हमारे राजदूतों और मंत्रियों के रूप में जाएँगे बल्कि दूरस्थ समुद्रपारीय देशों में, जहाँ भारतीय जहाज इसको ले जाएँगे (पंडित नेहरू का यह सपना 1982 में साकार हुआ जब भारत का राष्ट्रीय ध्वज 'तृष्णा' नौका पर पूरे विश्व की परिक्रमा कर आया) यह झंडा स्वाधीनता एवं मैत्री का यह संदेश देगा कि 'भारत विश्व के सभी देशों से मैत्री संबंध स्थापित करना चाहता है और स्वाधीनता की कल्पना करनेवाले सभी देशों की सहायता करना चाहता है।' "

अपने भाषण के अंत में पं. जवाहरलाल नेहरू ने कहा, "इसलिए महोदय! अब मैं सिर्फ प्रस्ताव ही नहीं प्रत्युत झंडा ही प्रस्तुत करता हूँ" और यह कहकर उन्होंने संविधान सभा को दो झंडे भेंट किए—एक खादी-सिल्क का और दूसरा-सूती खादी का।

पंडित नेहरू का भाषण स्मरणीय था। सभा की कार्यवाही से सबकी आशाएँ बढ़ गईं। हिंदू, मुसलमान, सिख, ईसाई, पारसी सभी में झंडे का अभिनंदन करने की होड़ सी लग गई। श्रीमती सरोजिनी नायडू ने अपने ओजस्वी भाषण में बताया कि उन्हें अंतरराष्ट्रीय समारोहों में स्वतंत्र भारत का झंडा न देखकर कितना दुःख होता था। उन्होंने कहा—

"सन् 1945 में वर्सेलिज की संधि पर हस्ताक्षर होने के बाद न्यूयॉर्क में जो समारोह हुआ, उसमें 44 देशों के झंडे फहराए गए। मैंने इन सभी राष्ट्रों के झंडों को देखा और अपने भाषण में विनम्र भाव से कहा—'स्वतंत्र राष्ट्रों की इस महीम सभा में मैं भारत का झंडा नहीं देख रही हूँ।' एक दूसरे अवसर पर विश्व के 42 राष्ट्रों ने बर्लिन में संपन्न होनेवाले एक अंतरराष्ट्रीय सम्मेलन में अपनी महिला प्रतिनिधियों को भेजा था। उसमें एक झंडा प्रदर्शनी भी आयोजित की गई थी। सम्मेलन में उपस्थित कुछ भारतीय महिलाओं ने भावुक होकर अपनी हरी, सफेद और केसरी साड़ियाँ फाड़कर इस अवसर के लिए भारत का एक राष्ट्रीय झंडा तैयार किया। जब शांति संधि पर हस्ताक्षर किए जा रहे थे तब मैं एक ओपेरा देखने गई थी। चारों ओर खुशी मनाई जा रही थी और सभी राष्ट्रों के झंडे मंच पर लगे हुए थे। उस रात्रि को कोमल स्वरवाली एक

अभिनेत्री का प्रदर्शन हो रहा था। उसके कार्यक्रम की प्रशंसा में प्रदर्शन को बीच में रोककर उसके शरीर पर फ्रांस का एक राष्ट्रीय ध्वज लपेटा गया। मेरी बगल में बैठे एक भारतीय ने आह भरकर कहा, *'हमें अपना झंडा कब मिलेगा?'* ''

अपने भाषण के अंत में सरोजिनी नायडू ने कहा, ''इस झंडे के नीचे राजा और किसान, गरीब और अमीर, पुरुष या स्त्री में कोई फर्क नहीं है।'' भाषण अपनी पराकाष्ठा पर पहुँचा तो उन्होंने नाटकीय ढंग में कहा, ''अब मैं आप सबसे इस झंडे का अभिवादन करने का अनुरोध करती हूँ।''

भविष्य में किसी विवाद से बचने की दृष्टि से, डॉ. एस. राधाकृष्णन ने भी यह बिलकुल स्पष्ट कर दिया कि रंगों का कोई सांप्रदायिक महत्त्व नहीं है। उन्होंने कहा—

''केसरी से त्याग अथवा नि:स्पृहता का बोध होता है। हमारे नेता वर्ग को भौतिक लाभ-हानि के प्रति नि:स्पृह रहकर समर्पण की भावना से काम करना चाहिए। बीच में सफेद प्रकाश है—हमारे आचरण के लिए सत्य का मार्ग। हरे से भूमि का, पौधों से हमारे संबंध का बोध होता है, जिस पर अन्य सभी प्राणी निर्भर हैं। बीच का अशोक चक्र धर्म के नियमों का चक्र है। उन सभी लोगों को, जो इस झंडे के नीचे काम करें, सत्य व धर्म के सिद्धांत पर चलना चाहिए। चक्र से गतिशीलता का भी बोध होता है। गतिहीनता मृत्यु है, गतिशीलता जीवन है। भारत को परिवर्तन का प्रतिरोध नहीं करना चाहिए, इसको गतिशील होना और आगे बढ़ना सीखना चाहिए। यह चक्र शांतिपूर्ण परिवर्तन की गत्यात्मकता का प्रतीक है। इसलिए यह बदलाव राष्ट्रीय झंडे में चरखा अंकित करने के मूल विचार के प्रतिकूल नहीं है।''

प्रस्ताव सर्वसम्मति से पारित किया गया। पं. जवाहरलाल नेहरू ने सुझाव दिया कि वे दोनों झंडे—एक सिल्क और दूसरा खादी का—जो संविधान सभा में प्रस्तुत किए गए हैं, उन्हें राष्ट्रीय संग्रहालय में रख दिया जाए। खादी का झंडा कानपुर स्थित सूती कपड़ा व वस्त्र के मुख्य निरीक्षणालय में आज भी मुहरबंद है। सिल्क का झंडा अब कहाँ है, इसका पता नहीं।

## तिरंगे के रंगों के महत्त्व का विस्तार से वर्णन

22 जुलाई, 1947 के दिन तिरंगे को भारत के राष्ट्रीय ध्वज के रूप में स्वीकारते हुए पं. जवाहरलाल नेहरू ने इस बात पर बल दिया कि झंडे के रंगों का कोई सांप्रदायिक निहितार्थ नहीं है। उन्होंने कहा कि कुछ लोगों ने

इसके रंगों का गलत अर्थ निकाला है और इसे सांप्रदायिक रंग देने की कोशिश की है। ऐसे लोगों का मानना था कि ध्वज का प्रत्येक रंग किसी-न-किसी समुदाय से जुड़ा है। परंतु नेहरूजी ने जोर देते हुए कहा कि जब राष्ट्रीय नेताओं ने इस झंडे की परिकल्पना की थी तो उनके दिलोदिमाग में कोई सांप्रदायिक विचार नहीं था।

हमारे तिरंगे में तीन मुख्य रंग हैं—केसरिया, सफेद और हरा और इसके बीचोबीच नीले रंग का एक चक्र है। प्रत्येक रंग का अपना विशिष्ट महत्त्व है।

**केसरिया**—केसरिया भारत का प्राचीन रंग है और हमारे देश में बहुतायत में प्रयोग होता रहा है। यह रंग हमारी इस पावन भूमि के देवी-देवताओं द्वारा धारण किए जानेवाले परिधानों में बहुतायत से प्रयोग होता रहा है। भगवान् कृष्ण के पीतांबर से सभी भली-भाँति परिचित हैं। केसरिया रंग पीला और लाल रंगों को एक निश्चित अनुपात में मिलाकर बनता है। पीला रंग बृहस्पति का माना जाता है, जो ज्ञान के देवता हैं और सभी देवताओं के गुरु हैं। वहीं पर लाल रंग शौर्य का प्रतीक है और यह युद्ध के देवता मंगलदेव से जुड़ा हुआ है। इस प्रकार केसरिया रंग बुद्धि-ज्ञान और बल दोनों का प्रतीक है। यह अग्नि का रंग भी है। एक सच्चा संन्यासी अपने अहंकार को त्यागकर उसे ज्ञान की अग्नि में भस्म करता है, इसलिए संन्यासियों द्वारा केसरिया या भगवा रंग धारण किया जाता है।

डॉ. राधाकृष्णन के शब्दों में—"लाल, नारंगी और भगवा रंग त्याग की भावना को दरशाते हैं। हमारे धर्मग्रंथों में कहा गया है—सर्व त्यागे राजधर्मेसु द्रष्टा (राजधर्म में त्याग के सभी रूप समाहित हैं)। कठिनाई की इस घड़ी में यदि हम त्याग का परिचय नहीं देते हैं तो हमें फिर पतन की ओर अग्रसर होना होगा।"

संविधान सभा में राष्ट्रीय ध्वज को अंगीकार किए जाने के अवसर पर सेठ गोविंददास ने कहा, "मैं केसरिया रंग को हिंदुओं का रंग कहनेवाले सभी लोगों को बताना चाहती हूँ कि ऐसा कहना गलत है। निसंदेह किसी समय यह हिंदुओं का प्रमुख रंग था। पेशवाओं के शासन में यह हिंदुओं का रंग था। राजपूत भी केसरिया बाना पहनकर युद्ध करते थे, पर यह रंग बुद्ध धर्म के अनुयायी व मुसलमान फकीरों ने भी धारण किया।"

सैयद मोहम्मद सदाउल्ला ने प्रकृति का दृष्टांत देते हुए कहा कि केसरिया रंग भारत में तपते सूरज की चिलचिलाती धूप से तपी धरती की दशा का

प्रतीक है। केसरिया रंग आध्यात्मिक जीवन जीनेवाले सभी लोगों का रंग है, चाहे वे हिंदू हों या मुसलमान। हमें अपना जीवन-दर्शन उन्नत बनाकर त्याग का आदर्श प्रस्तुत करना चाहिए, जो हमारे साधु-संतों, पीर-फकीरों और पंडितों की पहचान रहा है।

संविधान सभा में उपस्थित विद्वानों में यह आम सहमति थी कि केसरिया रंग साहस और बलिदान का प्रतीक है और प्राचीन काल से ही भारतीय संस्कृति का अंग रहा है। इसी वजह से उन्होंने इस पवित्र रंग को भारत के झंडे में शामिल करने की सदा वकालत की। सन् 1924 में कलकत्ता में आयोजित संस्कृत कांग्रेस में केसरिया रंग का पुरजोर समर्थन किया गया। उसी वर्ष द्विजेंद्रनाथ टैगोर और सी.एफ. एंड्रूज ने गांधीजी को राष्ट्रीय कांग्रेस के झंडे में गेरुआ रंग शामिल करने का सुझाव दिया था। सन् 1921 में एक सिख शिष्टमंडल गांधीजी से लाहौर में मिला और माँग की कि सिखों के बसंती रंग को झंडे में शामिल किया जाए।

कालांतर में, 1931 में भारत में मानव विज्ञान के राष्ट्रीय प्रोफेसर डॉ. सुनीति कुमार चटर्जी ने झंडा समिति के संयोजक डॉ. पट्टाभि सीतारामैया द्वारा उन्हें भेजी गई प्रश्नावली के उत्तर में लिखे पत्र में कहा, ''ऐसा प्रतीत होता है कि वैराग्य और अहिंसा का दर्शन भारतीयों के जीवन का अहम तत्त्व रहा है, चाहे वे हिंदू हों या मुसलमान या ईसाई। इसी आदर्श पर चलकर राजा-महाराजा वृद्धावस्था में राजपाट छोड़कर वानप्रस्थ आश्रम में चले जाते थे। वैराग्य की भावना से अभिभूत होकर ही राजकुमार सिद्धार्थ ने समस्त राजसी ठाट-बाट छोड़कर भिक्षुओं का चोला धारण किया और गौतमबुद्ध कहलाए। भारतीय संन्यासियों द्वारा धारण किए गए इस गेरु या गैरिका या केसरिया या भगवा रंग से हमारे मस्तिष्क में एकाएक वैराग्य और अहिंसा के महान् आदर्श उभर आते हैं। केसरिया रंग ब्रह्मचारियों के जीवन में अनुशासन का द्योतक है। केसरिया का एक और रूप बौद्ध धर्म का 'काँस्या' रंग है।'' इन विचारों के साथ डॉ. सुनीति कुमार ने 1931 की झंडा समिति से राष्ट्रीय कांग्रेस के झंडे में केसरिया रंग शामिल करने की वकालत की और समिति ने अंततः इस रंग को सम्मिलित किया।

सन् 1947 में जब तिरंगे को राष्ट्रीय ध्वज के रूप में स्वीकार करने की कारवाई चल रही थी तो वीर सावरकर ने झंडे के बारे में बनी तदर्थ समिति को एक तार भेजकर केसरिया रंग को भारत के राष्ट्रीय झंडे में शामिल करने

की पुरजोर वकालत की।

तदर्थ समिति ने इन सभी विचारों और मतों पर विचार करते हुए स्वतंत्र भारत के झंडे में केसरिया रंग शामिल करने का निश्चय किया; पर यह भी स्पष्ट किया कि केसरिया रंग का किसी धर्म या अनुयायी से कोई संबंध नहीं है।

**सफेद ( श्वेत )**—डॉ. राधाकृष्णन के अनुसार भारत के राष्ट्रीय ध्वज में बीच की पट्टी का सफेद रंग सूर्य की किरणों की सफेदी को परिलक्षित करता है। सफेद 'प्रकाश' का रंग है। हम सभी के लिए यह जरूरी है कि हम अपनी जिंदगी में छिपे अँधेरे के बादलों को अच्छाई के प्रकाश से दूर करें, अपने आचरण में सच्चाई, ईमानदारी व सादगी लाएँ। सफेद रंग इन्हीं गुणों का प्रतीक है। इन सद्गुणों को अपनाकर ही हम सत्य व मोक्ष का लक्ष्य प्राप्त कर सकते हैं।

सैयद मोहम्मद सादुल्ला ने स्पष्ट किया कि हिंदुओं और मुसलमानों के लिए सफेद रंग पवित्रता का प्रतीक है। इस झंडे में सफेद पट्टी की मौजूदगी हमें यह अहसास कराती रहेगी कि हमें न केवल कथनी में वरन् करनी में भी पाक (साफ) होना चाहिए। पवित्रता हमारे जीवन का सिद्धांत होना चाहिए।

श्री एच.जे. खांडेकर ने सफेद रंग को शांति और अमन का रंग बताते हुए कहा, "यह इस देश के सभी समुदायों के बीच भाईचारे को दरशाता है। इस कारण यह झंडा देश के प्रत्येक धर्म और प्रत्येक भाषा का प्रतिबिंब है।"

सफेद रंग पूरे विश्व में पवित्रता, शुचिता, संयम और निष्कपटता का प्रतीक है। यह पावनता, आध्यात्मिकता और संपूर्णता को दरशाता है। सफेद रंग सभी रंगों की पूर्णता लिये हुए है, इसलिए यह ईश्वर की संपूर्णता का अहसास दिलाता है। प्रोफेसर राधाकुमुद मुखर्जी ने स्पष्ट किया, "सफेद रंग पवित्रता और सत्य का प्रतीक है। विद्या और सत्य की देवी सरस्वती का यह प्रिय रंग है। इसलिए उन्हें श्वेत वस्त्र पहने हुए व श्वेत हंस पर बैठे हुए दरशाया जाता है।"

**हरा**—हरा रंग वनस्पति की हरियाली और कृषि का प्रतीक है, जिस पर हमारे देश की बहुसंख्यक आबादी जीवन-यापन के लिए निर्भर है। यह इस बात को दरशाता है कि भारतीय सभ्यता युगों से ग्रामीण रही है, न कि एक शहरी सभ्यता। इस सभ्यता की जड़ें वनों में तपस्यारत ऋषि-मुनियों के आश्रमों, गुरुकुलों आदि से उपजी थी। यही जड़ें ज्ञान-विज्ञान के विशालकाय

वट के रूप में पनपकर सर्वत्र फैल गई थीं।

डॉ. सुनीति कुमार के शब्दों में हरा रंग वनस्पति का रंग है, जीवन और वृद्धि का रंग है, इसलिए हम जीवन के इस प्रतीक को अपने राष्ट्रीय झंडे में शामिल कर सकते हैं। हरा रंग आशा का भी रंग है और हम अधिकांशतः आशावादिता में ही जीते हैं।

तिरंगे में हरे रंग से सेठ गोविंददास को प्रथम स्वतंत्रता संग्राम का स्मरण हो आया। उस समय विद्रोह के झंडे का रंग हरा था। मुसलमानों के लिए हरे रंग का एक खास महत्त्व है। हरा रंग पैगंबर मोहम्मद की पुत्री फातिमा के झंडे का रंग था, इसलिए यह मुसलमानों का प्रिय रंग है। यह रंग भगवान् बुद्ध से भी जुड़ा हुआ है। बौद्ध धर्म में हरा रंग समृद्धि और खुशहाली का प्रतीक है। डॉ. राधाकृष्णन ने हमारे राष्ट्रीय झंडे में हरे रंग के महत्त्व को रेखांकित करते हुए कहा, "हरा रंग मिट्टी और पेड़-पौधों से हमारे संबंध का परिचायक है, जिन पर अन्य प्राणियों का जीवन निर्भर है।"

इस प्रकार केसरिया, श्वेत व हरा रंग देश के इस महानतम प्रतीक में किसी धर्म या संप्रदाय को नहीं दरशाता, यद्यपि इनके चुनाव में हमारी संस्कृति व आदर्श की भूमिका स्पष्ट है।

**नीला**—तिरंगे में मौजूद अशोक चक्र के नीले रंग का भी विशेष महत्त्व है। नीला रंग हमें पूरे ब्रह्मांड में नीली छतरी फैलाए आसमान और असीम गहराई वाले सागर का स्मरण कराता है। चक्र की चौबीस तीलियाँ गतिशीलता और देश की निरंतर प्रगति की सूचक हैं।

नीला रंग भगवान् विष्णु की आभा से जुड़ा है। भगवान् राम और कृष्ण का वर्ण भी नील वर्ण था। यह मनुष्य की आंतरिक ऊर्जा को इंगित करता है। आग की लौ जब बढ़ती है तो पहले पीले से लाल और लाल से नीली और अंततः सफेद होती जाती है। भगवान् शिव का एक रूप हाथ में नीलकमल लिये हुए है। भगवान् राम की अर्द्धांगिनी सीता और भगवान् कृष्ण की जीवन-संगिनी रुक्मिणी दोनों ही अपने वाम हस्त में नीलकमल धारण किए रहती हैं।

अंततोगत्वा यही कहा जा सकता है कि हमारे राष्ट्रीय ध्वज की अभिकल्पना करनेवाले मनीषियों ने इसके रंगों व डिजाइन का चुनाव बहुत सोच-समझकर और विचार-मंथन के बाद किया था। उन्होंने भारत की सांस्कृतिक विरासत और भविष्य की आशाओं का पूरा ध्यान रखा था।

## अशोक चक्र ही क्यों?

राष्ट्रीय ध्वज के बीचोबीच सफेद पट्टी में एक चक्र है। चक्र का डिजाइन सम्राट् अशोक द्वारा सारनाथ में निर्मित लाट पर बने अशोक चक्र से लिया गया है। जब तिरंगे को स्वतंत्र भारत के राष्ट्रीय ध्वज के रूप में स्वीकार किया गया तो कांग्रेसी झंडे के बीच चरखे का स्थान चक्र ने ले लिया। डॉ. एस.के. चटर्जी ने चरखे के स्थान पर चक्र को रखे जाने की सिफारिश की। उनका मानना था कि चरखा सादगीपूर्ण जीवन की हमारी इच्छा और हमारे कुटीर उद्योगों के आमूलचूल सुधार से गरीबी हटाने के हमारे संकल्प को व्यक्त करता है। लेकिन चरखा हमारे झंडे पर दुर्वह जान पड़ता है और इसके स्थान पर चक्र रखने का तात्पर्य होगा शाश्वतत्व, निरंतरता और प्रगति।

भगवान् विष्णु का सुदर्शन चक्र पूरे ब्रह्मांड का ऐसा चक्र है जिसमें पूरी सृष्टि, जीवित, अजीवित सभी कुछ समाया है। प्राचीन भारत के सिक्कों पर विभिन्न रूपों में चक्र देखने को मिलता है। मोहनजोदड़ो की खुदाई में मिली एक मुहर पर भी चक्र दिखाई देता है। हड़प्पा सभ्यता के मिट्टी के बरतनों पर भी चक्र देखा जा सकता है। अत: भारत में प्राचीनकाल से ही सूर्य के प्रतीक के रूप में चक्र का उपयोग किया जाता रहा है।

लेकिन भारत के राष्ट्रीय ध्वज के लिए चक्र का चुनाव करते समय ध्वज समिति के सदस्यों ने सारनाथ के अशोक स्तंभ में बने चक्र को ही चुना, क्योंकि उनके ध्यान में आ रहे सभी चक्रों में से सारनाथ चक्र दिखने में सबसे सुंदर व कलात्मक था और इसका प्रत्येक भाग भारत की संस्कृति का प्रतीक था। चक्र के विषय में अपने विचार प्रकट करते हुए पंडित नेहरू ने कहा कि यह सुंदर और कलात्मक है।

कुछ लोगों ने यह भ्रम फैलाने की कोशिश की कि गांधीजी भारत के राष्ट्रीय ध्वज से चरखा हटाए जाने पर प्रसन्न नहीं हैं। वास्तव में गांधीजी ने 6 जुलाई, 1947 के 'हरिजन' में एस.डी. केलकर का एक लेख 'थॉटफुल सजेशन' छापा था, और इस प्रकार संविधान सभा के लिए चरखे के प्रतीक के रूप में साधारण चक्र को अपनाने का रास्ता साफ कर दिया था। चरखे के बजाय चक्र को रखने से इसके डिजाइन को अधिक संतुलित बनाया जा सकता है और झंडे के सीधे व पृष्ठ भाग का कोई भ्रम नहीं रहता। चरखा बनाम चक्र के इस विवाद पर पंडित नेहरू ने 31 अगस्त, 1947 को एक प्रेस वक्तव्य जारी कर सभी आलोचनाओं का जवाब देते हुए कहा था, ''संविधान

सभा के संकल्प में स्पष्ट रूप से यह कहा गया था कि झंडे के बीच में चक्र चरखे का प्रतिनिधित्व करता है। यह प्रतीकात्मक प्रतिनिधित्व चरखे की अवधारणा को संपूर्णता में बनाए रखता है और वास्तव में उस विचार की कहीं अधिक व्यावहारिक और कलात्मक रूप में निरंतरता ही है और झंडे के लिए अधिक उपयुक्त है।''

## प्रथम स्वतंत्रता दिवस समारोह की तैयारी

22 जुलाई, 1947 को राष्ट्रीय ध्वज को अंगीकार करने के साथ ही भारत की नई स्वाधीन सत्ता के पहले स्वतंत्रता दिवस समारोह को मनाने की तैयारियाँ पूरे जोरों पर थीं। केंद्रीय लोक निर्माण विभाग के तत्कालीन मुख्य अभियंता श्री बी.एस. पुरी (ओबीई, आईसीई) की अध्यक्षता में एक समारोह समिति गठित की गई। समिति ने पाँच उप-समितियाँ बनाईं, ताकि अधिकारीगण उपलब्ध समय के अंदर ही इस महा आयोजन की सारी तैयारियों को पूरा कर सकें।

समारोह समिति की पहली बैठक 24 जुलाई को नॉर्थ ब्लॉक सचिवालय में हुई और इसके बाद पाँच और बैठकें 28, 30, 31 जुलाई और 5 व 11 अगस्त को भी हुईं। इन बैठकों में प्रथम स्वतंत्रता दिवस समारोह के आयोजन के संबंध में अनेक महत्त्वपूर्ण निर्णय लिये गए। इसमें सबसे अहम निर्णय यह था कि इस अवसर पर दिल्ली को फ्लडलाइटों की रोशनी से पूरी तरह जगमगाया जाएगा, विशेष रूप से काउंसिल चैंबर, संविधान सभा हॉल, केंद्रीय सचिवालय के दोनों ब्लॉक, लाल किला, कुतुबमीनार, दिल्ली गेट, अजमेरी गेट और कश्मीरी गेट, इन सभी स्थानों को बिजली की रोशनी से सजाया जाएगा, ताकि सारा महानगर उत्सवमय लगे।

ध्वज समिति की उप-समिति ने यह प्रस्ताव भी रखा कि इस अवसर पर सद्‌भावना प्रदर्शन के रूप में लोगों में मुफ्त बाँटने के लिए कागज के दो लाख छोटे झंडे बनवाए जाएँ। समिति ने यह अनुमान लगाया कि '15 अगस्त' को ध्वजारोहण समारोह के लिए राजधानी में केंद्र सरकार के विभिन्न कार्यालयों के लिए 70 बड़े आकार के खादी व रेशमी झंडों की आवश्यकता होगी। इन झंडों के निर्माण की व्यवस्था की गई, साथ ही समूचे देश के विभिन्न प्रांतीय सरकारों और विदेशों में स्थित दूतावासों तथा उच्चायोगों को भेजे जाने के लिए राष्ट्रीय ध्वज के नमूनों के निर्माण की व्यवस्था भी की गई, जिससे कि

DELHI EDITION

# The Hindustan Times

LARGEST CIRCULATION IN NORTHERN, NORTH-WESTERN AND CENTRAL INDIA

GLAMOUR

PRICE TWO ANNAS

## FLAG OF INDEPENDENT INDIA

### CONGRESS TRICOLOUR WITH MINOR CHANGE

MUSLIM LEAGUERS PLEDGE LOYALTY TO NATIONAL ENSIGN

*UNANIMOUS SUPPORT FOR NEHRU'S RESOLUTION*

(By Our Special Representative)

NEW DELHI, Tuesday.—The Indian Constituent Assembly today unanimously adopted the Tricolour as the National Flag of India. All members without exception stood up for half a minute in solemn silence to pass the resolution and pay homage to the Flag of the Nation. As already announced, the design has the approval of Mahatma Gandhi.

FATHER OF THE NATION

He Gave Us The Flag

POLITICAL AMNESTY LIKELY IN BOMBAY

BLACK-OUT BY B.B.C.

SHARIAR ELUDES DUTCH AIR BLOCKADE ON WAY TO INDIA

MISSION TO PRESENT INDONESIAN CASE ABROAD

Gandhiji's Visitors

A GOOD OMEN

Dutch Invade East Java Port

FIERCE FIGHTING IN TOWN

Indonesians Launch Counter-Attack

THREAT TO PEACE IN S.-E. ASIA

INDIA CONCERNED OVER WAR IN INDONESIA

Statement On Burma

STATES' ACCESSION TO INDIAN UNION

FINAL DECISION EXPECTED TODAY

TWO SETS OF AGREEMENTS TO BE SIGNED

(By Our Special Correspondent)

Princes' Standing Committee Meets

ELSEWHERE

ZENITH RADIO

Oriental Radio Corporation

The First "NATIONAL FLAG" of The Republic of India as APPROVED BY OUR SOVEREIGN CONSTITUENT ASSEMBLY

M. KRISHNA GUPTA

*Hearty Welcome to the New Flag*

*तिरंगा 23 जुलाई, 1947 को राष्ट्रीय दैनिक समाचार-पत्रों में प्रमुख शीर्षक बना।*

वे स्वतंत्रता दिवस पर ध्वजारोहण समारोह के झंडों का निर्माण समय रहते कर सकें।

ध्वज समिति द्वारा लिया गया एक अन्य महत्त्वपूर्ण निर्णय यह भी था कि देश में अधिकांश केंद्र सरकार के भवनों से 14 अगस्त को सूर्यास्त के बाद उतारे गए 'यूनियन जैक' को '15 अगस्त' के दिन सूर्योदय के समय नहीं फहराया जाएगा। इसके अलावा नॉर्थ ब्लॉक सचिवालय में स्थित सिविल शॉप (अब वहाँ एक कैंटीन है) में 7 अगस्त के बाद राष्ट्रीय ध्वज उपलब्ध कराने के प्रबंध किए गए थे। सरकारी कर्मचारी अपने घरों पर लगाने के लिए केवल दो ही—एक बड़ा और एक छोटा झंडा पहचान-पत्र दिखाने पर ही खरीद सकते थे। झंडों के स्टॉक की कमी को देखते हुए ही यह पाबंदी लगाई गई थी। पुरानी और नई दिल्ली में सभी सरकारी कार्यालयों को सी.पी.डब्ल्यू. डी. के द्वारा झंडों से सजाया जाना था। इसके लिए संविधान सभा के सचिवालय को झंडे के अनुमोदित डिजाइन के नमूनों को उपलब्ध कराने के लिए सैकड़ों की संख्या में अनुरोध-पत्र प्राप्त हुए। अतः केंद्रीय सचिवालय ने झंडे का एक अधिकृत डिजाइन प्रकाशित किया, जिससे कि लोग स्वयं अपने लिए झंडों का निर्माण कर सकें।

यह भी निर्णय लिया गया कि मुंबई टकसाल में ताँबे के एक लाख स्वतंत्रता मैडलों की ढलाई की जाए और उन्हें दिल्ली के सरकारी और कॉन्वेंट स्कूलों के छात्रों में निःशुल्क वितरित किया जाए। ढाले गए मैडलों के अग्रभाग में तिरंगे की आकृति थी और पृष्ठ भाग पर 'जय हिंद' तथा दूसरी तरफ '15 अगस्त, 1947' की तारीख उकेरी गई थी। इन मैडलों को स्मृति-चिह्न के रूप में स्कूली छात्रों को देने के अलावा विभिन्न राजनयिकों को भी वितरित किया गया था। बंबई टकसाल के प्रबंधक मेजर डिएन को इस कार्य को तत्परतापूर्वक अल्प समय में पूरा करने के लिए प्रशस्ति-पत्र प्रदान किया गया था।

यहाँ पाठकों की जानकारी के लिए यह बताना भी आवश्यक है कि ऐसे सुखद अवसरों पर सदियों से अपनाई जानेवाली परंपरा के अनुरूप भारत सरकार ने इस ऐतिहासिक अवसर पर बड़ी संख्या में कैदियों को रिहा करने और मृत्युदंड को आजीवन कारावास में बदलने का फैसला किया।

दिल्ली के स्वास्थ्य विभाग के निदेशक कर्नल फ्रेजर को '15 अगस्त, 1947' को दिल्ली के अस्पतालों में भरती मरीजों को विशेष भोजन की व्यवस्था

करने के लिए 1500/-रुपए (उन दिनों यह एक बड़ी रकम थी) की राशि दी गई।

दिल्ली की प्रांतीय समारोह समिति ने गरीबों और अनाथों को इस अवसर पर भोजन खिलाने की व्यवस्था की। दिल्ली म्यूनिसिपल कमेटी ने गैर-सहायता प्राप्त विद्यालयों के छात्रों में बाँटने के लिए मिठाई के 5000 पैकेटों की व्यवस्था अलग से की गई थी।

सद्भावना प्रदर्शन के तौर पर दैनिक समाचार 'हिंदुस्तान टाइम्स' ने अपने 28 जुलाई, 1947 के अंक के साथ अपने पाठकों के लिए कागज का एक झंडा स्मारक के रूप में मुफ्त वितरित किया, जिससे कि लोग राष्ट्रीय झंडे के अनुमोदित डिजाइन से परिचित हो सकें।

'हिंदुस्तान टाइम्स' ने ही 10 अगस्त, 1947 के अंक में एक रोचक विज्ञापन छापा, जो इस प्रकार था—

**राष्ट्रीय ध्वज**
**ढाई आने में**

यदि आपको स्वतंत्र भारत का सूती-खादी का या रेशमी झंडा प्राप्त करने में कोई कठिनाई हो, तो अपना ऑर्डर हमें दें—

**फ्री इंडिया फ्लैग**
मैन्युफैक्चरिंग कंपनी
कटरा नील, दिल्ली

☐

15

# राष्ट्रीय ध्वज के मानक नाप-तौल

22 जुलाई, 1947 को ध्वज समिति के सदस्य के रूप में जब पं. जवाहरलाल नेहरू ने राष्ट्रीय कांग्रेस के झंडे में कुछ परिवर्तन करके उसे स्वतंत्र भारत के राष्ट्रीय ध्वज के रूप में स्वीकार करने के लिए संविधान सभा के समक्ष जो प्रस्ताव रखा था, उसमें ध्वज से संबंधित तकनीकी जानकारी अधिक नहीं दी गई थी। ध्वज के निर्माण में किस प्रकार के कपड़े का उपयोग होगा तथा उसे बहुतायत में तैयार करते समय किन-किन विशेष बातों पर ध्यान देना होगा आदि बातों पर कुछ नहीं कहा गया था। इस कारण इस विषय पर बाद में सोच-विचार करने की आवश्यकता महसूस हुई।

स्वतंत्रता-प्राप्ति के समय संविधान सभा द्वारा स्वीकृत झंडे के लिए एक काम-चलाऊ रेखाचित्र थल सेना के मुख्यालय ने तैयार किया था, जिसका उपयोग मुख्य रूप से सशस्त्र सेनाओं में होता था। 26 जनवरी, 1950 को भारत जब गणतंत्र बना और तिरंगे को उसके राष्ट्रीय ध्वज की मान्यता प्राप्त हुई, तब शीघ्र ही राष्ट्रीय ध्वज से संबंधित विस्तृत विवरण तैयार करना आवश्यक हो गया।

फलस्वरूप आवश्यकता को ध्यान में रखते हुए भारत सरकार के गृह मंत्रालय तथा थल सेना के मुख्यालय के अनुरोध पर राष्ट्रीय ध्वज का विशेष विवरण व नाप-तौल तैयार करने का कार्यभार भारतीय मानक संस्थान (अब भारतीय मानक ब्यूरो) को सौंप दिया गया। परिणामतः भारतीय मानक संस्थान ने पहली बार सन् 1951 में राष्ट्रीय ध्वज के लिए विस्तृत मानक व नाप-तौल का विवरण तैयार किया।

राष्ट्रीय ध्वज के लिए जब विशेष विवरण तैयार किया ही जा रहा था,

उस समय सरकार की ओर से यह सुझाव आया कि राष्ट्रीय ध्वज के निर्माण में खादी का उपयोग होना चाहिए। इस संबंध में यहाँ ध्यान देने वाली बात यह है कि सन् 1921 में गांधीजी ने राष्ट्रीय ध्वज पर 'यंग इंडिया' में एक लेख लिखा था, उसमें भी गांधीजी ने भारत के राष्ट्रीय ध्वज के वस्त्र के लिए खादी को ही चुना था। कारण कोई भी रहा हो, यही निर्णय लिया गया कि राष्ट्रीय ध्वज के निर्माणार्थ जो वस्त्र उपयोग में लाया जाएगा, वह खद्दर का होगा, चाहे यह सूती-ऊनी या सूती-रेशम का हो।

विशेष विवरण में यह भी बताया गया कि ध्वज-निर्माण में सिलाई के लिए काम में लाए जाने वाले केसरी, सफेद व हरे रंग के धागे भी खादी के ही होने चाहिए। सभी धागे अच्छी तरह काते गए और उमेठे हुए होने चाहिए। उनमें कोई गाँठ नहीं पड़ी होनी चाहिए तथा उनमें अन्य कोई दोष भी नहीं होना चाहिए।

22 जुलाई, 1947 को संविधान सभा के सामने पं. जवाहरलाल नेहरू द्वारा राष्ट्रीय ध्वज के साथ दो ध्वज—एक सूती-खादी तथा दूसरा रेशमी-खादी का भी प्रस्ताव प्रस्तुत किया गया था। इन दोनों ध्वजों में से सूती ध्वज थल सेना कार्यालय के माध्यम से भारतीय संस्थान को सौंप दिया गया था। इस मूल ध्वज के अनुरूप व आधार पर संस्थान ने उस ध्वज के रंगों की स्पेक्ट्रोफोटोमेटिक मूल्यांकन तत्कालीन कानपुर स्थित तकनीकी डेवलपमेंट इस्टेब्लिशमेंट लेबोरेटरी (स्टोर्स) कानपुर में, अंतरराष्ट्रीय कमीशन 1931 द्वारा निर्धारित मानकों के आधार 'इलूमेंट-सी' का उपयोग करके किया और उस ध्वज के रंगों का मूल्यांकन एवं ब्योरा इस प्रकार निर्धारित किया—

**ट्राइक्रोमेटिक मान**

| रंग | एक्स (X) | वाई (Y) | जेड (Z) | चमक % |
|---|---|---|---|---|
| (क) भारतीय केसरी | 0.538 | 0.360 | 0.102 | 21.5 |
| (ख) भारतीय हरा | 0.288 | 0.395 | 0.317 | 8.9 |
| (ग) सफेद | 0.313 | 0.319 | 0.368 | 72.6 |

वह मूल ध्वज अब चीफ इंस्पेक्टर, चीफ इंस्पेक्ट्रेट ऑफ टेक्सटाइल एंड क्लोदिंग, कानपुर में सुरक्षित रखा है।

अतः सभी राजकीय झंडे अनिवार्यतः भारतीय मानक संस्थान द्वारा नियत उपर्युक्त विवरण के अनुरूप ही बने होने चाहिए।

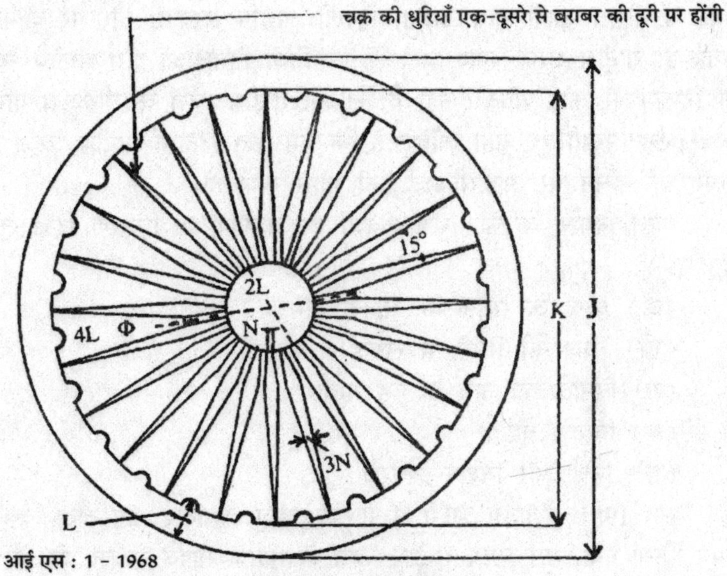


अशोक चक्र का मानक डिजाइन
( आई एस : 1-1968 )

चित्र ( अशोक चक्र )

रंगों के मूल्यांकन के बाद राष्ट्रीय ध्वज में प्रयोग हुए रंगों को विशेष संज्ञा दी गई। केसरी रंग को 'भारतीय केसरी' व हरे रंग को 'भारतीय हरा' परिभाषित किया गया।

भारतीय मानक नाप-तौल के अनुसार भारत का 'राष्ट्रीय ध्वज' चौकोर होगा, जिसकी लंबाई व चौड़ाई में 3 : 2 का अनुपात होगा तथा ध्वज तीन चतुर्भुजी सम पट्टियों से बना होगा। ऊपर की पट्टी का रंग 'भारतीय केसरी', नीचे की पट्टी का 'भारतीय हरा' और बीच की पट्टी 'श्वेत' होगी, जिसके मध्य में गहरे नीले रंग का अशोक चक्र अंकित होगा। अशोक चक्र में 24 धुरियाँ होंगी, जो एक-दूसरे से बराबर की दूरी पर होंगी। चक्र का आकार लगभग श्वेत पट्टी की चौड़ाई जितना होगा।

देश में मानक संस्थान द्वारा नियत विवरण के अनुरूप राष्ट्रीय ध्वजों का बहुतायत में निर्माण मुख्य रूप से दो-तीन जगह ही होता है, एक तो ऑर्डिनेंस क्लोदिंग फैक्टरी, शाहजहाँपुर (उत्तर प्रदेश), दूसरा खादी व ग्राम उद्योग कमीशन,

बंबई व तीसरा खादी ग्राम उद्योग, दिल्ली। यद्यपि सरकारी तौर पर दो-तीन जगह ही राष्ट्रीय ध्वज बनाए जाते हैं, पर निजी निर्माताओं द्वारा राष्ट्रीय ध्वज के निर्माण पर कोई प्रतिबंध नहीं है। लेकिन राष्ट्रीय ध्वज के गौरव व गरिमा को दृष्टिगत रखते हुए यही वांछित है कि हम केवल उन्हीं राष्ट्रीय ध्वजों का प्रयोग करें, जिन पर आई.सी.आई. की मोहर लगी हो।

ध्वज निर्माण के बाद सभी ध्वजों पर अधोलिखित विवरण दिया जाना चाहिए—

(क) ध्वज के साइज का मानक क्रम

(ख) ध्वज की मिमी. में लंबाई व चौड़ाई

(ग) निर्माता का नाम या ट्रेड मार्क

(घ) निर्माण वर्ष

(ङ) कोई और विशेष विवरण

सन् 1951 में, जब प्रारंभ में राष्ट्रीय ध्वज के लिए नाप-तौल विवरण तैयार किया गया, उस समय राष्ट्रीय ध्वज के मानक साइज केवल पाँच ही थे (मोटरकार के ध्वज सहित), बाद में 1964 में ध्वज की लंबाई-चौड़ाई को पूर्णतः मीट्रिक प्रणाली के अनुरूप करने के लिए इसमें एक बार फिर संशोधन किया गया। 17 अगस्त, 1968 को इसमें एक बार फिर संशोधन किया गया। उस समय राष्ट्रीय ध्वज के स्टैंडर्ड साइज पाँच से बढ़कर सात हो गए थे और अब इसके नौ स्टैंडर्ड साइज हैं। बाद में जो दो नए मानक साइज शामिल किए गए हैं, उनमें से एक तो गण्यमान्य व्यक्तियों के विमानों के लिए है और दूसरा राजकीय सम्मेलनों एवं वार्त्ताओं आदि के दौरान मेज पर रखने के लिए टेबल-फ्लैग है।

□

16

# आम नागरिक और तिरंगा

प्राचीनकाल में ध्वज राजा-महाराजाओं के ही हुआ करते थे, जिनका उपयोग या तो वे स्वयं या उनकी सेना द्वारा होता था। महाकाव्यों के युग में तो योद्धा व महायोद्धाओं के भी अपने-अपने व्यक्तिगत ध्वज थे, जिनका उपयोग केवल वे ही करते थे, परंतु आज के वर्तमान युग में राष्ट्रीय ध्वज राजा-महाराजाओं या मात्र उनकी सेना की संपत्ति नहीं है। राष्ट्रीय ध्वज अब पूरे राष्ट्र का है, जिस पर किसी एक व्यक्ति का अधिकार नहीं होता।

प्राचीनकाल में राजा अपने राजगुरु से परामर्श करके अपने राज्य या वंश के ध्वज का चयन करता था, परंतु आधुनिक इतिहास में ऐसे अनेक उदाहरण हैं जब प्रजा ने अपने राजा या फिर विदेशी शक्तियों के विरुद्ध विद्रोह किए हैं, जिसे उन्होंने स्वयं चयन की गई ध्वजा या पताका के नीचे लड़ा है। इस दृष्टि से अनेक आधुनिक राष्ट्रीय ध्वजाएँ जनता ने स्वयं रची व निर्माण की हैं। अतः यथार्थ में वे राष्ट्रीय ध्वजाएँ हैं, क्योंकि उनकी रचना एवं निर्माण स्वयं राष्ट्र के नागरिकों के द्वारा हुआ है।

> "राष्ट्रीय ध्वज कहलानेवाला कपड़े का यह टुकड़ा वास्तव में समस्त राष्ट्र का, उसकी जनता का है, उनके अपने इतिहास का, उनके गौरव व उनके आदर्शों का प्रतीक है। इसलिए राष्ट्रीय ध्वज पर जनता के प्रत्येक नागरिक का बराबर अधिकार है।"

22 जुलाई, 1947 को संविधान सभा के समक्ष राष्ट्रीय ध्वज का प्रस्ताव रखते हुए पं. जवाहरलाल नेहरू ने कहा था—

"अतः यह ध्वज जिसे मैं आप सबके सामने प्रस्तुत कर रहा हूँ,

किसी साम्राज्य या तानाशाही का ध्वज नहीं है, बल्कि यह तो आजादी का, वह भी मात्र हमारी नहीं अपितु उन सबकी आजादी का भी प्रतीक है जो इसका अवलोकन करेंगे।''

उसी दिन उस अवसर पर बोलते हुए श्रीमती सरोजिनी नायडू ने राष्ट्रीय ध्वज के विषय में भाषण देते समय राष्ट्रीय ध्वज पर अपने विचारों को यह कहते हुए समाप्त किया—

''इस ध्वज के नीचे न तो कोई राजा है और न ही किसान, न कोई अमीर है और न ही दरिद्र। यह तो स्त्री-पुरुषों के लिए समान रूप से सबका है।''

सन् 1921 में स्वतंत्रता संग्राम के लिए जिस तिरंगे की रचना की गई थी उसके परिवर्तित रूप को ही हमने आज अपने राष्ट्रीय ध्वज के रूप में स्वीकारा है, उस तिरंगे को किसी राजा या महाराजा ने नहीं बनाया था। उसकी रूपरेखा की कल्पना व रचना जनता-जनार्दन अर्थात् आम नागरिकों में से कुछेक ने ही की थी। उसी झंडे की छत्रच्छाया में हमने अपना स्वतंत्रता संग्राम लड़ा और जीता। इसलिए यह ध्वज हम सबका है, जिसे हमें आदरपूर्वक लहराने-फहराने का पूर्ण अधिकार होना चाहिए।

राष्ट्रीय ध्वज को लहराने-फहराने से संबंधित नियमावली विश्व के लगभग सभी राष्ट्रों की एक जैसी ही है, परंतु एक विषय पर विश्व की झंडा-संहिताएँ प्रायः मौन हैं, सिवाय कनाडा को छोड़कर। कनाडा की झंडा-संहिता के अनुसार वहाँ का राष्ट्रीय ध्वज कोई भी नागरिक स्वतंत्र रूप से उपयोग कर सकता है। विश्व की झंडा-संहिताओं के विषय में एक और विशेषता यह भी है कि ये संहिताएँ प्रायः मान्य तो हैं, पर उन्हें उनके राष्ट्र के संविधान की औपचारिक मान्यता प्राप्त नहीं है, कुछ राष्ट्रों को छोड़कर।

इंग्लैंड की झंडा-संहिता में यह विषय तो बड़ी बारीकियों के साथ दिया गया है कि यूनियन जैक को उचित ढंग से किस प्रकार फहराना चाहिए, परंतु उनकी झंडा-संहिता इस विषय पर मौन है कि यूनियन जैक को कौन लहराने-फहराने का अधिकारी है। इंग्लैंड की प्राचीन ध्वज नियमावली के अनुसार यूनियन जैक इंग्लैंड का शाही ध्वज एवं शाही चिह्न है। सन् 1801 में जब इंग्लैंड के राष्ट्रीय ध्वज को उसका वर्तमान रूप दिया गया था, उस समय उसे शाही महलों, परकोटों पर फहराने का भी आदेश दिया गया था। उस

समय उसे प्रजा द्वारा लहराने-फहराने की अनुमति नहीं थी। बाद में इसे राजकीय भवनों पर फहराने की तथा राष्ट्रीय पुरातत्त्व विभाग आदि पर फहराने की अनुमति प्रदान कर दी गई। इस दृष्टि से यूनियन जैक इंग्लैंड का शाही निशान है, जिसे आम जनता प्रयोग में नहीं ला सकती; परंतु यह विचार झंडा-नियमावली का मात्र रूढ़िवादी विचार है।

परंतु रोचक बात तो यह है कि यूनियन जैक के रूढ़िवादी विचार के बावजूद इंग्लैंड के लोग यूनियन जैक का स्वतंत्र रूप से उपयोग करते हैं, परिणामस्वरूप यू.के. में यूनियन जैक व्यक्तिगत उपवनों व होटलों में प्रायः लहराते-फहराते देखा जा सकता है। वहाँ की आम जनता की यह धारणा है कि यूनियन जैक उन सबका है और यदि उनसे इसे लहराने-फहराने को मना किया गया तो उन्हें बड़ा दुःख होगा। यूनियन जैक के विषय में एक और महत्त्वपूर्ण बात यह है कि यू.के. की जनता उसे स्वतंत्र रूप से वर्षों से लहराती-फहराती आ रही है, अतः उनके इस स्वतः प्राप्त अधिकार को वैधानिक रूप से छीना जाना अब संभव नहीं है। एक बार तो इंग्लैंड की संसद् में यह भी कहा गया था कि क्योंकि यूनियन जैक राष्ट्रीय ध्वज है, अतः यह समस्त राष्ट्र का है, इसे लहराने-फहराने का अधिकार सभी नागरिकों को है।

राष्ट्रीय ध्वज के लहराने-फहराने के विषय में जैसी स्थिति यू.के. में है, लगभग वैसी ही स्थिति दक्षिण अफ्रीका, यू.ए.ई. आदि में भी देखी गई है। जापान जैसे समृद्धशाली देश में भी राष्ट्रीय ध्वज को लेकर कोई कटु अनुभव वहाँ देखा-सुना नहीं गया है।

कनाडा राष्ट्रीय ध्वज के विषय में बड़ा उदार व मौखिक है। वहाँ की झंडा-संहिता के अनुसार इसे वहाँ के लोक निर्माण विभाग द्वारा संचालित किया जाता है, वहाँ के लोगों का यह मानना है कि यद्यपि वहाँ की ध्वज-नियमावली बहुत पुरानी है, परंतु हमें समय के अनुसार उन नियमों में फेरबदल करना चाहिए। इस दृष्टिकोण को मानते हुए उन्होंने सन् 1965 में जब कनाडा के वर्तमान राष्ट्रीय ध्वज को मान्यता दी, तब वहाँ के लोगों ने उदारता दिखाते हुए राष्ट्रीय ध्वज को सब नागरिकों द्वारा बराबर का अधिकार लिखित रूप से दिया। साथ ही वहाँ के लो.नि.वि. ने अपने नागरिकों की जानकारी तथा राष्ट्रीय ध्वज को उसका यथोचित् सम्मान देने के लिए तथा राष्ट्रीय ध्वज को उचित रूप से लहराने-फहराने का ढंग बताने के लिए समय-समय, जगह-जगह डिमोंस्ट्रेशन भी आयोजित कीं और आज भी की

जाती हैं। ऐसा करने से राष्ट्रीय ध्वज के प्रति हमारा अधिकार व कर्तव्य दोनों की रक्षा होती है।

कनाडा का राष्ट्रीय ध्वज वहाँ के कानून के अनुसार कोई भी नागरिक या संस्था स्वतंत्र रूप से प्रयोग कर सकती है। संवैधानिक रूप से कनाडा का राष्ट्रीय ध्वज वहाँ की राजकीय इमारतों, विमानपत्तनों तथा दूसरे सरकारी संस्थानों पर फहराया जाता है। कनाडा की सेना द्वारा राष्ट्रीय ध्वज को संवैधानिक रूप से फहराना वांछित है।

संयुक्त राज्य अमेरिका में झंडा-दिवस का आयोजन 14 जून, 1923 को वाशिंगटन में एक सभा में किया गया था। इस सभा में 72 प्रतिनिधियों ने भाग लिया और अपने राष्ट्रीय ध्वज से संबंधित झंडा-संहिता पर एक प्रस्ताव पारित किया था। यद्यपि इस प्रस्ताव को कोई वैधानिक मान्यता प्राप्त नहीं थी, फिर भी इसके द्वारा पास नियमों का पालन होता था। जब दूसरा विश्वयुद्ध प्रारंभ हुआ, उस समय अमेरिका की कांग्रेस ने एक राष्ट्रीय झंडा-संहिता पारित करने को कहा, जिसे 22 जून, 1942 को पारित कर दिया गया और उस समय के प्रेसीडेंट ने उसे 'पब्लिक लॉ-621' के रूप में पास करके हस्ताक्षर कर दिए।

संयुक्त राज्य अमेरिका के राष्ट्रीय ध्वज संबंधी पब्लिक लॉ-621 के अनुसार उनका राष्ट्रीय ध्वज सूर्योदय से सूर्यास्त तक राजकीय भवनों व अन्य स्थायी ध्वज-दंडों पर फहराया जाता है, परंतु विशेष अवसरों पर राष्ट्रीयता की भावना को प्रोत्साहित करने के लिए इसे रात्रि के समय भी फहराया जा सकता है। संयुक्त राष्ट्र अमेरिका के पब्लिक लॉ-621 के अनुसार उनका राष्ट्रीय ध्वज दिन के समय यदि मौसम खराब हो तो नहीं फहराया जाता, जबकि भारत में मौसम के खराब होने पर भी राष्ट्रीय ध्वज दिन के समय सूर्योदय से सूर्यास्त तक अवश्य फहराया जाता है।

विश्व के अधिकतर राष्ट्र विशेष अवसरों पर अपने राष्ट्रीय ध्वज का लहराना-फहराना अप्रतिबंधित कर देते हैं, जबकि आम दिनों में राष्ट्रीय ध्वज का लहराना-फहराना प्रायः प्रतिबंधित रहता है। फिर भी यह आमतौर पर देखा गया है कि इन प्रतिबंधों के होते हुए नागरिक अपने राष्ट्रीय ध्वजों का स्वतंत्र रूप से प्रयोग करते हैं। ऐसा प्रायः देखा गया है कि लोग राष्ट्रीय ध्वज की आकृति को 'लोगो' (Logo) के रूप में अपनी वेशभूषा पर तथा अपनी कारों पर स्टीकरों के रूप में लगाते हैं।

भारत में तो अब तिरंगे को व्यावसायिक रूप में प्रयोग होते भी देखा

गया है। सरकारी व अर्द्ध-सरकारी, टी.वी., अल्प सामयिक कार्यक्रमों में तो अकसर तिरंगे का उपयोग अब मुखरित रूप से होने लगा है, जबकि झंडा-संहिता के अनुसार तिरंगे का इस प्रकार से उपयोग वांछित नहीं है, पर फिर भी राष्ट्रीय ध्वज का उपयोग अब व्यावसायिक रूप में होने लगा है। भारतीय फिल्मों में भी कई बार राष्ट्रीय ध्वज का अवांछित उपयोग होते देखा गया है, परंतु यह हमारी अपने राष्ट्रीय ध्वज के विषय में अनभिज्ञता का परिणाम है। इसके पीछे उन लोगों का, जो राष्ट्रीय ध्वज को इस अवांछनीय ढंग से प्रयोग करते हैं या दिखाते हैं, उनकी राष्ट्रीय ध्वज को अपमानित करने की कोई भावना नहीं होती, बल्कि राष्ट्रीय ध्वज का उचित-अनुचित प्रयोग करके संभवत: वे अपनी राष्ट्रीय भावना ही दरशाते हैं। यही भाव अकसर हम क्रिकेट मैच, फुटबॉल के टूर्नामेंट, एशियाड व ओलंपिक खेलों में देखते हैं, जब नागरिक अपने-अपने राष्ट्रीय ध्वजों को स्वेच्छा से सही-गलत ढंग से लहराते-फहराते हैं; परंतु उनके इस प्रकार से राष्ट्रीय ध्वजों को प्रयोग करने के पीछे उनकी अगाध राष्ट्रीय-भावना छिपी होती है। फिर भी राष्ट्रीय ध्वज की गरिमा को ध्यान में रखते हुए हमें चाहिए कि अपने नागरिकों को हम जहाँ राष्ट्रीय ध्वज को स्वतंत्र रूप से लहराने-फहराने की अनुमति दें वहाँ हमें चाहिए कि उन्हें ध्वज का उचित-अनुचित प्रयोग करना भी सिखाएँ, ताकि उनसे जाने-अनजाने में राष्ट्र के इस पावन प्रतीक के प्रति कोई अनादरपूर्ण कृत्य न हो।

भारत में राष्ट्रीय ध्वज से संबंधित दो अधिनियम हैं। पहला—The Emblems and Names (Prevention and Improper Use) Act, 1950 व दूसरा Prevention of Insults to National Honour Act, 1971. दूसरे अधिनियम के अनुसार किसी भी व्यक्ति को, जो राष्ट्रीय ध्वज के प्रति कोई भी अनादरणीय कृत्य करता है, दंडित किया जा सकता है। इस अधिनियम के अनुसार—"यदि कोई व्यक्ति राष्ट्रीय ध्वज को सार्वजनिक स्थल पर या लोगों के सामने जलाता, फाड़ता या टुकड़े करता है या फिर रौंदता है या उसके विषय में अपशब्द कहता है या लिखता है, दंड का अधिकारी है।"

पहले अधिनियम के अनुसार कोई भी व्यक्ति राष्ट्रीय ध्वज को व्यावसायिक हित के लिए प्रयोग नहीं कर सकता।

☐

17

# संशोधित झंडा-संहिता 2002 व 2005

राष्ट्रीय झंडे का सम्मान करना प्रत्येक नागरिक का मौलिक कर्तव्य है। राष्ट्र के इस पावन प्रतीक के प्रति उचित सम्मान प्रदर्शित करने के लिए प्रत्येक नागरिक को राष्ट्रीय ध्वज से संबंधित संहिताओं तथा इससे जुड़ी आचार-विधियों व शिष्टाचारों को जानना आवश्यक है। इसके बारे में सामान्य जानकारी व मार्गदर्शन के लिए संशोधित भारतीय झंडा-संहिता यहाँ नीचे दी जा रही है—

भारत का राष्ट्रीय झंडा भारत के लोगों की आशाओं और आकांक्षाओं का प्रतिनिधित्व करता है। यह हमारे राष्ट्रीय गौरव का प्रतीक है। पिछले पाँच से अधिक दशकों में, सशस्त्र बलों के कार्मिकों सहित अनेक लोगों ने इस तिरंगे को फहराते रहने का गौरव प्रदान करने के लिए स्वेच्छापूर्वक अपने जीवन का बलिदान दिया है।

राष्ट्रीय झंडे के लिए सभी के मन में प्रेम, आदर और सम्मान है। फिर भी राष्ट्रीय झंडे को फहराने के बारे में कानून, प्रथाओं तथा परंपराओं की जानकारी का अभाव देखने में आता है। यह अभाव न केवल लोगों में बल्कि सरकारी संगठनों/एजेंसियों में भी पाया गया है। सरकार द्वारा समय-समय पर जारी किए गए गैर-सांविधिक निर्देशों के अतिरिक्त, राष्ट्रीय झंडे का प्रदर्शन, संप्रतीक और नाम (अनुचित प्रयोग का निवारण) अधिनियम 1950 (1950 का सं. 12) और राष्ट्रीय गौरव अपमान निवारण अधिनियम 1971 (1971 का सं. 69) के उपबंधों द्वारा नियंत्रित होता है। भारतीय झंडा-संहिता 2002 के द्वारा सभी के मार्गदर्शन और लाभ के लिए ऐसे सभी कानूनों, प्रथाओं, परंपराओं और निर्देशों को एक साथ लाने का प्रयास है।

सुविधा के लिए भारतीय झंडा-संहिता 2002 को तीन भागों में बाँटा गया है। संहिता के भाग I में राष्ट्रीय झंडे के बारे में सामान्य विवरण है। भाग II में आम जनता, निजी संगठनों और शैक्षणिक संस्थानों आदि के द्वारा राष्ट्रीय झंडे को फहराने संबंधी विवरण हैं। भाग III का संबंध केंद्र और राज्य सरकारों तथा उनके संगठनों एवं एजेंसियों द्वारा राष्ट्रीय झंडे को फहराने से है।

भारतीय झंडा-संहिता 2002 26 जनवरी, 2002 से प्रभावी हुई और यह झंडा-संहिता भारत के वर्तमान स्वरूप का अधिक्रमण करती है। परंतु 2003 व 2005 में इसमें कुछ संशोधन किए गए हैं।

## भाग-I

**सामान्य**

1.1 राष्ट्रीय झंडे में तीन रंगों की पट्टियाँ होंगी, जिसमें समान चौड़ाई वाली तीन आयताकार पट्टियाँ या छोटी पट्टियाँ होंगी। सबसे ऊपर की पट्टी भारतीय केसरी रंग की होगी और सबसे नीचे की पट्टी भारतीय हरे रंग की। बीच की पट्टी सफेद रंग की होगी, जिसके बीच में समान अंतर पर 24 धारियोंवाले नेवी ब्लू रंग के अशोक चक्र की आकृति अंकित होगी। अशोक चक्र अधिमान्यतः स्क्रीन प्रिंटिड या छपा हुआ या स्टेंसिल किया हुआ या उचित रूप से कढ़ा हुआ होगा और सफेद पट्टी के केंद्र में झंडे के दोनों ओर से स्पष्ट तौर पर दिखाई देगा।

1.2 भारत का राष्ट्रीय झंडा हाथ से कते हुए सूत और हाथ से बनाए गए ऊनी/सूती/सिल्क खादी कपड़े से बना होगा।

1.3 राष्ट्रीय झंडा आकार में आयताकार होगा। झंडे की लंबाई और चौड़ाई का अनुपात 3 : 2 होगा।

1.4 राष्ट्रीय झंडे के मानक आकार निम्नलिखित हैं—

| झंडे का आकार क्रमांक | मिलीमीटरों में माप |
|---|---|
| 1. | 6300 × 4200 |
| 2. | 3600 × 2400 |
| 3. | 2700 × 1800 |
| 4. | 1800 × 1200 |
| 5. | 1350 × 900 |

| | |
|---|---|
| 6. | 900 × 600 |
| 7. | 450 × 300 |
| 8. | 225 × 150 |
| 9. | 150 × 100 |

1.5 फहराने के लिए उपयुक्त आकार के झंडे का चुनाव करना चाहिए। 450 × 300 मिलीमीटर आकार के झंडे अति गण्यमान्य व्यक्तियों की उड़ानवाले विमानों के लिए, 225 × 150 मिलीमीटर आकार के झंडे मोटरकारों और 150 × 100 मिलीमीटर आकार के झंडे मेजों के लिए हैं।

## भाग-II

## आम जनता, निजी संगठनों और शैक्षणिक संस्थानों आदि के द्वारा राष्ट्रीय झंडे का फहराया जाना/प्रदर्शन/प्रयोग

### धारा I

2.1 आम जनता, निजी संगठनों और शैक्षणिक संस्थानों आदि के द्वारा राष्ट्रीय झंडे के प्रदर्शन पर संप्रतीक और नाम (अनुचित प्रयोग का निवारण) अधिनियम 1950* और राष्ट्रीय गौरव अपमान निवारण

---

***संप्रतीक और नाम (अनुचित प्रयोग का निवारण) अधिनियम 1950**

धारा 2 इस अधिनियम में, जब तक कि संदर्भ में अन्यथा अपेक्षित न हो—
(क) 'संप्रतीक' का अर्थ अनुसूची में विनिर्दिष्ट किसी चिह्न, मोहर, झंडा, तमगा, कोट-ऑफ-आर्म्स या चित्रात्मक स्वरूप से है;

धारा 3 इस समय लागू किसी भी कानून में कोई बात होते हुए भी कोई भी व्यक्ति, केंद्र सरकार या सरकार के ऐसे अधिकारी, जिसे केंद्र सरकार की ओर से प्राधिकृत किया जाए, की पूर्व अनुमति के बिना केंद्रीय सरकार द्वारा यथा—निर्धारित ऐसे मामलों और ऐसी परिस्थितियों के सिवाय, किसी व्यापार, कारोबार, आजीविका या व्यवसाय के प्रयोजन के लिए, किसी पेटेंट के रूप में या डिजाइन के किसी ट्रेड मार्क में, अनुसूची में विनिर्दिष्ट किसी नाम और चिह्न या उससे मिलती-जुलती किसी नकल के प्रयोजनों के लिए प्रयोग नहीं करेगा या प्रयोग करना जारी नहीं रखेगा।

**नोट :** इस अधिनियम की अनुसूची में भारतीय राष्ट्रीय झंडे को एक संप्रतीक के रूप में निर्धारित किया गया है।

अधिनियम 1971** तथा इस विषय पर अधिनियमित किसी अन्य विधान में दी गई शर्तों के अलावा अन्य कोई प्रतिबंध नहीं होगा। उपर्युक्त अधिनियमों में दिए गए प्रावधानों को ध्यान में रखते हुए—

(i) संप्रतीक और नाम (अनुचित प्रयोग का निवारण) अधिनियम 1950 का उल्लंघन करते हुए झंडे का उपयोग वाणिज्यिक उद्देश्यों के लिए नहीं किया जाएगा;

(ii) किसी व्यक्ति या वस्तु को सलामी देने के लिए झंडे को झुकाया नहीं जाएगा;

(iii) सरकार द्वारा जारी अनुदेशों के अनुरूप सार्वजनिक भवनों पर उन अवसरों को छोड़कर जिनके लिए सरकार ने झंडे को आधा झुकाकर फहराने के अनुदेश जारी कर रखे हैं, शेष अवसरों पर झंडे को आधा झुकाकर नहीं फहराया जाएगा;

(iv) आम तौर पर किए जानेवाले मृतक संस्कारों में झंडे को किसी भी रूप में लपेटने के काम में नहीं लाया जाएगा;

(v) 6 दिसंबर, 2005 से पूर्व झंडे का उपयोग न तो किसी प्रकार की

---

****राष्ट्रीय गौरव अपमान निवारण अधिनियम १९७१**

धारा 2 कोई भी व्यक्ति, जो किसी सार्वजनिक स्थान पर या किसी भी ऐसे स्थान पर, जो सार्वजनिक रूप से दृष्टिगोचर हो, भारतीय राष्ट्रीय झंडे या भारत के संविधान या उसके किसी भाग को जलाता है, विकृत करता है, विरूपित करता है, दूषित करता है, कुरूपित करता है, कुचलता है या अन्यथा (मौखिक या लिखित शब्दों में अथवा कृत्यों द्वारा) अपमान करता है, उसे 3 वर्ष तक के कारावास से, या जुरमाने से, या दोनों से दंडित किया जाएगा।

स्पष्टीकरण 1 : भारत के संविधान में संशोधन करने या विधिसम्मत तरीके से भारतीय राष्ट्रीय झंडे में परिवर्तन करने की दृष्टि से सरकार के किसी उपाय की आलोचना या अस्वीकृति व्यक्त करते हुए की गई कोई टिप्पणी इस धारा के अंतर्गत अपराध नहीं बनती।

स्पष्टीकरण 2 : 'भारतीय राष्ट्रीय झंडे' की अभिव्यक्ति में कोई भी तसवीर, पेंटिंग, ड्राइंग या फोटोग्राफ या भारतीय राष्ट्रीय झंडे या उसके किसी भाग या भागों का अन्य स्पष्ट चित्रण जो किसी पदार्थ से बना हो या पदार्थ पर दरशाया गया हो, शामिल है।

स्पष्टीकरण 3 : 'सार्वजनिक स्थान' की अभिव्यक्ति के अर्थ में ऐसा कोई स्थान जो जनता द्वारा उपयोग के लिए हो अथवा जहाँ जनता की पहुँच हो और इसमें कोई भी सार्वजनिक वाहन शामिल है।

पोशाक या वरदी के किसी भाग के रूप में किया जा सकता था और न ही इसे तकियों, रूमालों, नैपकिनों अथवा किसी ड्रेस सामग्री पर कढ़ाई अथवा मुद्रित किया जा सकता था; परंतु नवीन जिंदल द्वारा इसके प्रति विरोध प्रकट किए जाने पर राष्ट्रीय गौरव अपमान निवारण अधिनियम 1971 को 6 दिसंबर, 2005 में संशोधित किया गया है। अब देशवासी झंडे को अपनी पोशाक या वरदी के कमर से ऊपर के भाग पर लगा व मुद्रित कर सकते हैं। परंतु आज भी हम झंडे को न तो कटि के निचले भाग में प्रदर्शित कर सकते हैं और न ही इसे तकियों, रूमालों, नैपकिनों अथवा किसी ड्रेस सामग्री पर कढ़ाई या मुद्रित कर सकते हैं;

(vi) झंडे पर किसी प्रकार के अक्षर या कुछ भी नहीं लिखा जाएगा।

(vii) झंडे को किसी वस्तु के लेने, देने, पकड़ने अथवा ले जाने के आधार के रूप में प्रयोग नहीं किया जाएगा;

लेकिन विशेष अवसरों और राष्ट्रीय दिवसों, जैसे गणतंत्र दिवस और स्वतंत्रता दिवस पर समारोहों के एक भाग के रूप में झंडे को फहराए जाने से पूर्व उसमें फूलों की पँखुड़ियाँ रखने में कोई आपत्ति नहीं होगी;

(viii) किसी प्रतिमा के अनावरण आदि के अवसर पर झंडे को विशिष्टता के साथ और अलग से प्रदर्शित किया जाएगा और इसका प्रयोग प्रतिमा अथवा स्मारक को ढकने के लिए नहीं किया जाएगा;

(ix) झंडे का प्रयोग न तो किसी वक्ता की मेज को ढकने के लिए और न ही वक्ता के मंच के ऊपर लपेटने के लिए किया जाएगा;

(x) झंडे को जान-बूझकर जमीन अथवा फर्श को छूने अथवा पानी में डूबने नहीं दिया जाएगा;

(xi) झंडे को किसी वाहन, रेलगाड़ी, नाव अथवा वायुयान के ऊपर, बगल अथवा पीछे भाग को ढकने के काम में नहीं लाया जाएगा;

(xii) झंडे का प्रयोग किसी इमारत आदि को ढकने के लिए नहीं किया जाएगा; और

(xiii) जान-बूझकर झंडे की 'केसरिया' रंग की पट्टी को नीचे प्रदर्शित करते हुए नहीं फहराया जाएगा।

भारतीय झंडा संहिता 2002 में 8 मई, 2003 को संशोधन किया गया। इस

संशोधन के बाद भारतीय झंडा संहिता 2002 की धारा 1(2.1) के भाग II में निहित कतिपय गैर-सांविधिक निर्देश राष्ट्रीय गौरव अपमान निवारण अधिनियम 1971 के भाग के रूप में शामिल किए गए थे, ताकि राष्ट्रीय झंडे के अपमान पर रोक लगाई जा सके। इस संशोधन से उपर्युक्त धारा के अब तक गैर-सांविधिक निर्देशों को अधिनियम के भाग के रूप में कानूनी मान्यता मिल गई है और अब इन्हें राष्ट्रीय गौरव अपमान निवारण अधिनियम 1971 के अधीन दंडनीय बनाया गया है। संशोधित अधिनियम नीचे दिया जा रहा है—

## राष्ट्रीय गौरव अपमान निवारण अधिनियम, 1971

1971 की संख्या 69 (23 दिसंबर, 1971)

**(राष्ट्रीय गौरव अपमान निवारण (संशोधन) अधिनियम, 2003 द्वारा संशोधित)**

2003 की संख्या 31 (8 मई, 2003)

### राष्ट्रीय गौरव अपमान निवारण के लिए एक अधिनियम

इसे संसद् द्वारा भारतीय गणतंत्र के बाईसवें वर्ष में निम्न प्रकार से अधिनियमित किया जाए—

### 1. संक्षिप्त शीर्षक और विस्तार

(1) यह अधिनियम राष्ट्रीय गौरव अपमान निवारण अधिनियम 1971 कहलाएगा।

(2) इसका विस्तार संपूर्ण भारत में होगा।

### 2. भारतीय राष्ट्रीय झंडे तथा भारतीय संविधान का अपमान

कोई भी व्यक्ति, जो किसी सार्वजनिक स्थान पर या किसी भी ऐसे स्थान पर सार्वजनिक रूप से भारतीय राष्ट्रीय झंडे या भारत के संविधान या उसके किसी भाग को जलाता है, विकृत करता है, विरूपित करता है, दूषित करता है, कुरूपित करता है, नष्ट करता है, कुचलता है या अन्यथा उसके प्रति अनादर प्रकट करता है या (मौखिक या लिखित शब्दों में या कृत्यों द्वारा) अपमान करता है तो उसे तीन वर्ष तक के कारावास से या जुरमाने से, या दोनों से दंडित किया जाएगा।

**स्पष्टीकरण 1** भारत के संविधान में संशोधन करने या विधिसम्मत तरीके से भारतीय राष्ट्रीय झंडे में परिवर्तन करने की दृष्टि से सरकार के किसी उपाय की आलोचना या अस्वीकृति व्यक्त करते हुए की गई कोई टिप्पणी इस धारा के अंतर्गत अपराध नहीं बनती।

**स्पष्टीकरण 2** 'भारत के राष्ट्रीय झंडे' की अभिव्यक्ति में कोई भी तसवीर, पेंटिंग, ड्राइंग या फोटोग्राफ या भारत के राष्ट्रीय झंडे या उसके किसी भाग या भागों का अन्य स्पष्ट चित्रण, जो किसी पदार्थ से बना हो या पदार्थ पर दरशाया गया हो, शामिल है।

**स्पष्टीकरण 3** 'सार्वजनिक स्थान' की अभिव्यक्ति के अर्थ में ऐसा कोई स्थान, जो जनता द्वारा उपयोग के लिए हो अथवा जहाँ जनता की पहुँच हो और इसमें कोई भी सार्वजनिक वाहन शामिल है।

**स्पष्टीकरण 4** भारतीय राष्ट्रीय झंडे के अपमान का अर्थ निम्नलिखित होगा और इसमें निम्नलिखित शामिल होंगे—

(क) भारतीय राष्ट्रीय झंडे का अपमान या अनादर करना; या

(ख) किसी व्यक्ति या वस्तु को सलामी देने के लिए भारतीय राष्ट्रीय झंडे को झुकाना; या

(ग) सरकार द्वारा जारी अनुदेशों के अनुसार जिन अवसरों पर सरकारी भवनों पर भारतीय राष्ट्रीय झंडे को आधा झुकाकर फहराया जाना हो, उन अवसरों के सिवाय झंडे को आधा झुकाकर फहराना; या

(घ) राजकीय अंत्येष्टियों या सशस्त्र सैन्य बलों या अन्य अर्द्धसैनिक बलों की अंत्येष्टियों को छोड़कर झंडे का किसी अन्य रूप में लपेटने के लिए प्रयोग में लाना; या

(ङ) किसी प्रकार की पोशाक या वरदी के भाग के रूप में भारतीय राष्ट्रीय झंडे को प्रयोग करना या गद्दियों, रूमालों, नैपकिनों या किसी ड्रेस सामग्री पर इसे काढ़ना या छापना या (यह धारा अब संशोधित हो गई है);

(च) भारतीय राष्ट्रीय झंडे पर किसी प्रकार का उत्कीर्णन करना; या

(छ) गणतंत्र दिवस या स्वतंत्रता दिवस सहित विशेष अवसरों पर समारोह के अंग के रूप में भारतीय राष्ट्रीय झंडे को फहराए जाने से पूर्व उसमें फूलों की पँखुड़िया रखे जाने के सिवाय, भारतीय राष्ट्रीय झंडे को किसी वस्तु को रखने या ले जानेवाले पात्र के रूप में

प्रयोग करना; या

(ज) किसी प्रतिमा या स्मारक या वक्ता की मेज या वक्ता के मंच को ढकने के लिए भारतीय राष्ट्रीय झंडे का प्रयोग करना; या

(झ) जानबूझकर भारतीय राष्ट्रीय झंडे को जमीन या फर्श से छूने देना या पानी पर घिसटने देना; या

(ञ) भारतीय राष्ट्रीय झंडे को किसी वाहन, रेलगाड़ी, नाव या किसी वायुयान या ऐसी किसी अन्य वस्तु के हुड, टॉप और बगल या पिछले भाग पर ढकना; या

(ट) भारतीय राष्ट्रीय झंडे को किसी भवन में परदा लगाने के लिए प्रयोग करना; या

(ठ) जान-बूझकर 'केसरी' पट्टी को नीचे रखकर भारतीय राष्ट्रीय झंडे को फहरना।

### 3. राष्ट्रीय गान के गायन को रोकना

कोई व्यक्ति जान-बूझकर भारतीय राष्ट्रीय गान को गाए जाने से रोकता है या इसका गायन कर रही किसी सभा में व्यवधान पैदा करता है, उसे तीन वर्ष तक के कारावास या जुरमाने या दोनों से दंडित किया जाएगा।

### *3 (क) दूसरी बार के या बाद के अपराध के लिए न्यूनतम दंड

कोई व्यक्ति, जिसे धारा 2 या धारा 3 के अंतर्गत किसी अपराध के लिए पहले भी दोषसिद्ध ठहराया गया हो, ऐसे किसी अपराध के लिए फिर से दोषसिद्ध ठहराया जाता है, तो उसे दूसरी बार के या उसके बाद के हर बार के अपराध के लिए कम-से-कम एक वर्ष के कारावास से दंडित किया जा सकेगा।

**नोट :** *राष्ट्रीय गौरव अपमान निवारण (संशोधन) अधिनियम 2003 (2003 की संख्या 31, दिनांक 8.5.2003) के तहत जोड़ा गया।

2.2 साधारण जनता, किसी गैर-सरकारी संगठन अथवा विद्यालय के सदस्य राष्ट्रीय झंडे को सभी दिवसों और अवसरों, समारोहों अथवा अन्य अवसरों पर फहरा/प्रदर्शित कर सकते हैं। सम्मान व प्रतिष्ठा के अनुरूप राष्ट्रीय झंडे को—

(i) जब भी कभी राष्ट्रीय झंडा फहराया जाए तो उसकी स्थिति

सम्मानपूर्ण और विशिष्ट होनी चाहिए;

(ii) क्षतिग्रस्त अथवा अस्तव्यस्त झंडा प्रदर्शित नहीं किया जाना चाहिए;

(iii) झंडे को किसी अन्य झंडे अथवा झंडों के साथ एक ही समय में एक ही ध्वज-दंड पर नहीं फहराया जाएगा;

(iv) संहिता के भाग-III की धारा-IX में निहित उपबंधों के अलावा झंडे को किसी वाहन पर नहीं फहराया जाएगा;

(v) यदि झंडा किसी वक्ता के सभा मंच पर फहराया जाता है, तो उसे इस प्रकार फहराया जाना चाहिए कि जब वक्ता श्रोतागण की ओर मुँह करे तो झंडा उनके दाहिनी ओर रहे अथवा झंडे को दीवार के साथ पट्ट स्थिति में वक्ता के पीछे और उससे ऊपर फहराया जाना चाहिए;

(vi) जब झंडा किसी दीवार के सहारे, पट्ट और टेढ़ा फहराया जाए तो केसरिया भाग सबसे ऊपर रहना चाहिए और जब वह लंबाई में खड़ा करके फहराया जाए, तो केसरिया भाग झंडे के हिसाब से दाईं ओर होगा (अर्थात् झंडे को सामने से देखनेवाले व्यक्ति के दाईं ओर होगा);

(vii) जहाँ तक संभव हो, उस सीमा तक एक निर्धारित आकार के झंडे को प्रदर्शित किया जाए और जहाँ तक संभव हो झंडे की लंबाई व चौड़ाई का अनुपात 3 : 2 होना चाहिए;

(viii) किसी दूसरे झंडे या पताका को राष्ट्रीय झंडे से ऊँचा या ऊपर या बराबर नहीं लगाया जाएगा और न ही पुष्प अथवा माला या प्रतीक सहित अन्य कोई दूसरी वस्तु उस ध्वज-दंड के ऊपर रखी जाएगी, जिस पर झंडा फहराया जाता है;

(ix) झंडे का इस्तेमाल सजावट के लिए, बंदनवार गुच्छे अथवा पताका के रूप में या इसी प्रकार के किसी कामों के लिए नहीं किया जाएगा;

(x) कागज से बने झंडे का उपयोग जनता द्वारा महत्त्वपूर्ण राष्ट्रीय अवसरों, सांस्कृतिक कार्यक्रम और खेलकूद स्पर्धा पर फहराया जा सकता है। परंतु कागज के झंडों को समारोह पूरा होने के पश्चात् न तो विकृत किया जाएगा और न ही जमीन पर फेंका जाएगा। जहाँ तक संभव हो, ऐसे झंडों का निपटान पूरे गौरव के

साथ और निजी तौर पर किया जाएगा;

(xi) जहाँ झंडे को खुले में फहराया जाना हो, जहाँ तक हो सके, उसे सूर्योदय से सूर्यास्त तक मौसम संबंधी परिस्थितियों का ध्यान किए बिना फहराया जाना चाहिए;

(xii) झंडे को इस तरह से फहराया या बाँधा न जाए, जिससे कि वह क्षतिग्रस्त हो; और

(xiii) जब झंडा क्षतिग्रस्त या खराब जो जाए तो उसे पूरी तरह से एकांत में और अधिमान्यतः जलाकर या ऐसा कोई तरीका अपनाकर पूर्णतया नष्ट कर दिया जाए, जिससे उसकी गरिमा बनी रहे।

## धारा-II

2.3 शैक्षिक संस्थानों (विद्यालय, कॉलेज, खेल-कूद कैंप, स्कॉउट कैंप इत्यादि) में राष्ट्रीय झंडा फहराने, उसका अभिवादन करने तथा शपथ लेने आदि के संबंध में निम्नलिखित आदर्श-अनुदेशों का पालन किया जाए—

(i) स्कूल के विद्यार्थी एक खुले वर्ग की आकृति बनाकर इकट्ठे होंगे, जिसकी तीन भुजाओं पर विद्यार्थी खड़े होंगे और चौथी भुजा के बीच में ध्वज-दंड होगा। प्रधानाध्यापक, मुख्य छात्र और झंडे को फहरानेवाला व्यक्ति (यदि वह प्रधानाध्यापक के अलावा कोई दूसरा हो) झंडे के डंडे से तीन कदम पीछे खड़ा होगा।

(ii) छात्र कक्षाक्रम से दस-दस के दल में (अथवा कुल संख्या के अनुसार किसी दूसरे हिसाब से) खड़े होंगे। ये दल एक के पीछे एक रहेंगे। कक्षा का मुख्य छात्र अपनी कक्षा की पहली पंक्ति की दाईं ओर खड़ा होगा और कक्षाध्यापक अपनी कक्षा की अंतिम पंक्ति से तीन कदम पीछे बीच की ओर खड़ा होगा। कक्षाएँ वर्ग की आकृति बनाते हुए इस प्रकार खड़ी होंगी कि सबसे ऊँची कक्षा दाईं ओर रहे और बाद में उतरते क्रम से अन्य कक्षाएँ आएँ।

(iii) हर पंक्ति के बीच कम-से-कम एक कदम (30 इंच) का फासला होना चाहिए और इतना ही फासला हर कक्षा के बीच में होना चाहिए।

(iv) जब हर कक्षा तैयार हो जाए, तो कक्षा का नेता आगे बढ़कर स्कूल के चुने हुए छात्रनेता का अभिवादन करेगा। जब सारी कक्षाएँ तैयार हो जाएँ, तो स्कूल का छात्रनेता प्रधानाध्यापक की ओर बढ़कर उनका अभिवादन करेगा। प्रधानाध्यापक अभिवादन का उत्तर देगा। इसके बाद झंडा फहराया जाएगा। इसमें स्कूल का छात्रनेता सहायता कर सकता है।

(v) स्कूल का छात्रनेता, जिसे परेड (या सभा) का भार सौंपा गया है, झंडा फहराने के ठीक पहले परेड को सावधान (अटेंशन) हो जाने की आज्ञा देगा और झंडे के लहराने पर अभिवादन करने की आज्ञा देगा। परेड कुछ देर तक अभिवादन की अवस्था में रहेगी और फिर 'ऑर्डर' का आदेश पाने पर सावधान (अटेंशन) अवस्था में आ जाएगी।

(vi) झंडा-अभिवादन के बाद राष्ट्रगान होगा। इस कार्यक्रम के दौरान परेड सावधान (अटेंशन) अवस्था में रहेगी।

(vii) शपथ लेने के सभी अवसरों पर शपथ राष्ट्रगान के बाद ली जाएगी। शपथ लेने के समय सभा सावधान (अटेंशन) अवस्था में रहेगी। प्रधानाध्यापक औपचारिक रूप से शपथ दिलाएँगे और सभा उनके साथ-साथ शपथ दोहराएगी।

(viii) स्कूलों में राष्ट्रीय झंडे के प्रति निष्ठा की शपथ लेते समय निम्नलिखित कार्यविधि अपनाई जाएगी—

हाथ जोड़कर खड़े हुए सभी लोग निम्नलिखित शपथ दोहराएँगे—

"मैं राष्ट्रीय झंडे और उस लोकतंत्रात्मक गणराज्य के प्रति निष्ठा की शपथ लेता/लेती हूँ जिसका यह झंडा-प्रतीक है।"

## भाग III

## केंद्रीय एवं राज्य सरकारों तथा उनके संगठनों और एजेंसियों द्वारा राष्ट्रीय झंडे का फहराया जाना/प्रदर्शन

### धारा-I

### रक्षा प्रतिष्ठानों/मिशनों के प्रमुख पोस्ट

3.1 इस भाग के उपबंध उन रक्षा प्रतिष्ठानों के लिए लागू होंगे जिनके

राष्ट्रीय झंडे को फहराए जाने के संबंध में अपने ही नियम हैं।

3.2 राष्ट्रीय झंडा विदेश स्थित उन मिशनों/पोस्टों के प्रमुखों के मुख्यालयों और आवासों पर फहराया जा सकता है जहाँ राजनयिक और काउंसलर प्रतिनिधियों के लिए अपने मुख्यालयों तथा अपने सरकारी आवासों पर अपने राष्ट्रीय झंडों को फहराए जाने की प्रथा है।

## धारा-II

### झंडे का सरकारी तौर पर फहराया जाना

3.3 उक्त धारा 1 में दिए गए उपबंधों के अधीन सभी सरकारों तथा उनके संगठनों/एजेंसियों के लिए इस भाग में दिए गए उपबंधों का पालन करना अनिवार्य होगा।

3.4 जब कभी झंडा सरकारी तौर पर फहराया जाए तो केवल वह झंडा काम में लाया जाएगा जो भारतीय मानक ब्यूरो द्वारा निर्धारित मानकों के अनुरूप हो और जिस पर ब्यूरो का मानक चिह्न अंकित हो। दूसरे अवसरों पर भी अच्छा यही है कि उपयुक्त आकार के ऐसे ही झंडे फहराए जाएँ। परंतु आम नागरिकों के लिए यह अनिवार्य नहीं कि वे ऐसे झंडे प्रयोग में लाएँ जो भारतीय मानक ब्यूरो द्वारा निर्धारित मानदंडों के अनुरूप ही हों।

## धारा-III

### झंडा फहराने का सही तरीका

3.5 जब भी झंडा फहराया जाए तो उसे सम्मानित स्थान दिया जाना चाहिए और उसे ऐसी जगह पर लगाना चाहिए जहाँ से यह स्पष्ट दिखाई दे सके।

3.6 जब किसी सार्वजनिक भवन पर झंडा फहराना हो तो उस भवन पर यह रविवार और छुट्टियों सहित सभी दिनों में फहराया जाएगा और इस संहिता में निहित व्यवस्था को छोड़कर इसे सूर्योदय से सूर्यास्त तक फहराया जाएगा, चाहे मौसम कितना भी खराब क्यों न हो। ऐसे भवन पर रात को भी झंडा फहराया जा सकता है किंतु ऐसा विशेष अवसरों पर ही किया जाना चाहिए।

3.7 झंडे को सदा तेजी के साथ ऊपर चढ़ाया जाएगा और धीरे-धीरे

*भारतीय क्रिकेट टीम राष्ट्रीय ध्वज के साथ, जिसमें ध्वजवाहक सबसे पीछे है, लेकिन वांछित यही है कि ध्वजवाहक को सबसे आगे होना चाहिए, न कि पीछे, जैसा चित्र में है।*

एवं आदर के साथ नीचे उतारा जाएगा। यदि झंडे को ऊपर चढ़ाते समय और नीचे उतारते समय बिगुल भी बजाया जाए तो इस बात का ध्यान रखा जाए कि झंडे को बिगुल की आवाज के साथ ही ऊपर चढ़ाया या नीचे उतारा जाए।

3.8 यदि झंडा इमारत के अगले हिस्से या बालकनी या खिड़की पर आड़े या तिरछे फहराया जाए तो झंडे का केसरी रंगवाला भाग डंडे के उस सिरे की ओर होगा जो खिड़की के छज्जे, बालकनी या अगले हिस्से से सबसे दूर हो।

3.9 जब झंडा किसी दीवार के सहारे पट्ट और टेढ़ा फहराया जाए तो केसरी भाग सबसे ऊपर रहेगा और जब वह लंबाई में खड़ा करके फहराया जाए तो केसरी भाग झंडे के हिसाब से बाईं ओर होगा अर्थात् यह झंडे को सामने से देखनेवाले व्यक्ति के दाहिनी ओर होगा।

3.10 यदि झंडा सभा मंच पर फहराया जाए तो उसे इस प्रकार फहराया जाएगा कि जब वक्ता श्रोताओं की ओर मुँह करें तो झंडा उनके दाहिनी ओर रहे, वरना झंडे को दीवार के साथ पट्ट स्थिति में वक्ता के पीछे और उससे ऊपर फहराया जाएगा।

3.11 किसी मूर्ति के अनावरण के अवसर पर झंडा सम्मान के साथ और अलग से फहराया जाएगा।

3.12 यदि झंडा किसी मोटरकार पर अकेले फहराया जाएगा तो उसे कार के सामने दाईं ओर कसकर लगाये हुए एक डंडे (स्टाफ) पर फहराया जाएगा।

3.13 किसी जुलूस या परेड में ले जाते समय झंडा चलते हुए जुलूस या परेड की दाईं ओर अर्थात् स्वयं झंडे की दाहिनी ओर रहेगा या यदि दूसरे झंडों से बनी हुई एक पंक्ति हो तो राष्ट्रीय झंडा उस पंक्ति की बीच की जगह से आगे की ओर होगा।

## धारा-IV

### झंडे फहराने के गलत तरीके

3.14 फटा हुआ या मैला-कुचैला झंडा नहीं फहराया जाएगा।

3.15 किसी व्यक्ति या वस्तु के अभिवादन के लिए झंडे को झुकाया या नीचे नहीं किया जाएगा।

3.16 किसी दूसरे झंडे या पताका को राष्ट्रीय झंडे से ऊँचा या ऊपर नही लगाया जाएगा, और आगे उपबंधित के सिवाय राष्ट्रीय झंडे के बराबर भी नहीं रखा जाएगा; और न ही कोई दूसरी वस्तु उस ध्वज-दंड के ऊपर रखी जाएगी, जिस पर झंडा फहराया जाता है। इन वस्तुओं में फूल अथवा मालाएँ अथवा प्रतीक भी शामिल हैं।

3.17 झंडे का उपयोग बंदनवार, फीता या झंडियाँ बनाने या किसी दूसरे

प्रकार की सजावट के लिए नहीं किया जाएगा।

3.18 झंडा न तो किसी वक्ता की डेस्क के आवरण के रूप में काम में लाया जाएगा और न ही वक्ता के मंच को ऊपर से ढकने के लिए।

3.19 झंडे के 'केसरी' भाग को नीचे की ओर करके नहीं फहराया जाएगा।

3.20 झंडे को जमीन या फर्श को छूने या पानी में घिसटने नहीं देना चाहिए।

3.21 झंडे को इस प्रकार से फहराया या बाँधा नहीं जाएगा जिससे उसे कोई क्षति पहुँचे।

## धारा-V

### झंडे का दुरुपयोग

3.22 राज्य/सेना/केंद्रीय अर्द्ध-सैनिक बलों की ओर से किए जानेवाले मृतक संस्कारों के अलावा, जो कि आगे बताए गए हैं, झंडे का प्रयोग किसी भी रूप में लपेटने के लिए नहीं किया जाएगा।

3.23 झंडा किसी गाड़ी, रेलगाड़ी अथवा नाव के हुड, सिरे, बाजू या पिछले भाग पर नहीं लपेटा जाएगा।

3.24 झंडे का उपयोग इस प्रकार से नहीं किया जाएगा या उसे इस प्रकार नहीं रखा जाएगा कि वह खराब या मैला हो जाए।

3.25 जब झंडा फट जाए या मैला हो जाए तो उसे फेंकना नहीं चाहिए और न ही असम्मानित ढंग से उसका निपटान करना चाहिए, बल्कि झंडे को एकांत में पूरा तरह नष्ट कर देना चाहिए। इसके लिए उसे जला देना अथवा झंडे के गौरव के अनुरूप किसी दूसरे तरीके से नष्ट करना होगा।

3.26 झंडा किसी इमारत को ढकने के काम में नहीं लाया जाएगा।

3.27 झंडा किसी प्रकार की पोशाक या वरदी के किसी भाग के रूप में काम में नहीं लाया जाएगा। यह गद्दियों, रूमाल, बक्स अथवा नैपकिन पर काढ़ा या छापा नहीं जाएगा। (यह धारा 6 दिसंबर, 2005 को संशोधित हो गई है)

3.28 झंडे पर किसी प्रकार के अक्षर या लिखाई नहीं की जाएगी।

*ध्वज पर किसी भी तरह के अक्षर या शब्द नहीं लिखे जाने चाहिए और न ही उस पर किसी तरह की तसवीर छापनी चाहिए।*

3.29 झंडा किसी भी रूप में विज्ञापन के काम में नहीं लाया जाएगा और न ही उस डंडे पर, जिस पर झंडा फहराया जाता है, कोई विज्ञापन लगाया जाएगा।

3.30 झंडे को किसी वस्तु को लेने-देने, पकड़ने या ले जाने के लिए किसी आधार के रूप में काम में नहीं लाया जाएगा। किंतु विशेष अवसरों तथा गणतंत्र दिवस और स्वतंत्रता दिवस जैसे राष्ट्रीय दिवसों पर समारोहों के भाग के रूप में झंडे को फहराए जाने से पूर्व इसके अंदर फूलों की पंखुडियाँ रखे जाने में कोई आपत्ति नहीं होगी।

**धारा-VI**

## झंडा अभिवादन

3.31 झंडे को फहराते समय और इसे नीचे उतारते समय अथवा झंडे को परेड में या किसी निरीक्षण के अवसर पर ले जाते समय वहाँ

पर उपस्थित सभी लोग अपना मुख झंडे की ओर रखेंगे और सावधान (अटेंशन) की मुद्रा में खड़े होंगे। वरदी पहने हुए व्यक्ति उपयुक्त ढंग से अभिवादन करें। जब झंडा चलती हुई पंक्ति के साथ हो तो उपस्थित व्यक्ति सावधान की मुद्रा में खड़े रहें या जब उनके पास से गुजरे तो वे उसका अभिवादन करें। विशिष्ट व्यक्ति शिरोवस्त्र (हैड ड्रेस) के बिना भी सलामी ले सकते हैं।

### धारा-VII

### राष्ट्रीय झंडे का दूसरे राष्ट्रों के झंडों तथा संयुक्त राष्ट्र संघ के झंडे के साथ फहराया जाना

3.32 यदि राष्ट्रीय झंडा दूसरे राष्ट्रों के झंडों के साथ एक सीधी पंक्ति में फहराया जाए तो उसे सबसे दाईं ओर रखा जाएगा, अर्थात् यदि कोई पर्यवेक्षक झंडों की पंक्ति के बीच में जनता की ओर मुख करके खड़ा हो तो राष्ट्रीय झंडा उसके बिलकुल दाईं ओर होगा।

3.33 दूसरे राष्ट्रों के झंडे राष्ट्रीय झंडे के बाद उन राष्ट्रों के अंग्रेजी नामों के वर्णक्रम के अनुसार रखे जाएँगे। इस स्थिति में झंडे की पंक्ति के शुरू और अंत में राष्ट्रीय झंडा रखा जा सकता है और साथ ही वहाँ भी रखा जा सकता है जहाँ वर्णक्रम के अनुसार राष्ट्रों में उसका स्थान स्वाभाविक रूप से आता है। राष्ट्रीय झंडा सबसे पहले फहराया जाएगा और सबसे बाद में नीचे उतारा जाएगा।

3.34 यदि झंडों को खुले घेरे में, अर्थात् वृत्त-खंड (आर्क) या अर्धवृत्त (सेमीसर्कल) में फहराया जाए, तो उसके लिए इस धारा के पिछले खंड में बताई गई क्रियाविधि ही अपनाई जाएगी। यदि झंडे एक पूरा घेरा बनाते हुए फहराए जाते हैं, तो राष्ट्रीय झंडे से घेरे का आरंभ माना जाएगा और दूसरे राष्ट्रों के झंडे घड़ी के अंकों के क्रम में इस प्रकार रखे जाएँगे कि अंतिम झंडा राष्ट्रीय झंडे के बाजू में आ जाए। झंडों के घेरे का आरंभ और अंत दरशाने के लिए अलग-अलग राष्ट्रीय झंडे रखने की आवश्यकता नहीं है। ऐसे बंद घेरे में वर्णक्रम के अनुसार अपने स्थान पर भी राष्ट्रीय

झंडे को रखा जाएगा।

3.35 जब राष्ट्रीय झंडा और कोई दूसरा झंडा एक साथ किसी दीवार पर दो ऐसे डंडों पर फहराए जाएँ, जो एक-दूसरे को काटते हों, तो राष्ट्रीय झंडा दाईं ओर, अर्थात् झंडे के अपने दाएँ ओर होगा और उसका डंडा दूसरे झंडे के डंडे के ऊपर रहेगा।

3.36 जब संयुक्त राष्ट्र संघ का झंडा राष्ट्रीय झंडे के साथ फहराया जाए, तो वह राष्ट्रीय झंडे के किसी भी ओर हो सकता है। सामान्य परंपरा ऐसी है कि राष्ट्रीय झंडे को इस प्रकार फहराया जाता है कि उससे सामने की ओर देखने पर वह सबसे दाईं ओर होता है, अर्थात् ध्वज दंड की ओर मुँह किए हुए दर्शक के बाईं ओर होता है।

3.37 जब राष्ट्रीय झंडा दूसरे झंडों के साथ फहराया जाएगा तो सारे ध्वज-दंड बराबर आकार के होंगे। अंतरराष्ट्रीय परंपरा के अनुसार शांति काल में किसी एक राष्ट्र के झंडे को दूसरे राष्ट्र के झंडे से ऊँचा फहराना वर्जित है।

*तिरंगे का अनुचित प्रदर्शन— जब राष्ट्रीय ध्वज को किसी अन्य ध्वज के साथ दीवार पर क्रॉस्ड-स्टाफ दरशाना हो तो उसे प्रेक्षक की बाईं ओर होना चाहिए, न कि दाईं ओर, जैसा कि तसवीर में है। यह झंडे के प्रदर्शन का अनुचित तरीका है।*

3.38 राष्ट्रीय झंडा एक ही समय में किसी दूसरे झंडे या झंडों के साथ एक ही ध्वज-दंड पर नहीं फहराया जाएगा। अलग-अलग झंडों के लिए अलग-अलग ध्वज-दंडों का उपयोग होगा।

## धारा-VIII

## सार्वजनिक इमारतों/सरकारी आवासों पर झंडा फहराना

3.39 आम तौर पर उच्च न्यायालयों, सचिवालयों, कमिश्नरों के कार्यालयों, जिला कचहरियों, जेल तथा जिला मंडल के कार्यालयों, नगरपालिकाओं, जिला परिषदों तथा विभागीय/सार्वजनिक क्षेत्र के उपक्रमों के कार्यालयों जैसी मुख्य सार्वजनिक इमारतों पर ही झंडा फहराना चाहिए।

3.40 सीमांत क्षेत्रों में सीमा-शुल्क चौकियों, जाँच चौकियों (चैक पोस्ट), सीमा चौकियों (आउट पोस्ट) और दूसरी ऐसी विशेष जगहों पर, जहाँ कि झंडा फहराने का विशेष महत्त्व होता है, झंडा फहराया जा सकता है। इसके अलावा, सीमावर्ती गश्ती दलों (बॉर्डर पेट्रोल) के शिविरों पर भी झंडा फहराया जा सकता है।

3.41 राष्ट्रपति, उपराष्ट्रपति, राज्यपाल, उपराज्यपाल जब अपने मुख्यालय में हों, तो उनके सरकारी निवास पर, और जब वे अपने मुख्यालयों से बाहर दौरे पर हों, तो जिन भवनों में वे निवास करें, उन पर राष्ट्रीय झंडा फहराया जाना चाहिए। तथापि सरकारी निवास पर फहराया गया राष्ट्रीय झंडा संभ्रांत व्यक्ति के मुख्यालय से बाहर जाते ही उतार दिया जाना चाहिए और मुख्यालय में वापस आने पर उनके उस भवन के मुख्य द्वार से अंदर प्रविष्ट होते ही राष्ट्रीय झंडा पुनः फहरा दिया जाना चाहिए। जब संभ्रांत व्यक्ति मुख्यालय से बाहर किसी स्थान के दौरे पर हों तो जिस भवन में वे निवास करें, उस भवन के मुख्य द्वार से उनके प्रवेश करते ही उस भवन पर राष्ट्रीय झंडा फहरा दिया जाना चाहिए, और उनके उस स्थान से बाहर जाते ही राष्ट्रीय झंडा उतार दिया जाना चाहिए। तथापि गणतंत्र दिवस, स्वतंत्रता दिवस, गांधी जयंती, राष्ट्रीय-सप्ताह (6 से 13 अप्रैल तक जलियाँवाला बाग के शहीदों की स्मृति में), भारत सरकार द्वारा विनिर्दिष्ट राष्ट्रीय

उल्लास के किसी अन्य विशेष दिवस अथवा किसी राज्य के मामले में उस राज्य के गठन की वर्षगाँठ के अवसर पर ऐसे सरकारी निवास-स्थानों पर राष्ट्रीय झंडा सूर्योदय से सूर्यास्त तक फहराया जाना चाहिए, चाहे संभ्रांत व्यक्ति उन दिनों मुख्यालय में हों या न हों।

3.42 जब राष्ट्रपति, उपराष्ट्रपति या प्रधानमंत्री किसी संस्था का दौरा करें तो उनके सम्मान-स्वरूप उस संस्था द्वारा उस दिन राष्ट्रीय झंडा फहराया जा सकता है।

3.43 विदेशी संभ्रांत व्यक्तियों अर्थात् राष्ट्रपति, उपराष्ट्रपति, सम्राट् या युवराज या प्रधानमंत्री के दौरे के अवसर पर ऐसी निजी संस्थाओं द्वारा, जो उस संभ्रांत व्यक्ति का स्वागत कर रही हों, और उन सरकारी भवनों पर, जहाँ उस यात्रा के दौरान उस दिन वे संभ्रांत व्यक्ति जाने वाले हों, धारा-VII में विहित नियमों के अनुसार संबंधित देश के झंडे के साथ राष्ट्रीय झंडा फहराया जा सकता है।

### धारा-IX

## मोटरकारों पर झंडा फहराना

3.44 मोटरकारों पर झंडा फहराने का विशेषाधिकार केवल निम्नलिखित व्यक्तियों तक सीमित है—

1. राष्ट्रपति,
2. उपराष्ट्रपति,
3. राज्यपाल और उपराज्यपाल,
4. विदेशों में स्थित भारतीय मिशनों/पोस्टों के अध्यक्ष, उन देशों में जहाँ कि वे नियुक्त हों,
5. प्रधानमंत्री और अन्य कैबिनेट मंत्री,
6. केंद्र के राज्यमंत्री और उपमंत्री,
7. राज्यों अथवा संघ शासित क्षेत्रों में मुख्यमंत्री और अन्य कैबिनेट मंत्री,
8. राज्यों अथवा संघ शासित क्षेत्रों के राज्यमंत्री और उपमंत्री,
9. अध्यक्ष लोकसभा,

10. उपाध्यक्ष राज्यसभा,
11. उपाध्यक्ष लोकसभा,
12. राज्यों में विधान परिषदों के अध्यक्ष,
13. राज्यों और संघ शासित क्षेत्रों में विधानसभाओं के अध्यक्ष,
14. राज्यों में विधान परिषदों के उपाध्यक्ष,
15. राज्यों और संघ शासित क्षेत्रों में विधानसभाओं के उपाध्यक्ष,
16. भारत के मुख्य न्यायाधिपति,
17. उच्चतम न्यायालय के न्यायाधीश,
18. उच्च न्यायालयों के मुख्य न्यायाधिपति,
19. उच्च न्यायालयों के न्यायाधीश।

3.45 पैराग्राफ 3.44 के खंड (5) से (7) तक में उल्लिखित संभ्रांत व्यक्ति, जब कभी आवश्यक या उचित समझें, अपनी कारों पर राष्ट्रीय झंडा फहरा सकते हैं।

3.46 जब कोई विदेशी संभ्रांत व्यक्ति सरकार द्वारा उपलब्ध कराई गई कार में यात्रा करे, तो राष्ट्रीय झंडा कार के दाईं ओर फहराया जाएगा और संबंधित दूसरे देश के व्यक्ति का झंडा कार के बाईं ओर फहराया जाएगा।

## धारा-X

## रेलगाड़ियों/वायुयानों पर झंडा फहराया जाना

3.47 जब राष्ट्रपति देश के अंदर विशेष रेलगाड़ी द्वारा यात्रा करें तो जिस स्टेशन से गाड़ी रवाना हो, उस प्लेटफार्म की ओर ड्राइवर के कैबिन पर राष्ट्रीय झंडा फहराया जाना चाहिए। राष्ट्रीय झंडा केवल तभी फहराया जाए जबकि वह विशेष गाड़ी रुकी हुई हो या उस स्टेशन पर पहुँचनेवाली हो जहाँ उसे रुकना है।

3.48 राष्ट्रपति, उपराष्ट्रपति या प्रधानमंत्री के विदेश यात्रा करते समय उनके विमान पर राष्ट्रीय झंडा फहराया जाएगा। जिस देश की यात्रा की जा रही है, उसका झंडा भी राष्ट्रीय झंडे के साथ-साथ फहराया जाना चाहिए; परंतु मार्ग में जब किन्हीं देशों में विमान उतरे, तो शिष्टाचार और सद्भावना के नाते वहाँ पर उन-उन देशों

के झंडे फहराए जाएँगे जहाँ-जहाँ विमान उतरेगा।

3.49 जब राष्ट्रपति देश में ही कहीं दौरे पर जाएँ तो राष्ट्रीय झंडा वायुयान के उस ओर फहराया जाएगा जिस ओर से राष्ट्रपति विमान में चढ़ें या उससे उतरें।

## धारा-XI

### झंडे को झुकाना

3.50 निम्नलिखित विशिष्ट व्यक्तियों के देहांत पर उनके देहांत के दिन उल्लिखित स्थानों पर राष्ट्रीय झंडा झुका दिया जाएगा—

| संभ्रांत व्यक्ति | स्थान |
|---|---|
| राष्ट्रपति<br>उपराष्ट्रपति<br>प्रधानमंत्री | संपूर्ण भारत में। |
| लोकसभा के अध्यक्ष<br>भारत के मुख्य न्यायाधिपति | केवल दिल्ली में। |
| केंद्रीय कैबिनेट मंत्री | दिल्ली और राज्यों की राजधानियों में। |
| केंद्र के राज्यमंत्री व उपमंत्री | केवल दिल्ली में। |
| राज्यपाल<br>उपराज्यपाल<br>राज्यों के मुख्यमंत्री | संबंधित संपूर्ण राज्य में। |
| संघ शासित क्षेत्रों के मुख्यमंत्री | संघ शासित क्षेत्र में। |
| किसी राज्य के कैबिनेट मंत्री | संबंधित राज्य की राजधानी में। |

3.51 यदि किसी विशिष्ट व्यक्ति की मृत्यु की सूचना अपराह्न में प्राप्त हो तो ऊपर बताए गए स्थान या स्थानों पर उससे दूसरे दिन भी झंडे झुका दिए जाएँगे, बशर्ते कि उस दिन सूर्योदय से पूर्व अंत्येष्टि न कर दी गई हो।

3.52 उक्त विशिष्ट व्यक्ति की अंत्येष्टि के दिन, उस स्थान पर जहाँ अंत्येष्टि की जानी हो, झंडे झुका दिए जाएँगे।

3.53 यदि किसी विशिष्ट व्यक्ति की मृत्यु पर राजकीय शोक मनाया जाना हो तो केंद्रीय संभ्रांत व्यक्ति के मामले में सारे भारतवर्ष में और किसी राज्य या संघ शासित क्षेत्र के विशिष्ट व्यक्ति के मामले में संबंधित पूरे राज्य या पूरे संघ शासित क्षेत्र में शोकावधि के दौरान झंडे झुके रहेंगे।

3.54 विदेशी विशिष्ट व्यक्तियों की मृत्यु पर झंडे झुकाए जाने और जहाँ आवश्यक हो, राजकीय शोक मनाए जाने के संबंध में वे विशेष अनुदेश लागू होंगे जो कि प्रत्येक मामले में गृह मंत्रालय द्वारा समय-समय पर जारी किए जाएँगे।

3.55 उपर्युक्त उपबंधों के होते हुए भी, यदि झंडे को झुकाने का दिन और गणतंत्र दिवस, स्वतंत्रता दिवस, गांधी जयंती, राष्ट्रीय सप्ताह (6 से 13 अप्रैल तक जलियाँवाला बाग के शहीदों की स्मृति में), भारत सरकार द्वारा विनिर्दिष्ट राष्ट्रीय उल्लास का कोई अन्य विशेष दिवस अथवा किसी राज्य के मामले में उस राज्य के गठन की वर्षगाँठ का दिन एक साथ पड़ते हैं तो उस भवन के अलावा जहाँ मृतक का शव रखा हुआ हो, अन्य स्थानों पर झंडे नहीं झुकाए जाएँगे और उस भवन में भी जहाँ शव रखा गया हो, उस समय तक झंडा झुका रहेगा जब तक कि शव वहाँ से उठाया नहीं जाता है और शव के उठाए जाने के बाद उस भवन पर भी झंडा पूरा उठा दिया जाएगा।

3.56 यदि शोक-झंडा ले जाते हुए परेड या जुलूस के रूप में मनाया जाना हो तो भाले के अग्र भाग में काले कपड़े (क्रेप) की दो पताका लगा दी जाएँगी जो कि स्वाभाविक रूप से लटकी रहेंगी। इस प्रकार के काले कपड़े (क्रेप) का उपयोग सरकार के आदेश से ही हो सकेगा।

3.57 झंडा झुकाए जाते समय पहले झंडा कुछ क्षण के लिए बिलकुल ऊँचाई पर फहराया जाएगा और फिर कुछ क्षण बाद झंडे को धीरे-धीरे ध्वजदंड के मध्य तक लाया जाएगा। किंतु दिन भर के बाद शाम को झंडा उतारने से पूर्व उसे एक बार फिर ऊपर तक उठाया जाएगा और विधिवत् उतारा जाएगा।

**टिप्पणी**—झंडा आधा झुकाए जाने (हाफ-मास्ट) से तात्पर्य है

झंडे को चोटी तथा 'गाई लाइन' के बीच आधे तक नीचे लाया जाना और 'गाई लाइन' न होने की अवस्था में ध्वज दंड (स्टाफ) के आधे हिस्से तक झुकाया जाना। यह परंपरा स्पेन में 1912 में जनमी व प्रचलित हुई, जब एक समुद्रीय युद्ध में उसके एडमिरल की मृत्यु के शोक में उसकी नौसेना ने अपने ध्वज को आधा झुकाया था। बाद में अन्य देशों की नौसेनाओं ने इसे अपनाया और आज यह प्रथा विश्व के सभी देश अनुसरण करते हैं।

3.58 राजकीय/सैनिक/केंद्रीय अर्द्ध-सैनिक बलों के सम्मान से युक्त अंत्येष्टि के अवसरों पर शवपेटिका या अरथी झंडे से ढक दी जाएगी और झंडे का केसरिया भाग अरथी या शवपेटिका के अग्रभाग की ओर रहेगा। झंडे को कब्र में दफनाया या चिता में जलाया नहीं जाएगा। शव को कब्र में उतारने व चिता में जलाने से पूर्व ध्वज को आदरपूर्वक उतार लिया जाएगा और बाद में इसे विधिवत् नष्ट कर दिया जाएगा।

3.59 विदेशों के राष्ट्राध्यक्षों या विदेशी सरकारों के अध्यक्षों की मृत्यु के समय उस देश में प्रत्यायित भारतीय दूतावास राष्ट्रीय झंडे को झुका सकता है चाहे वह घटना गणतंत्र दिवस, स्वतंत्रता दिवस, गांधी जयंती, राष्ट्रीय सप्ताह (6 से 13 अप्रैल तक जलियाँवाला बाग के शहीदों की स्मृति में) अथवा भारत सरकार द्वारा विनिर्दिष्ट राष्ट्रीय उल्लास के किसी अन्य विशिष्ट दिन को ही क्यों न हुई हो। उस देश के किसी अन्य विशिष्ट व्यक्ति की मृत्यु की अवस्था में दूतावासों को झंडा नहीं झुकाना चाहिए जब तक कि वहाँ की स्थानीय प्रथा या शिष्टाचार (जिसका पता, जहाँ-कहीं भी आवश्यक हो, राजनयिक कोर के अधिष्ठाता डीन ऑफ दि डिप्लोमेटिक कोर से लगाया जाना चाहिए) के अनुसार उस देश में विदेशी दूतावास के राष्ट्रीय झंडे को भी झुकाना अपेक्षित न हो।

□

18

# पूर्व रियासतों द्वारा उनके राजकीय व राजसी झंडों का प्रदर्शन

सन् 1858 और 1947 के बीच अंग्रेजों के अधीन गुलाम भारत में लगभग 565 बड़ी और छोटी रियासतें थीं। ब्रिटिश शासन ने उन्हें उनके आकार और महत्त्व के अनुसार विभिन्न श्रेणियों में बाँटा हुआ था। श्रेणी के हिसाब से प्रत्येक रियासत को एक विशिष्ट दर्जा प्राप्त था, जिसका पता उस राज्य के शासक को स्वागत में मिलनेवाली तोपों की सलामी की संख्या से चलता था। हालाँकि प्रत्येक रियासत का दर्जा कई बातों पर निर्भर करता था, परंतु एक बात जो सभी रियासतों के लिए आम थी, वह थी उन्हें अपने शाही झंडे, शाही प्रतीक और कोट-ऑफ-आर्म्स के फहराने की एवं लगाने की छूट। सन् 1912 के दिल्ली दरबार से पहले इन छोटी व बड़ी रियासतों के अपने वंशानुगत झंडे होते थे। जयपुर, जैसलमेर, अलवर, ग्वालियर, बड़ौदा, मैसूर, त्रावणकोर और कोचीन जैसे अधिकांश हिंदू राज्य अपने झंडों के लिए लाल या केसरिया रंग की पृष्ठभूमि इस्तेमाल किया करते थे। लाल और केसरिया रंग 'शक्ति' का प्रतीक माने जाते हैं। मुसलिम रियासतें, विशेषकर हैदराबाद और जूनागढ़ अपने झंडों में हरा रंग इस्तेमाल करती थीं, जबकि पटियाला, नाभा, जींद, फरीदकोट और कपूरथला की सिख रियासतों का झंडा पूरा सफेद हुआ करता था। सिख रियासतों में एक अपवाद कपूरथला था, जिसके सफेद झंडे में नीली धारियाँ थीं। भारत में पश्चिमी देशों में प्रचलित कोट-ऑफ-आर्म्स के प्रयोग की प्रथा पहले नहीं थी।

दिल्ली दरबार से पूर्व, एक अंग्रेज ध्वज डिजाइनर को उस समय भारत की तत्कालीन राजधानी कलकत्ता में विशेष रूप से तैनात किया गया और उसे नए सिरे से भारतीय रियासतों के झंडों के पश्चिमी डिजाइन तैयार करने और उनके लिए कोट-ऑफ-आर्म्स के निर्माण का कार्य सौंपा गया। इस प्रकार 1912 में रियासतों के लिए नए प्रकार के झंडों का उदय हुआ। दिल्ली दरबार में भाग लेने वाले सभी राजा-महाराजाओं, नवाबों आदि ने अपने झंडों को पश्चिमी परंपराओं के आधार पर नया रूप दिया, और साथ ही अधिकांश ने कोट-ऑफ-आर्म्स और नया शाही प्रतीक भी अपनाया। इन कोट-ऑफ-आर्म्स और शाही प्रतीकों को उनकी परंपरागत वेशभूषाओं, मोटरकारों, फर्नीचर आदि पर पश्चिमी देशों की तरह प्रयोग किया गया। इन नए झंडों को पश्चिमी प्रभाव देते हुए तैयार करते समय इस बात का भी विशेष ध्यान रखा गया कि इन नए झंडों में उनके पारंपरिक प्रतीक व रंग आदि को भी शामिल किया जाए, ताकि उनकी विरासत व पारंपरिक मूल्यों को यथावत बनाए रखा जा सके।

इस प्रकार सन् 1912 में आयोजित दिल्ली दरबार ने देशी राजे-रजवाड़ों की वंशानुगत ध्वज परंपरा की दिशा ही बदल दी और उन्होंने अपने नए ध्वज, प्रतीक आदि ब्रिटिश आकाओं की पद्धतियों, परंपराओं के अनुरूप बना लिये। ये राजा-महाराजा दिल्ली दरबार से लेकर आजादी तक और उसके बाद भी अपने झंडों को नए-नए रूप देते रहे।

भारत के विभाजन के दौरान अधिकांश देशी रियासतों ने तत्कालीन उप-प्रधानमंत्री सरदार वल्लभभाई पटेल की अपील पर भारत में मिलना स्वीकार किया और नवोदित राष्ट्र में विलय के समय प्रत्येक रियासत को उसके आकार, राजस्व वसूली और भौगोलिक स्थिति के आधार पर भारत सरकार द्वारा एक 'प्रिवीपर्स' प्रदान किया गया। वार्षिक वित्तीय अनुदान के अलावा, भूतपूर्व शासकों को उनके शाही विशेषाधिकार बनाए रखने की इजाजत भी दी गई, जिसमें उनके महलों, किलों, वाहनों पर उनकी रियासत का झंडा फहराने की अनुमति भी शामिल थी। भूतपूर्व नरेशों की मोटरकारों पर शाही प्रतीक और राजसी झंडे आजादी के बाद भी देखे जा सकते थे।

15 अगस्त, 1971 को 'प्रिवीपर्स' की समाप्ति के साथ ही केंद्र सरकार ने शाही झंडा फहराने का विशेषाधिकार वापस ले लिया। फिर भी सन् 1971 के बाद ऐसे मामले सामने आए हैं जब भूतपूर्व नरेशों के वंशजों को खास मौकों पर उनके शाही झंडों का प्रयोग करते देखा गया है। पूर्व शाही ध्वजों

का इस्तेमाल प्राय: विवाह और जन्मदिन जैसे समारोहों और अंतिम संस्कार के समय होता रहा है। हालाँकि वैधानिक रूप से स्थिति बिलकुल स्पष्ट है, फिर भी कुछ राज्य सरकारें इन्हें गंभीरतापूर्वक नहीं लेती हैं। भूतपूर्व राजा-महाराजाओं द्वारा उनके महलों पर अभी भी उनके पूर्व शाही झंडों के फहराए जाने की जानकारी अधिकारीगण के सामने आती है तो वे इसे अन्यथा लेते हैं। ऐसी रिपोर्टें भी मिली हैं कि नई दिल्ली में केंद्र सरकार की नाक तले कुछ प्रभावशाली भूतपूर्व महाराजाओं ने अपने निजी आवासों पर शाही झंडे फहराए हैं। कुछ मामले ऐसे भी सामने आए हैं कि शाही परिवार के सदस्यों ने संसद् या राज्य विधानसभाओं के चुनाव लड़ते समय पूर्व-शाही झंडों का उपयोग किया है।

वस्तुत: सन् 1971 में 'प्रिवीपर्स' की समाप्ति के साथ ही भूतपूर्व नरेशों द्वारा अपने शाही ध्वज के प्रदर्शन की कोई कानूनी मान्यता नहीं रह गई है। लेकिन यह भी सच्चाई है कि इनमें से कई राज्य सदियों पुराने थे और सुख-सुविधाओं व विशेषाधिकारों का उपयोग करने के आदी थे। कई पूर्व नरेश एवं उनके वंशज अभी भी आलीशान महलों में निवास करते हैं। अत: यह स्वाभाविक है कि उन्हें अपनी शाही आन-बान से बाहर निकलने और स्वयं को आम लोगों के बराबर समझने में कुछ और वक्त लगेगा। लेकिन आज के हालात में कुछ पूर्व-शासकों के निवास पर उनके शाही झंडे अभी भी देखे जा सकते हैं; लेकिन ये झंडे उनके महलों या किलों की परिधि के अंदर तक ही सीमित रहते हैं।

□

# 19

# तिरंगे के कुछ रोचक तथ्य

तिरंगे से संबंधित अनेक महत्त्वपूर्ण बातें हैं, जिनकी जानकारी प्राय: उपलब्ध नहीं है। तिरंगे के विषय में सबसे रोचक बात तो यह है कि इसमें वास्तव में रंग हैं तो चार, पर हम इसे तिरंगा कहते हैं। वे तीन प्रमुख रंग हैं—केसरिया, श्वेत व हरा। आश्चर्य की बात यह है कि रंगों का यह विवरण पूरा नहीं है, क्योंकि भारतीय मानक ब्यूरो व अंतरराष्ट्रीय स्टैंडर्ड के अनुसार इन रंगों का पूरा वर्णन है—भारतीय केसरी, श्वेत व भारतीय हरा। ऐसा इसलिए है, क्योंकि केसरी व हरा इन दोनों रंगों के कई शेड हो सकते हैं अर्थात् किस अनुपात में झंडे के रंगों को बनाने के लिए विभिन्न रंगों का प्रयोग हुआ है। अत: कितना लाल-पीला आदि रंग मिलाकर केसरी रंग और कितना हरा व काला आदि रंग मिलाकर हरे रंग का जो विशेष शेड भारत के राष्ट्रीय ध्वज में प्रयोग हुआ है, उसका पूरा नाम है—भारतीय केसरी, श्वेत व भारतीय हरा। चौथा रंग, जिसका उपयोग हमारे तिरंगे में हुआ है, वह है गहरा नीला। इस रंग से श्वेत पट्टी पर अशोक चिह्न को अंकित किया गया है। अशोक चक्र, जिसमें 24 धुरियाँ हैं, भारत की सतत उन्नति का द्योतक है, जिसमें भरा गहरा नीला रंग हमारी उन्नति की सीमा को इंगित करता है और वह सीमा है ऊपर असीमित नीला गगन और नीचे गहरा नीला वरुण।

22 जुलाई, 1947 को जब पं. जवाहरलाल नेहरू ने तिरंगे को भारत का राष्ट्रीय ध्वज अपनाने का प्रस्ताव तो रखा, प्रस्ताव के साथ-साथ उन्होंने संविधान सभा के सामने दो झंडे एक सूती-खादी का और दूसरा रेशमी-खादी का प्रस्तुत किए थे और साथ ही यह सुझाव भी रखा था कि इन दोनों झंडों को राष्ट्र की संपत्ति के रूप में राष्ट्रीय संग्रहालय में सुरक्षित रख दिया जाए। उन

झंडों में से खादीवाला झंडा तो आज भी कानपुर स्थित सूती कपड़ा व वस्त्र के मुख्य निरीक्षणालय में मुहरबंद है, पर दूसरा रेशमी झंडा कहाँ है, इसका आज तक कुछ पता नहीं। एक संभावना यह भी है कि उस रेशमी ध्वज को संग्रहालय में न रखकर 15 अगस्त, 1947 के दिन देश के पहले ध्वजारोहण समारोह में ही प्रयोग कर लिया गया हो।

लोगों में आम धारणा यही है कि 1947 को जब देश आजाद हुआ तो लाल किले की प्राचीर पर देश के प्रथम प्रधानमंत्री पं. जवाहरलाल नेहरू ने तिरंगा 15 अगस्त के दिन फहराया था, पर यह सच नहीं है। सच तो यह है कि लाल किले पर तिरंगा पहली बार 16 अगस्त शनिवार के दिन प्रात: 8.30 बजे फहराया गया था। 15 अगस्त, 1947 को लाल किले पर झंडा फहराने का समय राष्ट्र नेताओं के पास था ही नहीं। क्योंकि उस दिन प्रात: 8.30 बजे वायसराय भवन में स्वतंत्र भारत के प्रथम गवर्नर जनरल के रूप में लॉर्ड माउंटबेटन ने शपथ ग्रहण की थी। इसके पश्चात् 10.30 बजे नई सरकार ने शपथ ग्रहण की और जैसे ही शपथ ग्रहण समारोह संपन्न हुआ, काउंसिल हाउस (अब संसद् भवन) पर भारत का तिरंगा फहराया गया। उसी समय 'ग्रेट प्लेस' (जिसे अब विजय चौक कहते हैं) पर स्थित नॉर्थ-ब्लॉक तथा साउथ-ब्लॉक की बुर्जियों पर फहरा रहे दो-दो यूनियन जैक भी उतार दिए गए और उनके स्थान पर चार तिरंगे फहराए गए, जैसे ही तिरंगे हवा में लहराए मानो सारे विश्व में यह घोषणा हो गई कि भारत अब एक स्वतंत्र देश है और उसका भी अपना एक राष्ट्रीय ध्वज है।

उसी दिन सायंकाल तीसरे पहर (15 अगस्त, 1947) को देश का पहला सार्वजनिक झंडारोहण समारोह युद्ध-स्मारक इंडिया गेट के पास प्रिंसेज पार्क में संपन्न हुआ था।

तिरंगे से संबंधित एक रोचक घटना यह भी है कि जब 15 अगस्त, 1947 को देश आजाद हुआ तो सारे देश में सार्वजनिक स्थलों व भवनों पर यूनियन-जैक के स्थान पर तिरंगा फहरा दिया गया था; परंतु देश का एक ऐसा भू-भाग भी था जिसे लगभग नौ साल तक यह पता ही नहीं चला कि देश आजाद हो चुका है और अब उसका अपना एक झंडा भी है। अज्ञानता के कारण वहाँ आजादी के बावजूद यूनियन जैक ही फहराता रहा। हुआ यूँ कि सन् 1869 में स्वेज नहर के खुलने से लक्षद्वीपों में मिनीकाय द्वीप बड़ा महत्त्वपूर्ण बन गया। इस नहर के खुलने से यूरोप और सुदूर पूर्व के बीच समुद्री दूरी

4000 मील कम हो गई। उस समय की ब्रिटिश सरकार ने सन् 1882 में मिनीकाय द्वीप पर एक प्रकाश-स्तंभ बनाने का फैसला किया। यह द्वीप उस समय घने और ऊँचे नारियल के पेड़ों से आच्छादित था। अत: वहाँ 47 मीटर ऊँचा एक प्रकाश-स्तंभ बनाने का निर्णय लिया गया, ताकि नाविकों को समुद्र में वह चारों ओर से दिखाई दे सके। इस प्रकाश-स्तंभ की आधारशिला मई 1883 में रखी गई और इसका निर्माण कार्य मार्च 1884 में पूरा हुआ।

2 फरवरी, 1885 को विधिवत् यह प्रकाश-स्तंभ चालू कर दिया गया और अंतरराष्ट्रीय नियमों के अनुसार वहाँ तत्कालीन भारत सरकार का ध्वज यूनियन जैक फहरा दिया गया। सन् 1934 तक इस प्रकाश-स्तंभ की देखभाल का काम इंग्लैंड के बोर्ड ऑफ ट्रेड के जिम्मे था। उसके बाद इसे एक अलग बोर्ड के हवाले कर दिया गया। यद्यपि ब्रिटिश सरकार ने 15 अगस्त, 1947 को देश की सत्ता हस्तांतरित कर दी थी, परंतु 2 अप्रैल, 1956 तक यहाँ यूनियन जैक ही फहराता रहा। जब इस भूल का पता चला तो सरकारी कार्यवाही शुरू हुई और 2 अप्रैल, 1956 को वहाँ से यूनियन जैक उतारकर उसके स्थान पर तिरंगा फहराया गया।

इस प्रकाश-स्तंभ के हस्तांतरण समारोह में शामिल होने के लिए विशेष रूप से ब्रिटिश लाइट हाउस सेवा के तत्कालीन सुपरिंटेंडेंट मिस्टर रीस आए थे। कहा जाता है कि जब प्रकाश-स्तंभ से यूनियन जैक उतारा गया और भारतीय तिरंगा फहराया गया तो भावुकता के कारण मिस्टर रीस के मुँह से एक शब्द भी नहीं निकला और वे समारोह के बीच में ही उठे और अपनी नाव लेकर द्वीप से चले गए। इस प्रकार 2 अप्रैल, 1956 से इस प्रकाश-स्तंभ पर तिरंगा फहराया जाने लगा; परंतु फिर भी ब्रिटिश सरकार ने इस प्रकाश-स्तंभ का प्रबंध 9 सितंबर, 1963 को ही वास्तविक रूप में भारत सरकार को सौंपा, क्योंकि ब्रिटेन की संसद् को इस संबंध में विधेयक पास करने और महारानी का अनुमोदन लेने में सात वर्ष और लग गए।

भारतीय नौ सेना व थल सेना ने 16 दिसंबर, 1961 को गोवा, दमन एवं दीव को पुर्तगाली सरकार से मुक्त करा वहाँ पहली बार तिरंगा फहराया था। ऐसे ही जब 21 अक्तूबर, 1954 को फ्रांसीसी सरकार ने समर्पण-पत्र पर हस्ताक्षर किए तो पांडिचेरी में पहली बार भारतीय तिरंगा लहराया। इससे पहले 2 अगस्त, 1954 को दादरा, नागर हवेली को लोकशक्ति ने विदेशी सत्ता से मुक्ति दिला वहाँ तिरंगा फहराया था।

26 जनवरी, 1950 को भारत जब एक गणतंत्र बना तो भारत के राष्ट्रपति का एक निजी ध्वज बनाया गया, जिसमें चार बराबर आयतें बनी थीं। उसकी पहली और चौथी आयत नीले रंग की थी तथा दूसरी और तीसरी लाल रंग की थी। पहली आयत में राष्ट्रीय-चिह्न अंकित था, दूसरी में हाथी, तीसरी में तराजू, तो चौथी में एक छोटे कलश में अधखिले कमल के फूल अंकित थे। राष्ट्रपति का यह निजी ध्वज राष्ट्रपति भवन व उनकी सवारी पर लगाया जाता था। इसी प्रकार देश के राज्यों के राज्यप्रमुखों के भी अपने-अपने निजी ध्वज थे। इनका रंग केसरी और बीच में अशोक चिह्न बादामी रंग में अंकित था, जिसके नीचे राज्य का नाम लिखा होता था।

सन् 1971 में जब प्रिवीपर्स की प्रथा समाप्त की गई, तो 15 अगस्त, 1971 से सब भूतपूर्व देशी राज्यों के शासकों पर अपने-अपने राज्यों के झंडे न फहराने का प्रतिबंध लगा दिया गया। उसी समय से भारत के राष्ट्रपति ने भी अपना निजी ध्वज लगाना बंद कर दिया और उसके स्थान पर उन्होंने तिरंगा अपना लिया। तब से राष्ट्रपति भवन पर तथा उनकी सवारी पर तिरंगा ही फहराया जाता है। इसी प्रकार अब राज्यों के गवर्नर व उप-गवर्नर निजी ध्वज के स्थान पर अपने आवास व कार्यालय पर तिरंगा ही फहराते हैं।

यहाँ ध्यान देने योग्य बात यह है कि अब देश में किसी और भूतपूर्व देशी राज्य को अपना झंडा फहराने की अनुमति नहीं है, पर संविधान की धारा 370 के अंतर्गत 'जम्मू व कश्मीर' राज्य आज भी अपवाद है। वहाँ आज भी तिरंगे के साथ-साथ जम्मू व कश्मीर का अपना हलधर लाल ध्वज फहराया जाता है। दिल्ली स्थित कश्मीर-हाउस पर भी यह ध्वज देखा जा सकता है।

29 मार्च, 1953 को जब शेरपा तेनसिंह और एडमंड हिलेरी ने पहली बार दुनिया के सबसे ऊँचे पर्वत-शिखर माउंट एवरेस्ट पर विजय प्राप्त की, तो भारत के तिरंगे को यूनियन जैक और नेपाल के झंडों के साथ दुनिया के सबसे ऊँचे शिखर पर फहराने का विशिष्ट सम्मान प्राप्त हुआ। और भारतीय पर्वतारोहियों द्वारा अब तक तो यह माउंट एवरेस्ट पर दस-ग्यारह बार फहराया जा चुका है।

यही नहीं, हमारा यह तिरंगा अंतरिक्ष की सैर भी कर चुका है। सन् 1971 में जब अपोलो-15 अंतरिक्ष में भेजा गया तो उसमें अमेरिका व कुछ अन्य देशों के ध्वजों के साथ भारत का तिरंगा भी था। इसके बाद अप्रैल

1984 में एक बार फिर यह अंतरिक्ष में विंग-कमांडर राकेश शर्मा के अंतरिक्ष-सूट पर टँगकर वहाँ गया।

अंतरिक्ष में घूम आने के बाद तिरंगा पृथ्वी के उन भू-भागों तक भी गया जहाँ जाना दुर्लभ है, जैसे अंटार्कटिका व दक्षिणी ध्रुव। 9 जनवरी, 1982 को जब भारतीय अंटार्कटिका अभियान पहली बार दक्षिण-गंगोतरी पर पहुँचा तो उन्होंने वहाँ भारतीय तिरंगा फहराया, इसी प्रकार दक्षिण ध्रुव पर कर्नल जे. के. बजाज ने इसे 17 जनवरी, 1981 को पहली बार फहराया। 28 सितंबर, 1985 को कर्नल टी.पी. चौधरी ने इसे अपनी नौका 'तृष्णा' पर फहराकर पूरे विश्व की समुद्री यात्रा करा दी और यात्रा पूरी होने पर 10 जनवरी, 1987 को भारत लौटे। 30,000 नोटिकल माईल (मील) से भी अधिक समुद्री यात्रा तिरंगे ने 470 दिन में पूरी की। इस प्रकार तिरंगे ने पं. जवाहरलाल नेहरू के उस सपने को साकार कर दिया जिसे उन्होंने 22 जुलाई, 1947 को संविधान सभा को तिरंगा भेंट करते हुए देखा था। उन्होंने कहा था—

"आशा है हमारा यह तिरंगा दूर-दूर तक पहुँचेगा, सिर्फ उन्हीं स्थानों पर नहीं जहाँ भारतीय राजदूत और मंत्रीगण जाएँगे, बल्कि सुदूर समुद्रपारीय देशों में भी, जहाँ इसको फहराते भारतीय जहाज ले जाएँगे। हमारा यह तिरंगा अपने साथ स्वतंत्रता और मैत्री का यह संदेश लेकर जाएगा कि 'भारत विश्व के सभी देशों से मैत्री का संबंध स्थापित करना चाहता है।'

तिरंगे को बनाने व सिलने के संबंध में भी एक-दो रोचक बातें हैं, जैसे कि तिरंगा केवल हाथ से बनी खादी के कपड़े का ही बनाया जाता है, चाहे वह सूती खादी हो या रेशमी। यही नहीं, झंडा सिलने के लिए भी खादी का धागा ही प्रयोग में लाया जाता है। इस संबंध में एक और बात जानने योग्य है कि पूरे देश में 'गरग' नामक एक छोटा सा गाँव, जो बंगलौर-पूना रोड पर स्थित है, में ही केवल वह कपड़ा बनाया जाता है, जिससे तिरंगा तैयार किया जाता है। वहाँ एक केंद्र सन् 1954 में स्थापित किया गया था। नियम के अनुसार हाथ से बने खादी के एक वर्ग फुट कपड़े का वजन 250 ग्राम होना चाहिए। हाथ से बनी खादी, जिसका प्रयोग झंडे के निर्माण के लिए होता है, केवल देश भर में एक ही जगह बनती है, पर झंडों का निर्माण मुख्य रूप से दो-तीन जगह होता है। एक तो ऑर्डिनेंस क्योरिंग फैक्टरी, शाहजहाँपुर व दूसरा झंडा खादी ग्रामोद्योग आयोग, बंबई, तीसरा खादी ग्रामोद्योग, दिल्ली। लेकिन निजी निर्माताओं द्वारा राष्ट्रीय ध्वज के निर्माण पर कोई प्रतिबंध नहीं है।

राष्ट्रीय ध्वज के विषय में एक और अल्पविदित तथ्य यह भी है कि इसके नौ मानक आकारों (स्टैंडर्ड साइजों) में से पहला आकार इक्कीस फीट लंबा व चौदह फीट चौड़ा (21' × 14') है। बहुत पूछताछ के बाद भी पता नहीं चला कि इतने बड़े आकार का झंडा देश की किस इमारत या भवन पर फहराया जाता है, क्योंकि लाल किले व राष्ट्रपति भवन जैसे विशाल स्थलों पर भी स्टैंडर्ड साइज के दूसरे नम्बर (12' × 8') के ध्वज ही फहराए जाते हैं। एक सूचना के अनुसार, इतने बड़े आकार का झंडा सारे देश में संभवतः केवल एक ही स्थान पर फहराए जाने की संभावना है और वह स्थल है मद्रास स्थित सेंट जॉर्ज फोर्ट, जिस पर देश का सबसे ऊँचा ध्वज-दंड (फ्लैग मास्ट) है, जो 100 फीट से भी अधिक ऊँचा है (45. 7 मीटर)। यह ध्वज-दंड सन् 1770 में इसके वर्तमान स्थल पर स्थापित किया गया था, परंतु मूल रूप से इस ध्वज-दंड को सन् 1687 में तत्कालीन ईस्ट इंडिया कंपनी के गवर्नर जनरल येल ने किले के किसी दूसरे स्थल पर स्थापित करके उस पर यूनियन जैक फहराया था। यह ध्वज-दंड सागवान (टीक-वुड) की लकड़ी का बना है।

राष्ट्रीय ध्वज का सबसे छोटा स्टैंडर्ड साइज नंबर नौ केवल छह इंच लंबा व चार इंच चौड़ा (6" × 4") है। इस आकार के झंडे विदेशियों के साथ राजकीय सम्मेलनों व वार्त्ताओं के दौरान मेज पर रखने के काम आते हैं। इस सबसे छोटे ध्वज की एक विशेष बात यह है कि इसे रेशम से बनाया जाता है, जबकि दूसरे आकार के ध्वज सूती खादी के बने होते हैं।

वैसे तो सरकारी इमारतों व भवनों पर तथा दूसरे अवसरों पर सूती-खादी के बने झंडों का ही प्रयोग होता है, पर एक अपवाद यह है कि 26 जनवरी के दिन राजपथ पर जो राष्ट्रीय ध्वज राष्ट्रपति फहराते हैं और 15 अगस्त के दिन लाल किले की प्राचीर पर प्रधानमंत्री, जो राष्ट्रीय ध्वज फहराते हैं, वे रेशमी होते हैं, सूती खादी के नहीं। ऐसा राष्ट्रीय गरिमा को ध्यान में रखकर किया जाता है।

सन् 1987 में देश की आजादी की जब चालीसवीं वर्षगाँठ मनाई गई तो राजधानी दिल्ली में चालीस हजार राष्ट्रीय ध्वज जगह-जगह फहराए गए थे और उन्हें अगस्त माह के दौरान एक सप्ताह तक रात-दिन फहराया गया था।

प्रथानुसार सरकारी इमारतों व भवनों पर केवल एक ही राष्ट्रीय ध्वज फहराया जाता है, पर देश में एक ऐसा भी राजकीय भवन है जिस पर एक

नहीं, तीन राष्ट्रीय ध्वज हर रोज एक साथ फहराए जाते हैं। उस भव्य इमारत का नाम है संसद् भवन। ऐसा इसलिए नहीं किया जाता कि यह राष्ट्र की संसद् का भवन है, बल्कि इसलिए कि इस भवन में लोकसभा के अध्यक्ष, उपाध्यक्ष तथा राज्यसभा के अध्यक्ष कार्य करते हैं। एक-एक राष्ट्रीय ध्वज इन तीनों के लिए फहराया जाता है। सन् 1958 से पहले, जब संसद् भवन में देश का उच्चतम न्यायालय भी स्थित था तब यहाँ एक साथ चार-चार राष्ट्रीय ध्वज फहराए जाते थे, चौथा ध्वज उच्चतम न्यायालय के लिए होता था। इसी प्रकार केंद्रीय सचिवालय के नार्थ-ब्लॉक व साउथ-ब्लॉक के विजय चौक की ओर स्थित बुर्जों पर भी एक साथ दो-दो राष्ट्रीय ध्वज फहराए जाते हैं। इसका कारण संभवतः अंग्रेजों से प्राप्त धरोहर है, क्योंकि स्वतंत्रता से पूर्व यहाँ दो-दो यूनियन जैक फहराए जाते थे, जिनके लिए दोनों बुर्जों पर तिरछे दो-दो ध्वज-दंड विशेष रूप से लगे हुए हैं।

□

## परिशिष्ट-1

# गोपनीय

# केंद्रीय गुप्तचर कार्यालय
# मैडम भीखाजी रुस्तम के.आर. कामा का इतिहास

बंबई के सोराबजी फ्रामजी पटेल की पुत्री मैडम कामा का जन्म सन् 1875 के लगभग हुआ था। उनके पति पारसी समाज सुधारक के.आर. कामा के पुत्र तथा बंबई के एक संपन्न सॉलिसीटर थे। मैडम कामा ने एलेक्जेंड्रा पारसी गर्ल्स स्कूल में प्रारंभिक शिक्षा प्राप्त की थी तथा वे कई भाषाएँ धारा प्रवाह बोल सकती थीं। स्वयं अपने ही विवरण के अनुसार वे लगभग 1902 से यूरोप के जर्मनी, स्कॉटलैंड, पेरिस तथा लंदन में लगभग एक-एक वर्ष रही थीं।

2. अगस्त 1907 में मैडम कामा ने प्रसिद्ध पारसी राजद्रोही सरदारसिंहजी रेवाभाई राणा के साथ स्टुटगार्ट, जर्मनी में अंतरराष्ट्रीय समाजवादी कांग्रेस में भाग लिया, जिसकी 22 अगस्त की बैठक में उन्होंने अंग्रेज पूँजीपतियों तथा ब्रिटिश सरकार के अधीन भीषण अत्याचार सहती हिंदुस्तान की करोड़ों मूक जनता के लिए एक भाषण दिया कि प्रतिदान में भारत को बिना कुछ दिए प्रतिवर्ष 3 करोड़ 50 लाख पाउंड की राशि भारत से इंग्लैंड भेजी जा रही है, जिसके परिणामस्वरूप हर महीने 5 लाख भारतीय गरीबी के कारण मर रहे हैं। अपने भाषण के अंत में उन्होंने एक हरा, पीला और लाल रंग का तिरंगा झंडा फहराया, जिसकी बीच की पट्टी पर 'वंदेमातरम्' अंकित था और हिंदुओं, मुसलमानों, बौद्धों और पारसियों के प्रतीक बने हुए थे। उन्होंने

लोगों से भारत की निर्धनता पर कामरेड हाइंडमैन का आलेख पढ़ने का अनुरोध किया और फिर उनके सामने तिरंगा लहराते हुए कहा कि मुझे पूरी आशा है कि भारतीय गणराज्य की स्थापना मेरे जीवनकाल में ही हो जाएगी। मैडम कामा तथा एस.आर. राणा ने उस कांग्रेस में पेरिस इंडियन सोसाइटी के प्रतिनिधि के रूप में भाग लिया। भारतीय कांग्रेस के मुखपत्र 'इंडिया' के अनुसार—''उनको कांग्रेस का सदस्य बनने का अधिकार नहीं था, लेकिन ब्रिटिश शाखा के सौजन्य से उनको प्रवेश दिया गया, जिसके लिए मैडम कामा उस शाखा को धन्यवाद देना चाहती हैं।''

3. सितंबर 1907 के 'इंडियन सोशियोलोजिस्ट' में निम्नलिखित वक्तव्य प्रकाशित हुआ—

''हमें यह बताते हुए अत्यंत प्रसन्नता हो रही है कि श्रीमती भीखाजी रुस्तम के.आर. कामा, जिनके नाम से हमारे पाठक भलीभाँति परिचित हैं, की पहल पर पेरिस में रहनेवाली कुछ भारतीय महिलाओं ने लेक्चरशिप की पेशकश की है...''

9. मैडम कामा ने दूसरी बैठकों में भी भाग लिया और लगता है कि वह इस काम के लिए ही संयुक्त राज्य अमेरिका के दौरे पर गईं। वह यूरोप कब लौटीं, इसका कोई रिकॉर्ड नहीं मिलता, लेकिन पेरिस के एक संवाददाता ने लिखा है कि लाला लाजपतराय का स्वागत करने के लिए 14 सितंबर, 1908 को आयोजित की गई उग्रवादियों की बैठक में वह उपस्थित नहीं थीं, क्योंकि तब वह उत्तरी फ्रांस में थीं। वह अक्तूबर में पेरिस लौटीं और किसी खेमचंद नामक व्यक्ति के मकान पर 25 तारीख को आयोजित एक बैठक में भाग लिया; यह बैठक बी.सी. पाल से भेंट करने के लिए बुलाई गई थी, जो पेरिस के रास्ते इंग्लैंड जा रहे थे। कहा जाता है कि मैडम कामा विशेष रूप से इसी काम के लिए पेरिस लौटीं।

10. मैडम कामा 24 नवंबर, 1908 को 65, क्रॉमवेल एवेन्यू, हाईगेट, लंदन स्थित इंडिया हाउस की सामान्य रविवासरीय बैठक में उपस्थित थीं। श्रीमती कृष्णवर्मा ने बैठक की अध्यक्षता की तथा बी.सी. पाल ने 'हिंदू राजनीति' पर भाषण दिया। मैडम कामा ने भी एक भाषण दिया, जिसमें उन्होंने श्रोताओं को बंगाल के शहीदों (उन्होंने शहीदों के नाम लिये,

प्रत्येक नाम पर ऊँची हर्षध्वनि हुई) के आत्म-त्याग का अनुकरण करने तथा मृत्यु का आलिंगन करने को तैयार रहने का अनुरोध किया। उन्होंने रेशम और स्वर्ण से बुना हुआ एक राष्ट्रीय झंडा भी प्रदर्शित किया, जिस पर '1908 के शहीदों की स्मृति में' शब्द अंकित थे।

11. 19 दिसंबर को मैडम कामा 'भारतीय राष्ट्रवाद' विषय पर आयोजित भाषणमाला के तहत बी.सी. पाल के भाषण में उपस्थित थीं। पाल के भाषण के अंत में मैडम कामा ने हवा में दो झंडे लहराए और बोलने की अनुमति माँगी। उन्होंने एक अत्यंत ओजपूर्ण भाषण दिया, जो बाद में 'फ्री हिंदुस्तान' में प्रकाशित हुआ। उनके इस भाषण को पुस्तिका के रूप में प्रकाशित करके बड़ी संख्या में भारत भेजा गया। दावा किया जाता है कि उस पर उन्होंने अपने हस्ताक्षर किए। बीच में रोक लिये जाने के डर से पत्रों को लंदन के लगभग एक दर्जन डाक-जिलों से प्रेषित किया गया।

12. पुस्तिका इस प्रकार थी—

## वंदे मातरम्
## भारतवासियों को एक संदेश

देशवासियो, मेरी बात सुनिए! मैं आपका अधिक समय नहीं लूँगी। सिर्फ पाँच मिनट। मैं जो कुछ कहने जा रही हूँ उसकी जिम्मेदारी मैं पूरी तरह समझती हूँ। मैं सबकुछ के लिए तैयार होकर आई हूँ। मेरे पास देने के लिए सिर्फ एक ही जीवन है, त्याग करने के लिए एक ही 'अवतार'। मैं बताना चाहती हूँ कि कौन सा तरीका अपनाया जाए, क्योंकि हमारे देश में इतना अत्याचार हो रहा है, रोजाना तार से निर्वासन की इतनी अधिक खबरें आ रही हैं कि मैं चुप नहीं रह सकती। हमें शांतिपूर्ण तरीका अपनाने की भी इजाजत नहीं दी जाती। अपने देशभक्त देशवासियों को यह बताने की न मुझमें सामर्थ्य है, न अधिकार, कि आप अमुक रास्ता अपनाएँ और अमुक न अपनाएँ। लेकिन मैं जानती हूँ कि जब मैं यह कह रही हूँ कि हाल के वर्षों का हमारे आनेवाले आंदोलन पर कोई प्रभाव नहीं पड़ेगा, तो मैं सच बोल रही हूँ। क्या हमारे देशवासी डर गए? नहीं, नहीं। शायद नए

विनियम पुराने विनियमों से बदतर हैं, इनसे कार्यवाही शीघ्र की जा सकती है, लेकिन वास्तव में यह और भी अधिक अन्यायपूर्ण है। आप में से कुछ लोगों का विचार है कि एक स्त्री होने के नाते मुझे हिंसा पर आपत्ति करनी चाहिए। हाँ महाशय, किसी समय मैं भी यही सोचती थी। तीन वर्ष पहले मैं हिंसा का विचार करना भी घृणित कार्य समझती थी, लेकिन उदारवादियों की हृदयहीनता, उनके ढोंग और उनकी अश्लीलता देखकर मेरी वह भावना बदल गई। जब हमारे दुश्मन हमें हिंसा का रास्ता अपनाने को विवश कर रहे हों, तो हमें ऐसा करने पर दुःख क्यों हो? यदि हम बल का प्रयोग कर रहे हैं तो इसलिए कि हमें मजबूर किया जा रहा है। ऐसा क्यों है कि अंग्रेज पुरुषों और महिलाओं की नजर में रूसी सोफी पेरावोस्की और उसके साथी वीरांगनाएँ व वीर हैं और उसी उद्देश्य से ठीक वही कार्य करने पर हमारे देशवासी अपराधी समझे जाते हैं। यदि रूस में हिंसा प्रशंसनीय है तो भारत में क्यों नहीं? कहीं भी हो, अत्याचार अत्याचार है, उत्पीड़न उत्पीड़न है। सफलता ही किसी कार्य को उचित या अनुचित सिद्ध करती है। स्वतंत्रता-संघर्ष में असाधारण कदम उठाने पड़ते हैं। विदेशी शासन के प्रति विद्रोह यदि सफल हो तो वह देशभक्ति है। स्वतंत्रता के बिना जीवन क्या कोई महत्त्व रखता है? सिद्धांतहीन जीवन भी कोई जीवन होता है? दोस्तो! आइए, सभी प्रकार की बाधाओं, संदेह और भय से मुक्त हो जाएँ। मैजिनी के शब्दों में मैं आपसे अनुरोध करती हूँ, "आइए, हम उन लोगों से तर्क करना छोड़ दें जो हमारी बात को अच्छी तरह समझते हैं, लेकिन उस पर ध्यान नहीं देते हैं। यदि हमारे देशवासी अपमानित होते हैं तो हमारे लिए यह और भी जरूरी हो जाता है कि हम सभी प्रकार के खतरे उठाकर उनकी स्थिति सुधारें।" भारतीयो, आत्मसम्मान का परिचय दो और काम करना शुरू कर दो। अब सभाएँ आयोजित करने और प्रस्ताव पास करने के दिन बीत चुके। मौन रहकर ठोस काम करो। मुट्ठी भर विदेशियों, थोड़े से अंग्रेजों ने हमारे विरुद्ध युद्ध छेड़ दिया है। यदि हम उनकी चुनौती को स्वीकार करके उनके विरुद्ध युद्ध की घोषणा कर दें तो इसमें आश्चर्य की क्या बात होगी? स्वाधीनता की कीमत चुकानी ही पड़ती है। कौन सा देश है जिसने बिना कीमत

चुकाए स्वतंत्रता प्राप्त की हो?

ईश्वर को धन्यवाद दीजिए कि हमारे देशवासियों ने यह संकल्प कर लिया है कि अत्याचार सहन करना पाप है। उन्होंने सतत संघर्ष करना सीख लिया है, यह समझ लिया है कि कीड़ों की तरह मरने से निर्भय होकर मर जाना अच्छा है। हमें अपनी शक्ति का इल्म हो गया है तथा अपने पूर्वजों और महान् देश के नाम पर हम अत्याचारियों का सामना करने लगे हैं।

वे चार युवक, जिनको मौत की सजा दी गई, वे मातृभूमि की वेदी पर धूप-कपूर की तरह महक रहे हैं। सत्य, न्याय और स्वाधीनता की वेदी पर इन युवकों की बलि दी गई है। वंदे मातरम् का यह झंडा, जो मैं आपके सामने लहरा रही हूँ, एक उदारचेता युवा देशभक्त ने मेरे लिए बनाया था, जो आज हमारे देश के तथाकथित न्याय करनेवाली अदालत के कठघरे में खड़ा है। वहाँ न्याय और जूरी की बात करना कितना हास्यास्पद है। तिलक और पिल्लै के मामले में हम इस न्याय की विडंबना देख चुके हैं। उन्हें कैद क्यों किया गया है, निर्वासित क्यों किया गया है? किसलिए? सच बोलने के लिए न!

वह नकसड़ा जॉन मॉर्ले बार-बार पाश्चात्य संस्थाओं और इंग्लैंड के तथाकथित शिष्टाचार की बात क्यों कर रहा है? हमें ब्रिटिश संस्थाएँ नहीं चाहिए। हम अपना देश वापस चाहते हैं। भारत में अंग्रेजी शिष्टाचार की जरूरत नहीं है। हमें अपना विशाल वटवृक्ष और सुंदर कमलपुष्प चाहिए। हम ब्रिटिश सभ्यता की नकल नहीं करना चाहते। हमारी अपनी सभ्यता है, जो इससे ऊँची और महान् है। मॉर्ले की सभ्यता क्या है? महिलाओं पर अत्याचार? किसलिए? मानव अधिकारों की माँग करने के लिए। इस देश में चारों ओर मैं क्या देख रही हूँ? गरीबी, दुःख, लूटपाट और अत्याचार।

हिंदुस्तानियो! हमारी क्रांति पवित्र है। हमारे देश के जो पुरुष और महिलाएँ आजादी के लिए ब्रिटिश तानाशाही के विरुद्ध संघर्ष कर रहे हैं, हमें उनको अपनी बधाई भेजनी चाहिए। हमारी कामना है कि उनकी संख्या में प्रतिदिन वृद्धि हो, उनका संगठन मजबूत होता जाए। हमारा देश दासता से शीघ्र मुक्त हो। मेरे जीवन की एकमात्र कामना है कि मैं अपने देश को स्वतंत्र और संगठित देखूँ। मैं आप सब

पुरुषों से आगे बढ़ने की अपील करती हूँ। आगे बढ़िए और सही अर्थों में स्वराज का लक्ष्य प्राप्त करने में देश की, मातृभूमि की निस्सहाय, मृतप्राय तथा पद-दलित संतति की सहायता कीजिए।

13. सिखों की राजभक्ति को कम करने के लिए दा.वि. सावरकर, लाला लाजपत राय, बि.चं. पाल तथा अन्य लोगों द्वारा 29 दिसंबर, 1908 को लंदन के कैकस्टन हॉल में आयोजित गुरु गोविंद सिंह समारोह के मंच पर मैडम कामा को प्रमुख स्थान प्राप्त था।
14. जनवरी 1909 में यह सूचना प्राप्त हुई कि मैडम कामा लंदन के राष्ट्रवादियों को धन दे रही हैं तथा विशेष रूप से यूरोप से भारत भेजे जानेवाले राजद्रोहात्मक दस्तावेजों के मुद्रण का खर्च उठा रही हैं।
15. 11 फरवरी, 1909 को बी. भट्टाचार्य पर सर विलियम ली वार्नर पर हमला करने का आरोप लगाया गया तथा छह महीने के लिए दस पौंड की जमानत पर दो जमानतदार खोजने का आदेश दिया गया और ऐसा न करने पर एक महीने की कैद की सजा दी गई। इस अवसर पर मैडम कामा तथा अन्य लोगों ने जमानतदार बनने की तैयारी की, लेकिन भट्टाचार्य ने जेल जाना ही पसंद किया।
16. 20 फरवरी को स्ट्रैंड के एसेक्स हॉल में लंदन इंडियन सोसाइटी की एक बैठक में भारत में हिंदुओं और मुसलमानों के बीच संबंधों पर हैदर रजा के भाषण के बाद मैडम कामा भी बोलीं। अपना भाषण शुरू करने से पहले उन्होंने अपनी जेब से सिल्क का एक झंडा निकाला, जिस पर 'स्वदेशी' और 'वंदे मातरम्' अंकित था, कहा कि जो झंडा उनके सिर के ऊपर दीवार पर लगा हुआ है, उसके नीचे बोलने की उनको आदत है। उन्होंने हिंदुओं की अपेक्षा मुसलमानों को अधिक पसंद किया, क्योंकि वे अपेक्षाकृत अधिक बलवान् और साहसी थे। वर्तमान संकट काल में ऐसे ही लोगों को प्यार किया जाना चाहिए, क्योंकि यदि आजादी हासिल करने के लिए हिंसा का सहारा लेना पड़ा तो निस्संदेह वे उनकी मदद करेंगे।
42. सितंबर 1912 में मालूम हुआ कि मैडम कामा की जगह 'वंदे मातरम्' का प्रूफ एस.आर. राणा ने देखा। उनसे प्राप्त कॉपी देखने पर पता चला कि उन्होंने बहुत खराब प्रूफ देखा है।
43. दिसंबर 1912 में पता चला है कि मैडम कामा को अंडमान

जेल में बंदी हेमचंद्र दास और गणेश दामोदर सावरकर के पत्र प्राप्त हुए हैं तथा उन्होंने उनके उत्तर प्रेषित किए हैं।

44. फरवरी 1913 में पता चला कि मैडम कामा एस.आर. राणा, डी.एस. माधव राव और वीरेंद्रनाथ चट्टोपाध्याय से निरंतर संपर्क बनाए रखती थीं और रोजाना पत्र अथवा टेलीफोन से संपर्क करती थीं। बाद में उन्हें सेनफ्रांसिस्को से 15 पृष्ठों की उनकी एक पुस्तिका 'साइड लाइट्स ऑफ इंडिया' की प्रतियाँ बड़ी संख्या में प्राप्त हुईं। इसमें सेनफ्रांसिस्को के एक समाचार-पत्र 'दि बुलेटिन' में प्रकाशित लेखों के री-प्रिंट थे। इनका लेखक जॉन डी. बेरी नामक कोई व्यक्ति है और 'टू माई कंट्रीमैन' शीर्षक से भूमिका हरदयाल ने लिखी है, जिसके अंत में निम्न पंक्तियाँ लिखी गई हैं—

    प्यारे साथियो! आपको यह जानकर खुशी होनी चाहिए कि हमारे लक्ष्य के लिए सभी देशों के विवेकशील और नेक पुरुष तथा महिलाएँ सहयोग दे रही हैं। जिन लोगों को स्वतंत्रता से प्यार है, उन सबकी सहानुभूति आपको प्राप्त है। आप अकेले संघर्ष नहीं कर रहे हैं। घबराइए नहीं, समय आने पर आपको संघर्ष में सफलता प्राप्त होगी। 'युगांतर सर्कुलर' शीर्षक सर्वाधिका राजद्रोहात्मक पुस्तिका की प्रतियाँ भारत भेजी गईं। लगता है, इसको हरदयाल ने तैयार किया था तथा यह यूरोप में मुद्रित हुई थी। यह ज्ञात हुआ है कि 'युगांतर सर्कुलर' की 1500 प्रतियाँ वितरण के लिए मैडम कामा के पास थीं।

45. ज्ञात हुआ है कि मार्च 1913 में मैडम कामा ने 'वंदे मातरम्' के फरवरी और मार्च अंकों के मुद्रण के लिए रोटरडम स्थित मुद्रक को 124 फ्रैंक भेजे। उन्होंने अंडमान में दा.वि. सावरकर, न्यूयॉर्क में एम.पी. तिरूमल आचार्य तथा अन्य प्रमुख आंदोलनकारियों से पत्र-व्यवहार जारी रखा। यह भी पता चला है कि वह दा.वि. सावरकर के छोटे भाई नारायण दामोदर सावरकर को नियमित रूप से धन भेजती हैं।

46. मैडम कामा किस प्रकार से अपना आंदोलन चलाती हैं, इसकी जानकारी 'वंदे मातरम्' से लिये गए उद्धरणों से की जा सकती है, जिसको वह अपने नाम से प्रकाशित करती थीं और जो परिशिष्ट में दिए गए हैं।

□

# परिशिष्ट-2

'यंग इंडिया', अप्रैल 13, 1921 में महात्मा गांधी द्वारा राष्ट्रीय ध्वज पर लिखे गए एक लेख का उद्धरण। इस लेख के लिखने पर गांधीजी को 18 मार्च, 1922 को 6 साल की सजा हुई थी।

## राष्ट्रीय ध्वज
## द्वारा
## एम.के. गांधी

झंडा सभी देशों की एक आवश्यकता है। असंख्य लोगों ने इसके लिए अपने प्राणों तक की आहुति दी है। निस्संदेह यह एक प्रकार की मूर्तिपूजा है, जिसे नष्ट करना पाप है। इसका कारण है कि झंडा किसी एक आदर्श को प्रदर्शित करता है। यूनियन जैक को लहराने से अंग्रेजों के दिल में जो जोश उमड़ पड़ता है, उसकी गहराई का पता लगाना कठिन है। अमरीकियों के लिए 'सितारे और पट्टियों' वाले झंडे का अर्थ है उनका पूरा संसार। इसलाम में चाँद और तारा उत्कृष्ट कोटि के वीरत्व का आह्वान करने के माध्यम हैं।

हम भारतीयों, मुसलमानों, ईसाइयों, यहूदियों, पारसियों और उन सबके लिए भी, जो भारत को अपना घर समझते हैं, यह आवश्यक है कि हम एक ऐसे सर्वमान्य झंडे को स्वीकृति दें जिसके लिए हम सब जी और मर सकें।

नेशनल कॉलेज, मछलीपत्तनम के श्री पी. वैंकय्या ने कुछ वर्ष पूर्व जनसाधारण के समक्ष एक ऐसी सुझावपूर्ण पुस्तिका रखी है, जिसमें उन्होंने अन्य देशों के झंडों का उल्लेख दिया है और साथ ही एक भारतीय राष्ट्रीय ध्वज का परिरूप भी प्रस्तुत किया है, लेकिन मैं श्री वैंकय्या के उस दृढ़ उत्साह की सराहना तो करता हूँ, पर साथ ही उन्होंने पिछले चार वर्षों से

कांग्रेस के प्रत्येक सत्र में राष्ट्रीय ध्वज की जो वकालत की है, उससे मैं अधिक उमंगित नहीं हुआ हूँ।

उनके परिरूपों में मुझे ऐसा कुछ भी देखने को नहीं मिला जो राष्ट्र के जनमानस को उसकी गहराइयों तक छू सके। इसलिए सुझाव देने का उत्तरदायित्व एक पंजाबी सज्जन को सौंपा गया, जिनके सुझाव ने एकदम सबका ध्यान आकर्षित किया। ये सज्जन जालंधर के लाला हंसराज थे, जिन्होंने राष्ट्रीय ध्वज की संभावनाओं पर विचार-विमर्श के दौरान यह सुझाव दिया कि चरखे को स्वराज-ध्वज में स्थान दिया जाय, मैं सुझाव की मौलिकता की सराहना किए बिना न रह सका। बजवाड़ा (जिसे आज विजयवाड़ा के नाम से जाना जाता है) में मैंने श्री वेंकय्या से कहा कि वे मुझे एक ऐसा झंडा तैयार करके दें जिसकी लाल (हिंदू रंग) और हरी (मुसलिम रंग) पृष्ठभूमि में एक चरखा अंकित हो। मेरी बात से वे इतने उत्साहित हुए कि उन्होंने तीन घंटे के अंदर ही एक झंडा बनाकर मेरे सामने रख दिया, परंतु इसे ऑल इंडिया कांग्रेस कमेटी के समक्ष प्रस्तुत करने में थोड़ा विलंब हो गया परंतु मैं ऐसा होने पर खुश हूँ, क्योंकि गहराई से विचार करने पर मुझे महसूस हआ कि राष्ट्रीय ध्वज की पृष्ठभूमि ऐसी हो कि वह अन्य धर्मों को भी प्रदर्शित करे। हिंदू-मुसलिम एकता कोई असमावेशी शब्द नहीं है अपितु यह भारत में पल रहे सभी धर्मों की एकता का प्रतीक समावेशी शब्द है। अगर हिंदू और मुसलमान एक-दूसरे को सहन कर सकते हैं तो वे अन्य धर्मों को भी सहन करने को बाध्य हैं। भारत में या विश्व में विद्यमान अन्य धर्मों के लिए एकता कोई खतरा नहीं है। इसलिए मेरा सुझाव है कि पृष्ठभूमि सफेद, हरी और लाल होनी चाहिए। सफेद भाग अन्य धर्मों का प्रदर्शन करने के लिए है। संख्या की दृष्टि से सर्वाधिक निर्बल प्रथम स्थान पर आते हैं, आगे इसलामी रंग आता है और हिंदू रंग लाल सर्वांत में आता है। इसके पीछे यही अभिधारणा है कि सबलतम को निर्बलतम की ढाल बनकर आना चाहिए। इतना ही नहीं, सफेद रंग पवित्रता और शांति का भी दिग्दर्शन कराता है। हमारा राष्ट्रीय ध्वज या तो इसी आशय से अभिप्रेत हो या फिर कुछ भी न हो, और इसीलिए हमने न्यूनतम की सर्वोत्तम के साथ समानता व्यक्त करने के लिए ध्वज के परिरूप में तीनों रंगों के लिए समान भाग निर्धारित किए गए हैं, लेकिन भारत जैसा देश केवल चरखे के लिए जी और मर सकता है। भारत की हर नारी इसके विषय में यह कौतूहल भरी बात बताएगी कि चरखे का लोप होते ही भारत की खुशहाली

और समृद्धि भी लुप्त हो जाएगी। चरखे के आह्वान पर भारतीय नारी और जनमानस में ऐसी चेतना आई है जो पहले कभी नहीं आई। जनता इसे जीवनदाता मानती है। नारियाँ इसे अपनी पवित्रता का रक्षक मानती हैं। जिस विधवा से भी मैं मिला उसने चरखे में अपने विस्मृत प्रियतम के दर्शन किए हैं। इसकी वापसी लाखों भूखों का पेट भर सकती है। 1900 मील लंबे और 1500 मील चौड़े विस्तार में फैले भारत के किसानों की बढ़ती गरीबी की समस्या को कोई भी औद्योगिक विकास की योजना हल नहीं कर सकती। भारत कोई छोटा द्वीप नहीं है, अपितु एक बड़ा महाद्वीप है, जो इंग्लैंड की तरह एक औद्योगिक देश में नहीं बदला जा सकता, और हमें विश्व के शोषण की किसी भी योजना का दृढ़ संकल्प के साथ सामना करने को तैयार हो जाना चाहिए। हमारी सारी आशाएँ राष्ट्र के व्यर्थ क्षणों के सदुपयोग पर केंद्रित हो जानी चाहिए, ताकि हम अपनी झोंपड़ियों में सूत को कपड़े में बदलकर राष्ट्र की समृद्धि में योगदान कर सकें। अतएव चरखा भारतीय जीवन के लिए उतना ही आवश्यक है जितना कि हवा और पानी।

यही नहीं, मुसलमान इसकी कसम उसी प्रकार उठाते हैं जिस प्रकार हिंदू। सच पूछा जाए तो हिंदुओं की अपेक्षा मुसलमानों ने इसे अधिक आतुरता से अपनाया है। इसका कारण है कि एक मुसलिम महिला परदानशीन होती है और अपने पति की सीमित आमदनी में परिवार के लिए इससे कुछ पैसे जुटाकर योगदान कर सकती है। अतएव चरखा अति नैसर्गिक है, क्योंकि यह राष्ट्रीय जीवन का सर्वाधिक महत्त्वपूर्ण सामान्य अंग है।

इसी के माध्यम से हम सारे संसार को सूचित करते हैं कि जहाँ तक हमारे भोजन और वस्त्र का सवाल है, हम इसे छोड़कर अन्य सभी से पूर्णरूपेण स्वतंत्र होने के लिए दृढ़ संकल्पित हैं। जिन्हें मेरे ऊपर विश्वास है वे अपने घरों में चरखे को शीघ्र प्रविष्ट करेंगे और मेरे द्वारा सुझाए गए परिरूप के राष्ट्रीय झंडे को अपनाएँगे।

भारत का झंडा खद्दर का बना होना चाहिए, क्योंकि केवल मोटे वस्त्र के द्वारा ही हम भारत को विदेशी वस्त्रों से मुक्त कर सकते हैं। मैं सभी धार्मिक संगठनों को यह राय दूँगा कि यदि वे मेरी बात से सहमत हों तो खिलाफत जैसे आंदोलनों के लिए अपने धार्मिक झंडों के ऊपरी बाएँ हाथ वाले कोने में एक लघु राष्ट्रीय ध्वज की बुनाई कर लें। ध्वज के विनियमन आकार में एक बड़े आकार के चरखे को दरशाया जाना चाहिए। □

## परिशिष्ट–3

# झाँसी की रानी लक्ष्मीबाई का झंडा

झाँसी की रानी लक्ष्मीबाई का मूल ध्वज त्रिभुज के आकार का था। इसमें बहुमूल्य हीरे-जवाहरात व नौरत्न जड़े हुए थे और यह रेशमी वस्त्र से बना था। इस ध्वज के मध्य भाग में पर्वत उठाए हनुमानजी की आकृति अंकित थी।

सरकारी रिकॉर्ड के अनुसार इस झंडे का वजन ढाई किलो था। नौरत्न जड़ित यह ध्वज दिल्ली कैंट स्थित राजपूताना राइफल रेजिमेंटल सेंटर के सिलवर रूम में सन् 1977 तक तो सुरक्षित रखा था, इसके बाद यह वहाँ से गायब हो गया और आज तक इसका कोई पता नहीं। वर्षों की खोज व छान–बीन के बाद भी जब इसका कोई अता–पता नहीं चला तो सी.बी.आई. ने इस केस को बंद कर देने की अरजी दी, पर दिल्ली के चीफ मेट्रोपोलिटन मजिस्ट्रेट जे. पी. शर्मा ने 13 मई, 1994 को उस अरजी को नामंजूर कर दिया।

ऐसी स्थिति में यह कहना कठिन है कि अब यह ध्वज कहाँ है। यह भी संभव है कि लालचवश इसे तस्करी के द्वारा देश के बाहर भेज दिया गया हो या फिर नष्ट ही कर दिया हो।

□

# *परिशिष्ट-4*

## ध्वज-वंदना

**श्री श्यामलाल 'पार्षद'**

विजयी विश्व तिरंगा प्यारा।
झंडा ऊँचा रहे हमारा।।
सदा शक्ति बरसाने वाला। प्रेम सुधा सरसाने वाला।
वीरों को हरषाने वाला। मातृभूमि का तन मन सारा।।
झंडा..........................................................................।।

स्वतंत्रता के भीषण रण में।
लखकर जोश बढ़े क्षण में।।
काँपे शत्रु देखकर मन में।
मिट जाए भय संकट सारा।।
झंडा...................................।।

इस झंडे के नीचे निर्भय। लें स्वराज्य यह अविचल निश्चय।
बोलो भारत माता की जय। स्वतंत्रता है ध्येय हमारा।।
झंडा.............................................................................................।।

आओ प्यारे वीरो आओ।
देश धर्म पर बलि जाओ।।
एक साथ सब मिलकर गाओ।
प्यारा भारत देश हमारा।।
झंडा......................................।।

इसकी शान न जाने पाए। चाहे जान भले ही जाए।

विश्व विजय करके दिखलावें। तब होवे प्रण पूर्ण हमारा।।

झंडा...............................।।

विजयी विश्व तिरंगा प्यारा।

झंडा ऊँचा रहे हमारा।।

यह ध्वज-वंदना प्रसिद्ध क्रांतिकारी, देशभक्त श्री श्यामलाल 'पार्षद' द्वारा सन् 1924 में रची गई थी। पार्षदजी राष्ट्रीय-गीतों की रचना बचपन से ही करते थे, पर उनमें ध्वज को लेकर कोई रचना नहीं थी। उनके समकालीन पत्रकार श्री गणेश शंकर विद्यार्थी ने उन्हें राष्ट्रीय ध्वज पर एक गीत रचने को कहा। परिणामस्वरूप उन्होंने एक ध्वज-गीत की रचना की, जिसके शब्द थे—

राष्ट्रगान की दिव्य ज्योति, राष्ट्रीय पताका नमो-नमो!

भारत जननी के गौरव की, अविचल शाका नमो-नमो!!

क्योंकि इस गीत की शब्दावली कठिन थी, इसलिए यह लोकप्रिय नहीं हो सकता था, साथ ही इसे गाने में भी कठिनाई होती थी। अत: विद्यार्थीजी ने पार्षदजी को एक नई रचना के लिए प्रेरित किया। परिणामस्वरूप श्यामलालजी ने उपर्युक्त गीत की रचना की। कुछ ही समय में इस गीत की स्वर लहरी पूरे राष्ट्र में गूँजने लगी। बाद में इसे ध्वज-गीत की संज्ञा दी गई और यह गीत कांग्रेस के सभी समारोहों में ध्वज-वंदन के बाद गाया जाने लगा। यह गीत कानपुर से प्रकाशित होनेवाले 'प्रताप' साप्ताहिक में पहली बार सन् 1925 में प्रकाशित हुआ। स्वतंत्रता-प्राप्ति के बाद भारत सरकार ने इस ध्वज-गीत के रचयिता को दो हजार रुपए की नकद राशि से सम्मानित किया।

□

# परिशिष्ट-5

'मॉडर्न रिव्यू', जून 1931 में प्रकाशित डॉ. सुनीति कुमार चटर्जी के लेख का अंश। यह लेख वस्तुतः ध्वज समिति, 1931 के संचालक डॉ. बी. पट्टाभि सीतारामय्या को एक विशिष्ट जन-समूह को संबोधित पत्र के उत्तर में लिखा गया था।

## राष्ट्रीय ध्वज

## द्वारा

## डॉ. सुनीति कुमार चटर्जी

कांग्रेस के विगत सत्र में यह निर्णय लिया गया कि राष्ट्रीय ध्वज के प्रश्न पर विचार किया जाए। यह एक अच्छी बात थी कि अंत में ऐसा निर्णय लिया गया। एक ध्वज विशेष किसी एक बात का प्रतीक होता है, जबकि राष्ट्रीय ध्वज तो हमारे राष्ट्रीय आदर्शों और अभिलाषाओं तथा हमारी आशाओं एवं उपलब्धियों का प्रतीक है। यह एक ऐसा प्रकाश-स्तंभ है जो लोगों को बलिदान का सर्वोत्कृष्ट मार्ग दिखाता है। 'हरा वस्त्र धारण करनेवालों को वे लोग सामान्य से पृथक् समझ रहे हैं; परिणामस्वरूप इसे कोई कम महत्त्व की वस्तु नहीं समझ लेना चाहिए। सौभाग्य से कांग्रेस की झंडा समिति इस प्रश्न के महत्त्व को और इस प्रकरण में अपने उत्तरदायित्व को अच्छी तरह अनुभव करती है। समिति के संचालक डॉ. पट्टाभि सीतारामय्या ने एक प्रश्नावली निर्गत की है, जिसमें कांग्रेस व अन्य संगठनों के साथ-साथ जनसामान्य के भी विचारों को आमंत्रित किया गया है।

हमारे पास हिंदू या मुगलकाल का ऐसा कोई प्राचीन ध्वज उपलब्ध नहीं है जिसे समूचे देश के ध्वज के रूप में अपनाने के विषय में विचार किया जा सके।

राजघरानों के अपने ध्वज हुआ करते थे, जैसे—गुप्त शासकों का गरुड़ ध्वज। ईसा पूर्व तीसरी सदी में भारत मौर्य शासकों के अधीन रहा और ईसा बाद सत्रहवीं सदी में उस पर मुगलों का आधिपत्य रहा, फिर भी इन कालों में किसी एक राष्ट्रीय ध्वज या कलगी का कोई प्रयोग याद नहीं आता। भारत कभी युद्धोन्मादी राष्ट्र नहीं रहा और इसीलिए दूसरे देशों के विरोध में किसी के समर्थन हेतु या जुटने हेतु किसी राष्ट्रीय प्रतीक की आवश्यकता अनुभव नहीं की गई। इसे छोड़ दें तो हम देखेंगे कि भारत की राजनीतिक एकता, जिसके प्रति अब हम सजग हो उठे हैं, एक बिलकुल ही नई चीज है, लेकिन राजनीतिक ऐक्य के इस नूतन बोध की पृष्ठभूमि में भौगोलिक एवं सांस्कृतिक एकता के अनुभव की एक ऐसी अनदेखी आधारशिला विद्यमान है, जो हमारे इतिहास में वर्षों पुरानी है तथा जो जाति, भाषा व धर्म की विषमताओं एवं विरोधों के परे है।

यदि हम भारत के लिए किसी राष्ट्रीय ध्वज की खोज आरंभ करें तो सबसे पहले कौन सा रास्ता अपनाना ठीक रहेगा? यदि एक संगठित भारतीय राष्ट्र अथवा भारतीय राष्ट्रीयताओं का कोई संघ बनाना हमारा लक्ष्य हो तो अपने राजनीतिक धर्म के सर्वाधिक महत्त्वपूर्ण अनुच्छेद के रूप में हमें किसी ऐसी चीज की बिलकुल अनुमति न देनी चाहिए जो मानव समुदाय में दरार उत्पन्न करे। हमें विभिन्न समुदायों के ढंग पर कदापि नहीं सोचना चाहिए, चाहे उनकी भाषा, धर्म अथवा भौगोलिक परिवेश कुछ भी क्यों न हो। अतएव हम अपने राष्ट्रीय ध्वज को ऐसा स्वरूप देने के विषय में कदापि नहीं सोच सकते जो हमारे लोगों के बीच सांप्रदायिक भेदभाव फैलाए। हिंदू, मुसलिम, ईसाई और अन्य समुदायों के प्रतीक के रूप में अपने राष्ट्रीय ध्वज के रंगों की व्याख्या को हमें हानिकर एवं राष्ट्र विरोधी समझना चाहिए।

भारत जैसे देश के लिए, जो जनसमुदाय का एक सर्वप्रमुख मिलन-स्थल रहा है, राष्ट्रीय ध्वज के रंग उन विचारणाओं एवं अभिलाषाओं को प्रदर्शित करते हैं जो सार्वभौम महत्त्व के हैं और जो किसी वर्ग के ऐसे भूतकाल से, जो सांप्रदायिक अथवा राष्ट्रीय उग्रवाद का दिग्दर्शन करे, मात्र कोई आकस्मिक संबंध नहीं रखते। यदि किसी जाति विशेष को यह सोचकर प्रसन्नता होती है

कि राष्ट्रीय ध्वज में प्रयुक्त अमुक रंग या प्रतीक भारत के एक बड़े संसार के अंदर स्थित उसके निजी छोटे या बड़े संसार से आत्मिक या ऐतिहासिक ढंग से जुड़ा है तो इससे उस समय तक कोई अंतर नहीं पड़ता जब तक उसे राष्ट्रीय अर्थों में थोपा नहीं जाता और अन्य जातियाँ भी एक राष्ट्रीय परासांप्रदायिक दृष्टिकोण से उसे उचित नहीं समझ लेतीं।

अब हम देखेंगे कि वर्तमान में प्रयुक्त राष्ट्रीय ध्वज कहाँ तक उपर्युक्त एवं अन्य विचारणाओं की संतुष्टि करता है, अन्य बहुत से राष्ट्रगीतों की तरह अपने राष्ट्रीय ध्वज व कलगी के मामले में या तो हम मनोवैज्ञानिक रूप में कोई संयोगजन्य चीज रखते हैं या फिर कोई समझ भरा प्रख्यापन। भारत में प्रयुक्त होनेवाला ब्रिटिश सरकार का झंडा (यूनियन जैक, जिस पर एक सितारा है और साथ में है अंग्रेजी का नीतिवाक्य 'हैवंस लाइट अवर गाइड'), जो दूसरी श्रेणी में आता है और हमारे इतिहास एवं परंपराओं अथवा अन्य किसी सार्वत्रिक वस्तु से संबंध नहीं रखता, भारतीय नीतिज्ञों के लिए कोई आकर्षण नहीं रखता था और हमारे नेताओं ने एक ऐसे ध्वज की आवश्यकता अनुभव की, जो सच्चे अर्थों में भारतीय हो, ध्वज-निर्माण के ऊपर बहुत से प्रयोगवादी लेख लिखे गए; जैसे कि हरित पृष्ठभूमि के ऊपर एक पंक्ति में लगे हुए पाँच सफेद कमल, लाल पृष्ठभूमि में एक सफेद कमल और कहीं नीली पृष्ठभूमि में भारत का आरेख मानचित्र भी दिखाया गया था। बीस वर्ष से भी अधिक हो गए जब भगिनी निवेदिता ने 'मॉडर्न रिव्यू' में छपे एक लेख में ऐसे राष्ट्रीय झंडे का अनुरेख सुझाया था, जिसमें वज्र व कमल को सम्मिलित किया गया था, जो भारत की आध्यात्मिक भावनाओं के प्रतीक थे। संभवतः सर्वप्रथम हरे और लाल रंग को भारत के राष्ट्रीय रंगों के रूप में श्रीमती ऐनी बेसेंट और वाडिया महाशय द्वारा सन् 1917 में प्रस्तुत किया गया। उस समय हरा रंग जीवन और आशा का प्रतीक था और लाल रंग खून एवं बलिदान का। सन् 1921-22 में लाल और हरे रंग में सफेद रंग को भी जोड़ दिया गया और खिलाफत तथा सांप्रदायिक भेदभाव की भावना के राष्ट्रीय वातावरण में उदय होने से रंगों की सांप्रदायिक व्याख्या अस्तित्व में आई। हरा रंग मुसलमानों को प्रदर्शित करता था, लाल हिंदुओं को और सफेद रंग सभी अल्पसंख्यक समुदायों को प्रदर्शित करता था।

समय-समय पर इन रंगों पर आपत्तियाँ भी उठाई गईं, परंतु महात्माजी और कांग्रेस में जनसामान्य की आस्था एवं राजनीतिक संघर्ष के कारण कोई

गंभीर विचारणा मूर्त नहीं हो सकी। सन् 1924 में कलकत्ता में हुए अखिल भारतीय संस्कृत सम्मेलन में संस्कृत के विद्वानों ने धीमे स्वरों में झंडे में हिंदू प्रतीकों के रूप में केसरिया या गेरुआ रंग और विष्णु की गदा को सम्मिलित करने की बात कही। सन् 1924 में कांग्रेस के बेलगाँव अधिवेशन के अवसर पर शांतिनिकेतन स्थित रवींद्रनाथ की संस्था से एक पत्र भेजा गया, जिसमें अन्य लोगों के साथ स्वर्गीय द्विजेंद्रनाथ टैगोर और सी.एफ. एंड्रूज के भी हस्ताक्षर थे। इस पत्र में महात्माजी से यह निवेदन किया गया था कि वे राष्ट्रीय झंडे में गैरिक (गेरु या लाल गेरुआ रंग) को सम्मिलित करने की उनकी राय पर विचार करें। यह रंग त्याग की भावना का द्योतक था और यह एक ऐसा रंग था जो हिंदू योगी और संन्यासियों के साथ-साथ मुसलिम फकीर और दरवेशों के सामान्य आदर्शों का भी दिग्दर्शन कराता था। (इस संबंध में नवंबर 1930 के मॉडर्न रिव्यू का अवलोकन करें) हाल ही में सिखों ने माँग की है कि सिखों के रंग गेरुआ या केसरिया रंग को राष्ट्रीय ध्वज में स्थान दिया जाए। आइए, देखें कि हमारे वर्तमान लाल, सफेद और हरे रंगोंवाले राष्ट्रीय ध्वज पर क्या-क्या आपत्तियाँ उठाई जा सकती हैं।

प्रथम दृष्टि में तो यह देखने में आता है कि ये तीनों रंग कम-से-कम चार विभिन्न देशों—फारस, इटली, बुल्गारिया और मेक्सिको के झंडों में भी स्थान पाते हैं। ये रंग अलग-अलग ढंग से व्यवस्थित हैं, परंतु बुल्गारिया के झंडे के रंग तो उसी क्रम में हैं जिस क्रम में भारतीय ध्वज में। हमें यह नहीं मालूम कि उपर्युक्त देशों के लोगों के लिए ये तीन रंग क्या अर्थ रखते हैं, लेकिन भारत के ध्वज में कुछ विशेषता अवश्य होनी चाहिए। रंगों के संदर्भ में कुछ ऐसी विशेषता, जिसे हम भारत और उसके आदर्शों के साथ जोड़ सकें। इतना ही नहीं, हमारे झंडे में रंगों को लेकर उठाई गई सांप्रदायिक प्रतीकात्मकता का विरोध तो होना ही चाहिए और इन्हीं सांप्रदायिक आधारों पर लाल और सफेद रंगों के लिए आगे भी आपत्तियाँ उठाई जा सकती हैं।

हमें (कम-से-कम युक्ति की प्राधिकारिक कांग्रेस की व्याख्या में से) समस्त सांप्रदायिक संकेतार्थों को निकाल देना चाहिए और एक नूतन रंग-योजना को स्थानापन्न करना चाहिए, जिसमें तीन या अधिक रंग हों (जैसे चीन, जिसके ध्वज में लाल, पीले, नीले, सफेद और काले रंग के पाँच क्षैतिज पटल हैं)। अधिकांश देशों की तरह हम केवल तीन रंगों से ही काम चला सकते हैं। ऐसी स्थिति में हमारे तिरंगे का नाम हमारी लोकतांत्रिक भाषा में

'हिंदुस्तान का तिरंगा झंडा' होगा। अथवा हम चार रंग भी रख सकते हैं, तब हम अपने झंडे को 'चौरंगा' कहेंगे, जो फ्रांस के तिरंगे की तरह भारतीय राष्ट्रीय ध्वज का द्योतन करने के लिए स्वयं में पर्याप्त होगा। चार ऐसी संख्या है जिसे हम भारत के लोग बहुत पसंद करते हैं। यह हमारे अर्थतंत्र में, हमारे बाटों और मापकों में और हमारे शतरंज ('चतुरंग', अर्थात् सेना के चार 'विभाग', जिसे फारसी और अरबी भाषा में 'शतरंज' कहा जाता है) के खेल में गणना का आधार है एवं भारत का विश्व को दिया एक उपहार है। अतः चारों रंग भारतीय ध्वज में स्थान दिए जाने पर भारत की एक विशिष्टता हो जाएगी।

ये तीन या चार रंग कैसे होने चाहिए? वे क्या प्रदर्शित करेंगे? कोई प्रतीक जब प्रचलन में आ जाता है तो दो कारणों से इसे बाधित नहीं करना चाहिए। यह देखना आवश्यक है कि क्या सचमुच ही इस प्रतीक के संबंध में कुछ आपत्तिजनक है, यदि नहीं तो इसमें सुधार लाने से कोई लाभ नहीं। तब हमें ऐसी वस्तुस्थिति में विक्षोभ उत्पन्न नहीं करना चाहिए, जो हमारे राष्ट्रीय जीवन और चेतना का आवश्यक अंग बन चुकी है। अब पिछले दस वर्षों से वर्तमान राष्ट्रीय ध्वज सारे देश में प्रयुक्त हो रहा है और इस झंडे तले गत दस वर्षों में हम भारतीयों में आश्चर्यजनक परिवर्तन आया है। अतएव हमें अपने राष्ट्रीय ध्वज में कोई उग्र या क्रांतिकारी परिवर्तन नहीं लाना चाहिए; जरूरत पड़ने पर परिस्थितियों के अनुसार न्यूनतम परिवर्तन लाना ही हमारे लिए श्रेयस्कर होगा।

मैं पुनः इस बात को दोहराना चाहता हूँ कि सांप्रदायिक मतदाताओं की तरह रंगों की सांप्रदायिक व्याख्या या आवंटन वर्जित किया जाना चाहिए। जहाँ तक हो, हमें इस जहर को अपने से दूर ही रखना चाहिए। आदर्शों की प्रतीक रंगों की मूल व्याख्या की ओर ही हमें वापस जाना होगा और वही सर्वमान्य भी है। मेरी समझ में हरे और लाल दोनों ही रंगों को बनाए रखना होगा। हरियाली का हरा रंग जीवन और समृद्धि का रंग है और धरती के सभी देश इसी प्रतीकन को स्वीकारते हैं। मनुष्य के रूप में हमें जीवित रहना है और हम अपने राष्ट्रीय चिह्न के रूप में अपने जीवन का प्रतीक खोज सकते हैं। हरा रंग आशा का भी रंग है और हमारा जीवन भी अधिकांशतः आशा पर अवलंबित है। चूँकि हमें जीवित रहना है, अतएव हमें परिश्रम करना है—हमारे अस्तित्व का कुछ अर्थ है जिसे हमें पाना है। जीवन एक अस्तित्व मात्र नहीं है, अपितु इसके परे कुछ और भी है। यह एक खोज है—यह एक ऐसा पुरुषार्थ है जो

हमारे परमादर्श की अनुभूति कराते हुए समस्त भौतिक, नैतिक और आत्मिक अवरोधों से ऊपर एक श्रेष्ठतर स्थिति को प्राप्त करेगा। जीवन एक उन्माद है। यदि इस शब्द के तटस्थ अर्थ को समझा जाए तो यह एक ऐसा उन्माद है जो हमारे दिल में धड़कन उत्पन्न करता है और हमारे रक्त में झनझनाहट पैदा कर देता है। लाल रंग जीवन के इसी गुण को अभिव्यक्त करता है। चाहे इसे उन्माद कहें या तपस्या, उल्लास कहें या विजय, यह एक बलिदान है जो दोनों के लिए आवश्यक है। लाल, जो रक्त का रंग है, इस उन्माद, इस राग और इस बलिदान का सर्वाधिक उचित प्रतीक रंग है। जब हमारे शत्रुओं के जिस्मों से यह रक्त प्रवाहित होता है तब हमें इस उन्माद के स्पष्ट दर्शन होते हैं। अतएव हरा और लाल सर्वथा उचित रंग है, यह उस जीवन का प्रतीक है जो एक सतत अध्यवसाय और बलिदान है, ये किसी ऐसी जाति या ऐसे अल्पसंख्यक समुदाय के कोई तुच्छ से प्रतीक नहीं हैं जो धूप में जगह पाने के लिए एक-दूसरे के साथ धक्का-मुक्की करते रहते हैं।

यदि हम तीनों रंगों को रखना चाहते हैं तो तीसरा रंग क्या होगा? क्या सफेद रंग को भी रखा जाए। मेरा विचार है कि सफेद रंग की अंतिम स्वीकृति से पूर्व पहली दृष्टि में कुछ व्यावहारिक अवधारणाएँ अवरोध उत्पन्न करेंगी। श्वेत एक अच्छा रंग है। यह सर्वत्र पवित्रता का प्रतीक है, परंतु इसके साथ ही यह एक ऐसा भी रंग है जिसे भारत में शोक का प्रतीक भी माना जाता है, लेकिन इसके साथ एक जोरदार तथ्य यह भी है कि अन्य देशों के झंडों में लाल और हरे रंग के साथ सफेद रंग भी सम्मिलित है, जैसाकि पहले उल्लेख किया जा चुका है। हर जगह सफेद रंग पवित्रता का द्योतन नहीं करता। फ्रांस के तिरंगे में सफेद को एक शाही रंग के रूप में लिया गया है जो कि बोरबन सदन का रंग है। उक्त व्यावहारिक अवधारणाओं के परिप्रेक्ष्य में हमें अन्य किसी अच्छे रंग (अथवा कम-से-कम बराबरी के रंग) के ऊपर विचार करना ठीक रहेगा और यदि हम इस नए रंग को एक विशिष्ट ढंग से अपने देश के साथ संबद्ध कर सके तो यह उसके पक्ष में एक और अतिरिक्त बिंदु होगा।

ऐसा प्रतीत होता है कि वैराग्य और अहिंसा भारतीय जीवन पद्धति के मूलमंत्र हैं, चाहे कोई हिंदू हो या मुसलमान या ईसाई, यही वह आदर्श है जिसने बड़े-बड़े राजाओं को वृद्धावस्था में जंगलों में तपस्या के लिए प्रेरित किया। परित्याग के इसी आदर्श ने राजकुमार सिद्धार्थ को, जो आगे चलकर बुद्ध बने, संन्यासी के केसरिया वस्त्र पहना दिए और मुगल दरबार के वैभव

के पीछे भी यही एक आदर्श था जो सहिष्णु अकबर के मस्तिष्क पर छाया रहा, जिसके जीवन का चरम लक्ष्य था 'सुल्ह-हे-कुल्ल' व 'सबके साथ शांति' और इसी आदर्श के कारण धर्मनिष्ठ, किंतु आडंबरहीन औरंगजेब का यश ऊँची-ऊँची मसजिद की मीनारों के रूप में नभोमंडल की ऊँचााइयों को छू गया। एक भारतीय जीवन और संपदा से इतना मोह नहीं रखता कि वह वृद्धावस्था में भी काम करते-करते मरे। भौतिक संपदा के संचय अथवा भूखे रहकर किसी नश्वर वस्तु के निर्माण में संलग्न रहने के अतिरिक्त उसके लिए जीवन के कुछ और भी गहन और भेद भरे अर्थ हैं। वह साधू बनकर अपने आस्था के मंदिर में चिंतन-मनन करेगा एवं अपने अनुयायियों का मार्गदर्शन व सहायत्रा करेगा, लेकिन फिर भी उनसे विरक्त रहेगा। अदृश्य जगत् में विश्वास और वहाँ पहुँचने की तैयारी, जिस पर इसलाम बहुत ज्यादा जोर देता है, के लिए भारतभूमि सर्वाधिक अनुकूल सिद्ध हुई, इतनी उत्तम भूमि इसलाम को कहीं और न मिली। इसलाम की रहस्यवादी और गहनतर अभिव्यक्ति में अहिंसा का आदर्श विद्यमान है और यही सूफीवाद है। भारतीयों ने सदैव वैराग्य और अहिंसा की इसी पावन भावना को भ्रमणशील विचारकों द्वारा धारण किए जाने वाले वस्त्रों के गेरुए अथवा केसरी रंगों से अभिव्यक्त किया। भारतीय संन्यासियों द्वारा पहने जानेवाले गेरू या गेरुआ अथवा लाल गेरू या केसरिया रंग के वस्त्र वैराग्य और अहिंसा के इसी महान् आदर्श को हमारे मानस में सशक्त ढंग से प्रतिरोपित करते हैं। यही केसरिया रंग हमारे भौतिक, नैतिक एवं आध्यात्मिक जीवन में अनुशासन का भी प्रतीक-रंग है, क्योंकि यही रंग ब्रह्मचारियों के लिए भी बताया गया है। इस केसरिया रंग का एक संशोधित रूप पीला-बादामी अथवा बौद्धों का कषाय रंग है। यह रंग बौद्धों में भ्रातृत्व और अहिंसा का प्रतीक है। यह रंग धरती का रंग है—यह एक प्रकार का खाकी रंग है, क्योंकि लाल-गेरू एक ऐसा रंजक है जो धरती माता का उपहार है। पृथ्वी का यह लाल-बादामी सा रंग भारत में इसलाम के अनुयायियों द्वारा भी अपनाया गया है, क्योंकि गेरुए वस्त्र धारण करनेवाले मुसलमान फकीर भारत के राजपथों पर उसी प्रकार भ्रमण करते हैं जैसे कि सत्य के खोजी हिंदू साधू। इसमें अधिक सोच-विचार की आवश्यकता नहीं है कि भारत के राष्ट्रीय ध्वज में इस पावन भूमि के ब्रह्मचर्य, अहिंसा और वैराग्य के संदेश एक ऐसे रंग के माध्यम से प्रतिध्वनित होने चाहिए, जो पुरातन काल से उसके निवासियों द्वारा इन आदर्शों को अभिव्यक्त करते रहे हैं।

इस प्रकार लाल, हरा और गेरू या केसरिया रंगों की भारत के लिए एक विशिष्ट रंग-योजना होनी चाहिए। राष्ट्रीय ध्वज का कपड़ा हर हालत में हाथ से काता हुआ और हाथ का ही बुना हुआ होना चाहिए, चाहे वह सूती हो या रेशमी।

फारस और इटली, मेक्सिको और बुल्गारिया जैसे देशों के रंगों से हमारे राष्ट्रीय रंगों के भूल में पड़ने के अवसर भी ऐसी स्थिति में कम हो जाएँगे। इन रंगों का समायोजन क्षैतिज न होकर ऊर्ध्वाधर होना चाहिए, अच्छा तो यह रहेगा कि डंडे के पास लाल रंग रहे और बाहर की ओर गेरू या केसरिया रंग तथा हरा रंग बीच में रहे। ऊर्ध्वाधर समायोजन का विचार इसलिए प्रस्तुत किया गया है, क्योंकि आयताकार ऊर्ध्वाधर संवर्ग हृष्ट-पुष्टता और शक्ति का संकेत देते हैं, जबकि एक के ऊपर एक पड़े हुए पृष्ठशायी क्षैतिज संवर्गों में ऐसी बात नहीं होती। यदि कोई व्यक्ति विभिन्न देशों के झंडों के चित्र साथ-साथ रखकर इस पर मनन करे तो पूरी बात उसकी समझ में आ जाएगी।

चार रंगों को अपनाने के प्रश्न पर भी विचार किया जा सकता है। ऐसी स्थिति में एकदम सफेद रंग को केसरिया रंग के साथ जोड़ने की वकालत की जा सकती है। इसके साथ ही पवित्रता के आदर्श का भी दिग्दर्शन होता है। यहाँ भी अच्छी प्रभावोत्पादकता के लिए सफेद रंग को लाल के बाद चित्रित कर सकते हैं।

ऐसे रंग जो आदर्शों और सार्वजनिक भावनाओं को प्रदर्शित करते हों और जिनके साथ भारतीय गेरू या केसरिया रंग की झलक भी हो, बहुमुखी शक्ति और महत्त्व के प्रतीक बन सकते हैं और राज्य की जातियों एवं व्यक्तियों के लिए अधिक सार्थक एवं आकर्षक हो सकते हैं। यदि इस झंडे में हरे रंग पर विचार करते समय कोई मुसलमान इसलाम की विशाल भ्रातृत्व की भावना के विषय में सोचता है और यदि उसे यह जानकर प्रसन्नता होती है कि ईश्वर के एकत्व पर बल देने वाला उसका धर्म उसके राष्ट्रीय ध्वज में अपने परंपरागत प्रतीक रंग द्वारा प्रदर्शित किया गया है तो उसके साथ अन्य लोगों को भी हर्ष होगा और वे इसलाम में लोकतांत्रिक आस्था के आदर्शों के प्रति उसके प्रगाढ़ अनुराग की प्रशंसा करेंगे। यदि ईसाई लाल रंग में अपने प्रभु ईसा का रक्त देखता है, जिसने अपने सर्वोत्कृष्ट बलिदान द्वारा मनुष्य की आत्मा को अधिक स्वच्छ और निर्मल बनाया, तो हमें यह जानकर उतनी ही प्रसन्नता होगी कि ऐसे श्रेष्ठ आदर्श को अपने राष्ट्रीय प्रतीक में स्थान देने पर विचार किया गया

और यदि हिंदू चाहे वह सनातनी या ब्रह्म समाजी या आर्य समाजी हो अथवा बौद्ध, जैन या सिख हो, वैराग्य और अहिंसा के प्रतीकों से युक्त राष्ट्रीय ध्वज का और भी अधिक श्रद्धा के साथ सम्मान करता है, तो हर सच्चा मुसलमान या ईसाई इस बात पर हिंदू जितनी ही प्रसन्नता व्यक्त करेगा और यदि चारों रंगों पर विचार करते हुए सफेद रंग को रखा जाता है तो समस्त धर्मों में विद्यमान और कदाचित् उनसे भी पारगमित पवित्रता के आदर्श को प्यार करनेवाले सभी भारतीय नागरिक समान रूप से आनंदित होंगे। इस प्रकार इंडोनेशिया में बाली के हिंदू यह जानकर प्रसन्न होंगे कि हॉलैंड के झंडे के लाल, सफेद और नीले रंग क्रमशः ब्रह्मा, शिव और विष्णु को प्रदर्शित करते हैं और डच लोग भी बाली के लोगों की इस व्याख्या पर अवश्य ही प्रसन्नता व्यक्त करेंगे।

क्या हमारे लाल, हरे और गेरू अथवा लाल, सफेद, हरे और गेरुए झंडे पर कोई आकृति होनी चाहिए? अधिकांश देशों के झंडों पर राष्ट्रीय रंगों के अतिरिक्त कोई-न-कोई आकृति भी है, जैसे आयरलैंड के झंडे पर शैमरॉक और हार्प हैं। मेक्सिको के झंडे पर कैक्टस के पौधे के साथ सर्प को ले जाती हुई चील को दिखाया गया है। इंग्लैंड के झंडे पर गुलाब का पुष्प है, सोवियत संघ के झंडे पर हथौड़े और हँसिए इत्यादि का चिह्न है, हमारे राष्ट्रीय झंडे के ऊपर चरखे को नीले रंग में चित्रित किया गया है। यह भारत की सादा जीवन व कुटीर उद्योगों द्वारा गरीबी से संघर्ष करने की उसकी कामना को प्रदर्शित करता है; परंतु चरखे से बने खद्दर का वस्त्र स्वयं इस आदर्श को पर्याप्त रूप से संकेतित करता है। ध्वज पर चरखे की आकृति कुछ बाधा युक्त है। हम अपने झंडे पर तलवार या तड़ित अथवा किसी पादप या पशु की आकृति नहीं चाहते—यह सभी को स्वीकार्य न होगा, लेकिन चरखे का सरलीकृत रूप केवल चक्र हम प्रयोग कर सकते हैं।

प्रतीकों में सर्वाधिक चर्चित सादा चक्र है, यह सातत्य और काल को प्रदर्शित करता है, यह प्रगति का प्रतीक है, यह संपूर्ण विश्व को प्रतिबिंबित करता है, हम इसमें कोई भी महान् विचार अथवा अर्थ निरूपित कर सकते हैं और यह कोई अशिष्टता न होगी। फारसी में चक्र के लिए प्रयुक्त शब्द चर्ख है और यह संपूर्ण ब्रह्मांड के साथ-साथ वृत्तीय गति एवं भाग्य का भी सूचक है, यह प्रतीक इतना गूढ़ है कि प्राचीन भारत में विभिन्न अर्थों में इसका प्रयोग हुआ है। अपने राष्ट्रीय ध्वज को अतिरंजित करने हेतु हम अनंतता के इस प्रतीक को इस भौतिक अस्तित्व के परे कोई रहस्यवादी स्वरूप प्रदान कर

सकते हैं। इसके अतिरिक्त एक अति उत्तम ढंग से संयुक्त भारत के प्रतीकार्थ भी हम इस चिह्न का प्रयोग कर सकते हैं और इस प्रकार यह हमारे राष्ट्रीय जीवन के एक महान् सत्य को उजागर करेगा—सिद्धांतत: यह संघात्मक व्यवस्था हमारे देश के भावी संविधान हेतु स्वीकृत कर ली गई है। हमारा चक्र एक भारतीय संघ को प्रदर्शित कर सकता है और इस चक्र में बनी धुरियाँ या आरें संघ के घटक सदस्यों, विभिन्न प्रांतों और राज्यों को प्रदर्शित कर सकती हैं। अमेरिका के राष्ट्रीय झंडे में भी ऐसे ही प्रारूप को अपनाया गया है—इसके झंडे में तारे और पट्टियाँ हैं। इसकी नीली पृष्ठभूमि में अड़तालीस सफेद तारे संयुक्त राज्य अमेरिका के संघ के अड़तालीस राज्यों को प्रदर्शित करते हैं, लेकिन यह आवश्यक नहीं है कि संघ के सदस्यों की संख्या और चक्र की धुरियों या आरों की संख्या में कोई सामंजस्य हो। इस सामंजस्य पर जोर देने की कोई विशेष आवश्यकता नहीं है। इतना ही सोचना पर्याप्त है कि चक्र में धुरियाँ हों और झंडे के लिए प्रयुक्त होनेवाले इस चक्र में कम-से-कम तीन या फिर चार तारे हो सकते हैं, क्योंकि हमें तो झंडा बनाना है, इसलिए उलझनों से बचना होगा। यदि चक्र की अवधारणा को उचित समझा जाता है तो एक सुझाव यह है कि झंडे के मध्य भाग में एक तीन या चार आरों का चक्र अवस्थित किया जाए, जिसका रंग पीला या काला हो तथा साथ में लाल और हरे रंग भी हों तो बहुत अच्छा रहेगा।

कुछ लोगों ने यह भी सुझाव दिया है कि चक्र के स्थान पर चार या आठ दलोंवाला सफेद रंग में खिला हुआ कमल का फूल उपयुक्त रहेगा। निश्चय ही कमल काव्यात्मक रहेगा और भारत के इस महाम् प्रतीक का कोई अपवाद भी नहीं है, लेकिन चक्र की तुलना में क्या यह प्रतीक कुछ कमजोर नहीं रहेगा? तब तो अधिक विस्तीर्ण कमल की अपेक्षा चार आरोंवाला एक सादा चक्र झंडे पर लगाना सुगमतर रहेगा। हमें समस्या के व्यावहारिक पक्ष की ओर भी देखना है—राष्ट्रीय ध्वज सैकड़ों और सहस्रों की संख्या में बनाने पड़ेंगे, लेकिन प्रकृति के एक कमनीय व सुंदर प्रतीक के रूप में कमल का स्वागत अवश्य होगा और संघीय प्रणाली की विचारणा भी इसकी पँखुड़ियों द्वारा अति उत्तम ढंग से प्रदर्शित होती है। परंतु इसे उपर्युक्त रूप में सादे व परंपरागत ढंग से प्रयुक्त किए जाने पर यह एकदम आकर्षक लगेगा।

उपादेयता की दृष्टि से मैंने अपने सुझाव दिए हैं और बंगाल और बंगाल के बाहर देश के बुद्धिजीवियों से इस विषय में विचार-विमर्श किया है तथा

अधिकांश लोग इसी विचार से सहमत जान पड़े कि राष्ट्रीय ध्वज पर लाल, हरे और गेरुए अथवा केसरिया रंग की ऊर्ध्वाधर पट्टियाँ हों और मध्य भाग में तीन या चार आरोंवाला चक्र (अथवा चार या आठ दलोंवाला सफेद कमल) हो। अब यह जनता और भारतीय राष्ट्रीय कांग्रेस द्वारा नियुक्त झंडा समिति के समक्ष प्रस्तुत है और ऐसा एक बड़ी उल्लासमय उत्कंठा एवं इस प्रार्थना के साथ किया जा रहा है कि समिति के प्रयासों और लोगों के सहयोग तथा अनुमति से एक ऐसे राष्ट्रीय ध्वज व कलगी का भारत के लिए विकास किया जाए, जो इसकी महान् और संश्लिष्ट संस्कृति, उसके श्रेष्ठतम आदर्श, उपलब्धियों एवं भविष्य में उसकी उच्च नियति के सर्वथा अनुरूप हो।

**नोट**—'मॉडर्न रिव्यू', जून 1931 में पहली बार प्रकाशित।

□

*परिशिष्ट-6*

# दिल्ली उच्च न्यायालय का राष्ट्रीय ध्वज फहराने से संबंधित श्री नवीन जिंदल बनाम भारत सरकार के केस पर दिए निर्णय के कुछ अंश

22 सितंबर, 1995 को दिल्ली हाई कोर्ट के न्यायमूर्ति श्री डी.पी. वधवा व न्यायमूर्ति श्री एम.के. शर्मा द्वारा भारत के राष्ट्रीय ध्वज को फहराने पर श्री नवीन जिंदल बनाम भारत सरकार के केस में एक अत्यंत महत्त्वपूर्ण व सारगर्भित निर्णय दिया। इस निर्णय के अनुसार न्यायमूर्तियों ने कहा कि राष्ट्रीय ध्वज को देश के किसी भी नागरिक को भारत के संविधान की धारा 19(1)(ए) के अंतर्गत फहराने का अधिकार है। उच्च न्यायालय के निर्णय के अनुसार देश के नागरिकों पर निजी रूप से राष्ट्रीय ध्वज फहराने पर जो प्रतिबंध भारतीय झंडा-संहिता द्वारा लगाए गए हैं, वे कानूनी रूप से मान्य नहीं हैं।

न्यायमूर्ति श्री डी.पी. वधवा व न्यायमूर्ति श्री एम.के. शर्मा ने यह निर्णय श्री नवीन जिंदल (ज्वाइंट मैनेजिंग डायरेक्टर जिंदल स्ट्रिप लिमिटेड) की याचिका, जिसे उन्होंने अपने सलाहकार श्री जयंत भूषण द्वारा दायर किया था, दिया। श्री नवीन जिंदल को बिलासपुर (म.प्र.) के कमिश्नर ने तब मानसिक आघात पहुँचाया जब उन्हें अपनी रायगढ़ स्थित फैक्टरी से राष्ट्रीय ध्वज को उतारने को, यह कहकर आदेश दिया कि भारतीय झंडा-संहिता के अनुसार वे राष्ट्रीय ध्वज अपनी संपत्ति पर नहीं फहरा सकते, क्योंकि ध्वज-संहिता के अनुसार यह अधिकार मात्र कुछ ही उच्च-पदासीन व्यक्तियों को है।

श्री नवीन जिंदल ने झंडा-संहिता भारत की उन धाराओं को, जो ऐसा करने पर प्रतिबंध लगाती हैं, अपनी पिटीशन में चुनौती दी, क्योंकि वे भारतीय

संविधान की धारा 19(1)(ए) के व धारा 14 के अनुरूप नहीं हैं। इस ऐतिहासिक निर्णय के कुछ मुख्य अंश इस प्रकार हैं। निर्णय देते हुए न्यायमूर्तियों ने कहा—

"इस बात से इनकार नहीं किया जा सकता कि कोई भी व्यक्ति राष्ट्रीय ध्वज को अपनी संपत्ति, चाहे वह उसका आवास, फैक्टरी या दफ्तर हो, पर फहरा सकता है, क्योंकि यह उसके मूल अधिकार 'Right of Freedom of Speech and Expression' का अंग है। ऐसा न करने के लिए इस अधिकार पर प्रतिबंध केवल संसद्, संविधान की धारा 19 के उपवाक्य (2) के अनुसार ही लगा सकती है।"

निर्णय में आगे कहा गया कि

"झंडा-संहिता में राष्ट्रीय ध्वज को फहराने संबंधी जो प्रतिबंध लगाए गए हैं, उन्हें किसी भी कानून के तहत, जिसे संविधान की धारा 19 के उपवाक्य (2) के अंतर्गत बनाया गया है, मान्यता प्राप्त नहीं है और न ही झंडा-संहिता में लिखे अनुदेश उच्चतम न्यायालय के निर्णय के, जिसे मध्य प्रदेश राज्य व दूसरे बनाम ठाकुर भगत सिंह (ए.आई.आर. 1967 एस.सी. 1170) और बीजोई अनामुल व दूसरे बनाम केरल राज्य व दूसरे (ए.आई. आर. 1987 एस.पी. 748) में दिया है, कोई अस्तित्व है।"

अपने निर्णय को अंतिम रूप देते हुए न्यायमूर्तियों ने कहा—

"कि इस संबंध में सब तथ्यों को ध्यान में रखते हुए हमारा यह विचार है कि झंडा-संहिता द्वारा नागरिकों को राष्ट्रीय ध्वज कैसे और कब आधा झुकाना है, किस प्रकार से उसका आदर करना है और कैसे इसका उपयुक्त ढंग से प्रयोग करना है आदि सीखने की जरूरत है, वहाँ यह भी सत्य है कि झंडा-संहिता के अनुदेश कानून का रूप नहीं ले सकते, इसलिए उन्हें कानूनी तौर पर लागू नहीं किया जा सकता जब तक कि उन अनुदेशों को एंब्लेम्स ऐक्ट या Preventions of Insult to National Honour Act के अंतर्गत नहीं मान लिया जाता। देश के हर नागरिक का यह मूल कर्तव्य है कि वह देश के संविधान का तथा उसके मूल्यों व संस्थानों तथा राष्ट्रीय ध्वज व राष्ट्रीय-गान का आदर करे। ऐसा संविधान की धारा 51(ए) के उपवाक्य (ए) के अनुसार है। प्रार्थी (श्री नवीन जिंदल) राष्ट्रीय ध्वज को आदरपूर्वक अपनी संपत्ति पर फहराना चाहता है, इसलिए उन्हें झंडा-संहिता के अनुदेशों के आधार पर ऐसा करने से नहीं रोका जा सकता, क्योंकि उनका ऐसा करने से देश के किसी कानून को कोई आघात नहीं पहुँचता।

"अत: श्री नवीन जिंदल की यह याचिका (पिटीशन) मान ली जाती है और साथ ही यह हिदायत दी जाती है कि दूसरा पक्ष प्रार्थी के अपनी संपत्ति पर राष्ट्रीय ध्वज को फहराने के अधिकार में हस्तक्षेप न करे। हमारा यह भी विचार है कि झंडा-संहिता के कोई भी अनुदेश तब तक कानूनी तौर से लागू नहीं किए जा सकते, जब तक कि उन्हें देश के किसी कानून के अंतर्गत नहीं रखा जाता।"

□

# पाश्चात्य झंडों की शब्दावली

**फ्लैग-मास्ट** (Flag-mast)—उस ध्वज-दंड को कहते हैं जिस पर ध्वज चढ़ाया जाता है। फ्लैग-पोल व फ्लैग-स्टाफ दोनों ही ध्वज-दंड के पर्यायवाची शब्द हैं।

**हॉइस्ट व फ्लाई** (Hoist and Fly)—ध्वज के दो सिरे होते हैं। ध्वज का जो भाग ध्वज-दंड के निकट होता है उस भाग को 'हॉइस्ट' कहते हैं और जो भाग हवा में फहराता है उसे 'फ्लाई' कहते हैं।

**ब्रेकिंग दी फ्लैग** (Breaking the Flag)—ध्वज-दंड पर जब ध्वज को किसी समारोह के लिए बाँधकर रखा जाता है, तब उसे बाँधनेवाली रस्सी खींचकर फहराया जाता है। इस प्रकार बँधे ध्वज की रस्सी खींचकर ध्वज फहराने की क्रिया को ब्रेकिंग दी फ्लैग कहते हैं।

**डिपिंग दी फ्लैग** (Dipping the Flag)—समुद्र में चलते समय जब एक जहाज दूसरे जहाज को उसके सामने से गुजरने पर अपने ध्वज को कुछ क्षणों के लिए झुकाकर फिर चढ़ाते हैं। ध्वज को इस प्रकार थोड़ी देर झुकाकर फिर चढ़ाने की क्रिया को 'डिपिंग दी फ्लैग' कहते हैं। यह क्रिया समुद्र पर जहाजों के एक-दूसरे को सैलूट करने का ढंग है।

**स्ट्राइकिंग दी फ्लैग** (Striking the Flag)—युद्ध के दौरान जब कोई युद्धपोत अपना ध्वज आत्मसमर्पण की दृष्टि से उतारता है, उसे 'स्ट्राइकिंग दी फ्लैग' कहते हैं।

**फ्लैग-मार्च** (Flag-march)—दंगाग्रस्त इलाकों व नगर आदि में जब शस्त्र सेना सफेद-ध्वज दिखाती हुई गस्त लगाती है, उसे 'फ्लैग-मार्च' कहते हैं।

**फ्लैग-डे** (Flag-day)—भारत में 7 दिसंबर फ्लैग-डे के रूप में मनाया जाता है। इस दिन कागज के बने झंडों की बिक्री करके शहीद जवानों के परिवारों के लिए धन इकट्ठा किया जाता है।

**फ्लैग-ऑफिसर** (Flag-officer)—नौसेना के रीयर-एडमिरल, वाइस-एडमिरल व एडमिरल के उच्च पदाधिकारियों को 'फ्लैग-ऑफिसर' कहा जाता है।

**फ्लैग-शिप** (Flag-ship)—नौसेना बेड़े के सर्वोचित पदाधिकारी के ध्वज को जिस युद्धपोत पर फहराया जाता है, उसे 'फ्लैग-शिप' कहते हैं।

**फ्लैग-मैन** (Flag-man)—वह व्यक्ति विशेष, जो झंडों द्वारा संकेत देता है या वह जो ध्वज को लेकर चलता है, उसे 'फ्लैग-मैन' कहते हैं।

**फ्लैग-ट्रूस** (Flag-truce)—युद्ध के दौरान जब एक सेना दूसरी सेना के समक्ष श्वेत-ध्वज लाती या फहराती है, उसे 'फ्लैग ट्रुस' कहते हैं।

**पताका**—त्रिभुजाकार व लघु आकार ध्वज जिस पर कोई चिह्न (केतु) न हो।

**ध्वजा**—उस झंडे को कहते हैं जो चौकोर हो और उस पर कोई चिह्न भी अंकित हो।

## पाश्चात्य ध्वजों के प्रकार

**स्टैंडर्ड** (Standard)—वह निजी ध्वज जो किसी राजा या फिर किसी विशिष्ट सैनिक का हो। प्राचीनकाल में यह विशालकाय होता था, अतः यह स्थायी रूप से एक स्थल पर ही लगाया जाता था। इसे कभी-कभार ही युद्ध क्षेत्र में ले जाया जाता था।

कालांतर में कैवलरी के झंडों को भी स्टैंडर्ड कहा जाने लगा।

**गीडोन** (Guidon)—यह एक लघु ध्वज होता है, जिसके फहरनेवाले भाग को मछली की पूँछ की तरह दो भागों में गोलाकार काटा होता है। इस ध्वज का क्रम 'स्टैंडर्ड' के बाद आता है और इस ध्वज को सेना को दिशा दिखाने के काम में लाया जाता है।

**बैनर** (Banner)—प्रारंभिक काल में बैनर चतुर्भुजी होते थे, जिन पर राजा या फिर उसकी सेना का चिह्न अंकित होता था। आजकल तो व्यावसायिक संस्थानों व राजनीतिक दलों के भी बैनर होते हैं।

**पेनेण्ट** (Pennant)—यह एक लंबा सा कटावदार पूँछनुमा झंडा होता है, जिसे युद्धपोत के सबसे ऊँचे सिरे पर बाँध दिया जाता है। जब युद्धपोत नौसेना की सक्रिय सेवा से मुक्त किया जाता है, उस समय इसे सम्मानपूर्वक उतार लिया जाता है।

**कलर** (Colour)—प्रारंभिक काल में अंग्रेजों की थल सेना की टुकड़ियों के ध्वजों को कलर कहा जाता था। मध्यकालीन थल सेना की टुकड़ियाँ अपने-अपने अलग-अलग रंगों के झंडों तले युद्ध के दौरान इकट्ठी होती थीं, ताकि उनकी अलग से पहचान हो सके। कालांतर में उन ध्वजों को सामूहिक संज्ञा दे दी गई और उन्हें 'कलर' कहा जाने लगा।

**एनसाइन** (Ensign)—युद्धपोत के पिछले भाग पर जो ध्वज फहराया जाता है, उसे 'एनसाइन' कहते हैं। बहुत से देशों की नौसेना ने अपने देश के राष्ट्रीय ध्वज को ही एनसाइन के रूप में स्वीकार कर लिया है। भारतीय नौसेना के एनसाइन को श्वेत-एनसाइन (White Ensign) कहते हैं।

**जैक** (Jack)—युद्धपोत के अगले भाग को 'बो' कहते हैं, इस हिस्से के अग्रभाग पर जो ध्वज फहराया जाता है, उसे 'जैक' कहते हैं।

**बर्गी** (Burgee)—एक लघु आकार 'त्रिभुजी झंडा', जिसे नौसेना की किसी नौका या सशस्त्र सेना में वरिष्ठ अधिकारियों की मोटरकार पर लगाया जाता है।

□□□

कारगिल में टाइगर हिल की चोटी पर शान से लहराता तिरंगा। इस चोटी पर कब्जा करने के बाद भारतीय सेना के जवान विजय का निशान दिखा रहे हैं।